F. Innocenti

HANS GRAVSTEN STÅR KVAR

© 2024 F. Innocenti
Förlag: BoD · Books on Demand, Östermalmstorg 1, 114 42
Stockholm, Sverige, bod@bod.se
Tryck: Libri Plureos GmbH, Friedensallee 273, 22763
Hamburg, Tyskland
ISBN: 978-91-8080-864-4

Hans gravsten står på kyrkogården. Hans gravsten är noga uthugget i kalksten med rikliga inskriptioner och basunblåsande kerub i relief. Hans gravsten är ståtlig, bastant och evig.

"Älska era fiender och be för dem som förföljer er; då blir ni er himmelske faders söner."

Visst, men jag är ingens son, så måtte djävulen ta han.

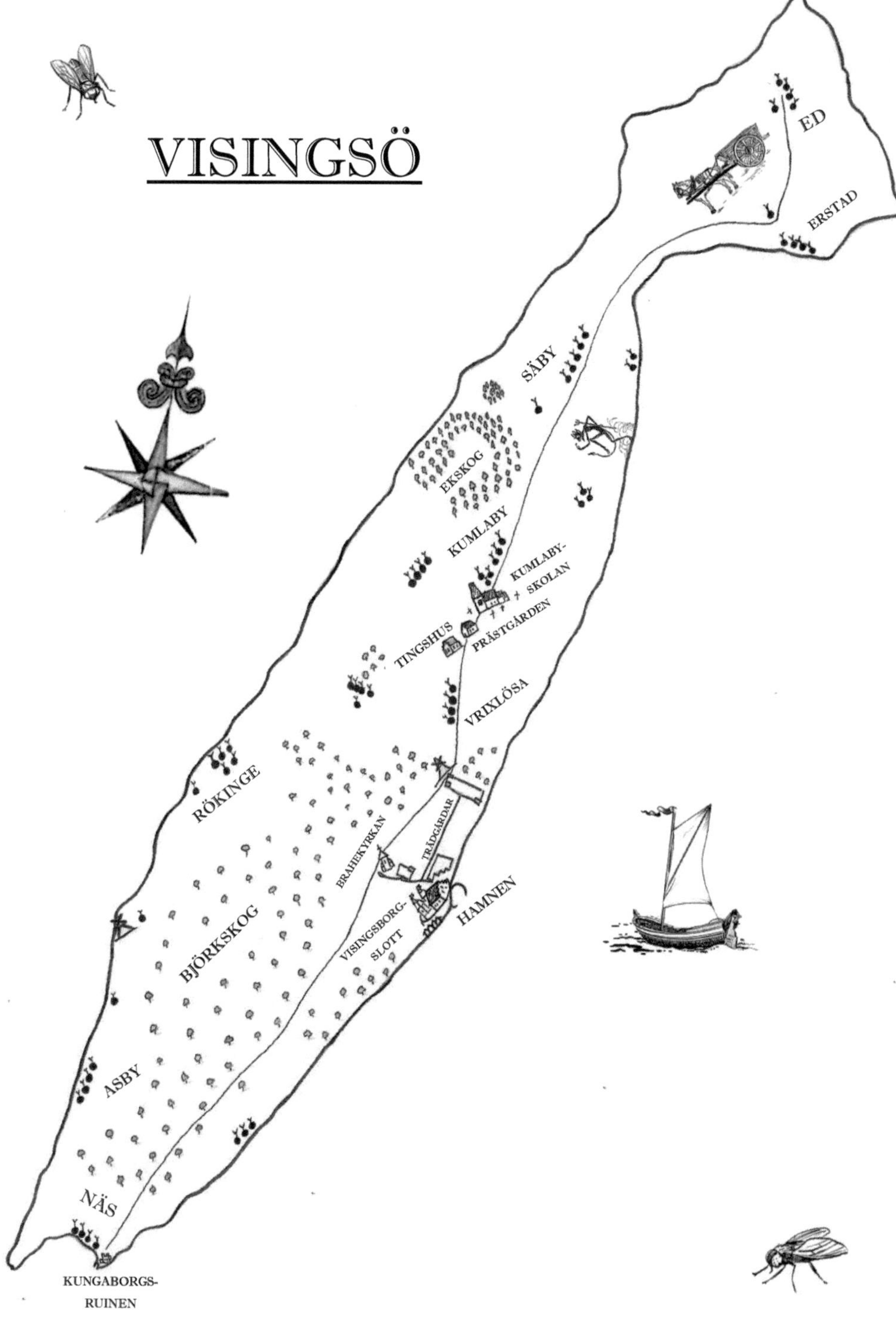

VISINGSÖ
ED
ERSTAD
SÄBY
EKSKOG
KUMLABY
KUMLABY-
SKOLAN
TINGSHUS
PRÄSTGÅRDEN
VRIXLÖSA
RÖKINGE
BJÖRKSKOG
BRAHEKYRKAN
TRÄDGÅRDAR
VISINGSBORG-
SLOTT
HAMNEN
ASBY
NÄS
KUNGABORGS-
RUINEN

1

Jag rättar till högen av psalmböcker jag har staplat på det massiva stenbordet i sakristian efter söndagens mässa. Smaken av det unkna, röda vinet sitter kvar i munnen, kyrkoherden är ingen vidare vinsmakare. Solen strilar in genom de höga fönsterna och dammet dansar på ljusstrålarna från den låga sommarkvällssolen. Min och Elins förmåga att damma är ungefär lika undermålig som kyrkoherdens vinkunskap. Bakom mig kommer Elin inbärandes på de tunga silverljusstakarna från kyrksalen. Det är bara vi kvar i kyrkan. Jag har inget emot att hjälpa kyrkoherden efter gudstjänsterna. Det stora, ekande kyrkorummet är helt otroligt vackert utsmyckat och stilla. När människor stiger in i rummet sänks deras huvuden inte bara i vördnad för Guds hus, utan för att man nästan blir yr i all denna överdådiga prakt. Kyrkan är översållad av glimmande utsmyckningar och de tretton korsbågarna är rikt dekorerade med blåa språkband och takmålningar. När mörkret faller slingrar de sig som skuggor uppe i taket i flammorna från hundratals ljus i takkronor och längs med bänkraderna.

Och det är något jag älskar med doften av vaxljus, gammalt papper och den fridfulla tystnaden som kvarstår när församlingen lämnat mässorna. Elin blir uttråkad bara någon nämner ordet psalmbok. Men hon har inget annat val än att hjälpa sin far. Jag drar drömmande med fingertopparna längs med bindningen på den översta psalmboken. Genom min alabasterbleka hud syns de blåa och gröna ådrorna tydligt. Jag hade kunnat bada i magman på solens yta utan att få den minsta färg på huden. Jag har väl inte pigmentet för det antar jag.

”Han är *så* stark.” Mina fingrar stannar vid ett ställe där bindningen har börjat lossna. Elin placerar silverljusstaken på bordet i sakristian.

”Vem då?” Frågar hon med ett snett leende. Hon vet precis vem jag talar om, hon måste njuta av att retas. Jag tänker i alla fall inte ge henne tillfredställelsen att låta mig retas.

”Min fiskarpojke.” Rodnaden värmer mina kinder. Jag är alldeles för kär för att det ska vara varken rimligt… eller hälsosamt.

”Du skulle se honom när han drar upp näten, Elin. Musklerna i hans armar, och svetten glänser. Han är så vacker.” Jag suckar längtande. Hon skrattar och gnider sin lilla, välformade näsrygg.

”Ja, jag kan tänka mig att det är ett hårt arbete. Men är det allt du ser hos honom? Hans muskler och svett?” Hon gör en äcklad min och himlar med ögonen. Jag sträcker mig över bordet och knuffar till henne på armen. Hon kanske är trött på att prata om Gabriells svettiga ryggtavla, men det är *inte* jag. Det finns mycket jag kan säga om det mästerverket av välskapt gudagåva. Men jag förstår hennes poäng.

”Han är godhjärtad också. Och rolig! Han får mig alltid att skratta. Och hans *ögon*, Elin, de är så blå… Inte sådär löjligt som himlen. De är djupa som… Vättern!”

Sa jag precis det där högt?

"Anna, snart står du å dreglar på Guds ord," hon suckar högt. "Jag avundas dig dock. Tänk att få älska någon så mycket." Hon tittar med en längtande blick ut genom fönstret bakom min axel.

Hon hade nog rätt om dreglandet, vinsmaken är äntligen borta. Om jag koncentrerar mig noga så tror jag nog att jag istället kan känna smaken av Gabriell. Det är ett minne som inte ens Elin får höra om. Ännu i alla fall.

Fan, rodnaden är tillbaka. Om Elin märker något har hon i alla fall vett att hålla käft den här gången. Men det rycker i hennes mungipa.

"Jag har lovat honom min hand." Orden ramlar ur munnen på mig innan jag hinner slå ihop käkarna och hindra dem. Det var inte så jag tänkt berätta nyheten, menmen, nu är det sagt.

Tystnad. Tyst som i graven. Varför är hon tyst?

Hon tittar oroligt bort, eller… medlidsamt? Jag pillar otåligt med nagelbandet på tummen och det sprider sig en luddig känsla i magen.

"Vad?" Frågar jag irriterat efter flera spända minuter.

"Inget. Jag är glad för din skull Anna." Hon ger mig ett ansträngt leende, men det ser mer ut som att någon sparkat henne på smalbenet.

Visst. Uppenbart ofattbart, svindlande, överlycklig.

Hon fortsätter med att ställa in ljusstakarna i en av garderoberna som sträcker sig längs med ena väggen och låser dörren om dem.

En generad tystnad lägger sig i rummet. Jag tittar ner på mina händer.

När började jag blöda på fingret? Jag stoppar tummen i munnen och smaken av järn breder ut sig på tungan. Sen torkar jag av fingret på mitt förkläde, skakar bort irritationen från händerna utan framgång, och vänder mig istället om för att stapla de sista av psalmböckerna.

Där var den konversationen tydligen avslutad.

När allt är undanplockat går vi ut från sakristian och Elin ger mig den kalla järnnyckeln till kyrkporten. Fortfarande okarakteristiskt tystlåten. Hon har inte varit tyst i mer än tio minuter under de sex år vi känt varandra. Våra steg studsar mot vapenhusets belagda kalkstensplattor och gravhällarna som är uppställda mot väggarna. Vi måste ha plockat undan oerhört långsamt idag för magen kurrar girigt. Vi hjälps åt att dra igen den enorma ekdörren, vars utsida är klädd med hundratals dekorativa, inslagna järnspikar.

Jag räknade dem en gång. Inte för att jag kommer ihåg hur många det var, men det tog hela dagen.

Dörren stängs med en tung duns.

Vi tar alltid vägen förbi hamnen hem, även idag. Solen nuddar nästan vattnet nu, och målar både sjön och himlen i orangea och lila toner. Luften är fortfarande varm, men en svalkande bris sveper in från Vättern och tar tag i de små blonda hårstråna som har slitit sig från min flätade krona. Jag tittar ner på den dammiga vägen framför mig när vi går. I ögonvrån ser jag det vita slottet som tronar på kullen ovanför hamnen. Greve Per Brahes slott, arrogant fyllt av makt och rikedom. Det är fyra höga flyglar som omsluter en inre fyrkantig borggård. Utanför ligger en yttre borggård som i sin tur omsluts av ett bastionssystem med kanoner och djupa vallgravar. Runtomkring slingrar sig mörka karpdammar som svarta, oroliga ormar. Gårdar och herresäten står tätt med greve Per Brahes egna egendomar och underlydande. De gröna och frodiga trädgårdarna är enorma, det måste finnas minst två tusen fruktträd uppradade i prydliga, oändligt långa rader av söta päron, syrliga äpplen och mörkröda körsbär.

Jag längtar efter Gabriells föräldrars lilla, röda stuga, efter doften av tjära och den öppna spisen som konstant sprakar i hjärtat av det lilla hemmet. Jag andas in djupt och fyller lungorna, men rynkar genast näsan. I hamnen finns bara en unken lukt av fisk från dagens fångst och flugor som surrar irriterat runt båtbodarna, där fiskarna redan börjat rensa och salta. Vi sitter alltid och väntar längst ut på piren efter att Gabriell ska komma inseglandes. Tiden brukar gå fort, men idag känns väntan längre än någonsin.

Efter ännu en evighet har jag återigen nervöst rivit upp nagelbandet och Elin går rastlöst fram och tillbaka bakom min rygg och spanar ut över de tomma båtplatserna vid piren. Min längtan och förhoppning har förbytts till en besviken rynka mellan ögonbrynen.

"Han kanske är sjuk," säger Elin så plötsligt att jag hoppar till. Jag vänder mig mot henne. Hon står och väger otåligt på hälarna med händerna i fickorna på förklädet. "Eller så har han fått en stor fångst och är ute sent." Försöker hon optimistiskt, men hennes röst bär fortfarande den där tonen av orolighet... eller medlidande.

Vi står tysta en stund till, insvepta i vad som nu blivit en rå kvällskyla. Jag drar armarna tätare om mig i en hård omfamning. Till och med surrandet från de frenetiska flugorna har avtagit och det enda som hörs är de skvalpande vågorna som slår dovt mot stenpiren. Hoppet bleknar med varje minut som går.

Till slut suckar jag djupt, reser på mig och borstar av smutsen från kjolen.

"Han kommer nog inte idag. Vi går hem." Vi vänder och går, till min besvikelse, lika tysta som innan, längs den långa stigen som leder uppåt norr. Elin lägger en hand på min axel i en stum gest av tröst.

Det var definitivt medlidande.

Vid vägskälet i Kumlaby skiljs vi åt, Elin fortsätter mot prästgården medan jag styr stegen mot mina föräldrars stuga uppe i Ed.

Vägen upp mot norr känns oändlig.

Efter en fyrtio års lång vandring upp mot norra delen av ön, ser jag äntligen vår gråa stuga, obekvämt intryckt bland de andra fyra, vid slutet av den steniga vägen. Eller, fyrtio år är i alla fall vad mina fötter tycker att det har gått. Egentligen är det nog ungefär nio kilometer. Ett gammalt skavsår på högerfoten har gjort sig påmint och jag grimaserar redan nu när jag tänker på den lika långa vägen ner tillbaka mot slottskyrkan imorgon.

Timret i stugan skulle bytts ut för flera år sedan, det är grått och murket, och hotar med att smula sönder om man så skulle andas för nära fasaden. De två andra små träbyggnaderna som kantar vår torra gårdsplan ser lika illa ut. Den minimala ladan till vänster är fylld till bredden av blöta vedklampar staplade i prydliga mönster för torkning. Far har blivit tvungen att ställa sin älskade, välslipade lie, högaffel och vår enda yxa lutade mot fasaden istället för inne i ladan, så alla tre hotas av mer och mer rost för varje sommarregn. På ladans vind ligger kopiösa mängder av illaluktande, gamla koffertar med innehåll jag aldrig haft intresse nog att utforska, trasiga baljor och dammiga kärvar som inte ens fåglarna verkade vara intresserade av förra vintern. På motsatt sida av gårdsplanen, till höger om huvudstugan, kantas den lilla, nu tomma, dräng- och pigstugan av vildvuxet gräs fullt av nässlor och vild vallmo. Vallmons röda färger står i stark kontrast till det gråa trät. Gruset knastrar under mina platta sulor när jag genar över gårdsplanen. Precis innan man når farstun kan man skymta den nästan innehållslösa jordkällaren bakom dräng- och pigstugan. Stugan lämnades ekande tom för två år sedan när vår uråldriga dräng och alldeles för unga piga lämnade oss i den svettiga brennesjukan. Nu står den som ett skelett utan vare sig kött, nerver eller celler. Det sista man ser innan vår stuga tar upp hela synfältet är Vättern som breder ut sig nedanför råg- och humlefälten bakom huset.

När jag kliver in genom dörren innanför farstun möts jag av en tryckt stämning och mumlanden från rummet intill. Jag hänger av mig min gråa, kliande kofta vid dörren på en krok och tar ett kliv in över den höga tröskeln till köket. Min mor sitter vid matbordet, intill fönstret ut mot gårdsplanen, och min far står bredvid henne vid den vita spisen, ansiktena spända och rösterna låga. De tystnar abrupt när de noterar mina rörelser och deras blickar vänds åt mitt håll.

"Anna! Vad bra att du är hemma," säger min mor med ett så ansträngd leende att hennes små linjer vid ögonvrårna blir djupa fåror.

"Vi satt just och pratade..." Hon avbryter sig själv och kastar en menande blick upp mot far som muttrar något ohörbart och himlar med ögonen mot min mor som förlåtande sänker blicken till bordsskivan.

Han har alltid varit en barsk man, min far. Det verkar som att hans nävar har vuxit ihop till hårda knyten, så ofta som de är spända vid hans sidor. När de inte flyger genom luften mot ett mjukt mål. Han har ett argt sträck i pannan som antingen kommer från hans ständiga besvikna, irriterade uttryck eller ett ärr från ett slagsmål, jag är inte helt säker. Båda är lika sannolika. Små gråa hårslingor ramar stramt in hans fyrkantiga, väderbitna ansikte. Kinderna hänger slappt och han har en vana av att arrogant vädra näsan i luften vart han än går. Jag har nog bara sett han le två gånger i hela mitt liv. Båda gångerna av skadeglädje.

Min far vänder sig om och bakom den stora, öppna spisen kliver en lång, fet, medelålders man i ståtlig svid fram. Jag tror jag känner igen honom från slottet. Med tanke på den löjliga utstyrseln med spetsar och små klackar på skorna skulle jag gissa på något flådigt.

"Anna, min dotter," börjar far med ett leende som når hans öron.

Okej, så tre gånger.

"Det här är herr Peder Jacobsson, trumpetare i grevens tjänst."

Mannen som far presenterat som Peder bugar djupt. Bruna lockar från en stel peruk faller ner i ansiktet på honom och han slänger med huvudet som när en kossa försöker bli av med surrandet av flugor från öronen.

"Det är en ära att få träffa er, jungfru Anna, rykten om er skönhet har nått ända till slottet, men de gör den inte i närheten av rättvisa."

Smöra kan han tydligen. Jag niger snällt och försöker att inte titta för mycket på hans söta, men urfåniga, gula rosetter som pryder hans skor. Jag kastar en frågande blick mot min mor utan framgång, hon har blicken fäst ner i bordet och följer ängsligt träplankornas texturer med ett finger. De djupa fårorna pryder nu både hennes ögonvrår och lilla, strama mun. Det är en liten kvinna, tyngd av hårt arbete och hjärtskärande rädsla av… låt oss säga, inte göra min far *besviken*.

"Herr Jacobsson har kommit med ett mycket viktigt ärende."
Fortsätter far till vänster om henne. Han vänder sig mot Peder som tar
några steg närmare. Hans hårlockar guppar när hans klackar slår
klickande mot trägolvet. Ögonhålorna i mannens huvud är nästan
sjukligt insjunkna och omsluter två blekt bruna ögon. Den pråliga
utstyrseln passar honom inte riktigt. Det ser ut som om någon har försökt
trycka in en fet häst i en fågelholk.

Han tar min hand och kysser den lätt. Min arm rycker till, men jag
lyckas att inte dra bort handen. Hans läppar är torra som sågflis mot
mina kalla knogar.

"Jungfru Anna," mitt hjärta börjar slå lite snabbare slag. "Jag är här
för att be om er hand i äktenskap. Jag har sett er i kyrkan, och jag har
blivit djupt förälskad. Er skönhet är enastående, och jag kan erbjuda er
ett gott liv vid min sida."

Jag blinkar stumt. Gifta mig? Med den där långa påfågeln?

Jag drar tillbaka handen och skakar förbluffat på huvudet.

"Jag är smickrad över ert anbud," svarar jag till slut och försöker att
hålla rösten stadig, men det går sådär när hjärtat sitter högt uppe i halsen
och täpper igen mina luftvägar. "Men jag... jag kan inte."

Hellre dör jag faktiskt.

De döda flugorna i fönsterkarmen verkar ha haft en bättre dag än jag.
Min fars leende är borta. Istället pulserar en tjock ven i hans panna som
slingrar sig fram mellan rynkorna.

"Anna?" Hans ögon smalnar och rösten sänks i en varnade ton. "Var
inte dum. Det här är en stor ära för vår familj. Herr Jacobsson är en fin
man med en god ställning."

"Men..."

"Inga men!" Avbryter han. "Du ska vara tacksam för den här möjligheten. Säg nu ja till herr Jacobsson." Min mor snyftar till vid bordet. Jag kvävs. Undra när vi bestämde oss för att det där med syre, det är ingenting vi sysslar med i den här familjen.

Jag tittar tillbaka upp på Peder, säkert trettio centimeter längre än jag, som står med ett triumferande leende utan vänlighet eller empati. Han saknar minst tre tänder i käften. Påfågel-jäveln ser ut att njuta.

"Jag... jag..." Stammar jag fram, tårarna börjar bränna bakom ögonlocken.

Skärp dig, jag kan inte stå här å lipa. Jag skulle ha stannat med de döda fiskarna i hamnen...

"Ja?" Säger far otåligt och stampar med foten i golvet. "Vad är det du vill säga?" Min blick flackar mellan mina föräldrars stränga ansikten och Peders förväntansfulla min. Min far tar två stora kliv och står plötsligt med ett fast grepp om min vänstra överarm. Han böjer sig fram och sänker rösten.

"Eller ska du och jag behöva diskutera detta på tumanhand? Förstå din egen lycka flicka, och fatta ett beslut jag inte kommer ångra." Hans grepp om min arm hårdnar för varje ord. Jag tar ett ansträngt, snabbt andetag och spänner käkmusklerna. Det här... händer inte.

"Ja," viskar jag fram. Varför fungerar inte mina lungor längre? "Jag accepterar ert frieri, herr Jacobsson." Orden smakar som aska i munnen. Det känns som att jag *krossas*.

Det börjar susa i öronen och hjärtat är inte kvar i halsgropen, det ligger på golvet, under påfågelns hårda klack.

Jag måste ut, jag måste andas. Jag drar mig ur fars grepp, och utan ett ord till vänder jag mig om och springer mot ytterdörren. Jag snubblar klantigt över den höga tröskeln ut i hallen och en skarp smärta skjuter upp genom min fotled när den böjs inåt. Jag smäller ihop käkarna igen, tvingar benen att röra sig, och drar av min kofta från kroken i hallen.

Det biter kallt i kinderna när jag springer ut i nattluften och huden över armarna nopprar sig. I farten pressar jag ner kjolarna in under bältet och trasslar in armarna i koftan. Fotleden värker varmt. En het röd känsla klättrar upp för halsen och jag vill försvinna så fullständigt att inte ens jag själv kommer minnas mig. Inga känslor, inga minnen. Jag vill gå så vilse att ingen någonsin kommer hitta mig, försvinna så långt bort att jag aldrig skulle kunna ta mig hem igen.

2

Ljudet av mitt eget flåsande tjuter i öronen och bryter den totala tystnaden i natten. Lungorna bränner i bröstkorgen när jag springer. Snart övergår stenvägen i en ännu mörkare och mer otillgänglig stig som slingrar sig genom en tät ekskog. Grenarna hänger lågt och piskar mot mitt ansikte och armar. Min grovvävda kofta fastnar i en taggig buske och rivs sönder över axeln med ett ljudligt ripp. Jag sliter mig loss och känner hur paniken höjer pulsen ända ut i fingertopparna. Skogen känns som en fientlig labyrint i det nästan totala mörkret.

Vad hände precis?

Jag stannar efter några kilometer, tar stöd mot en tjock ekstam och lägger ryggen mot den skrovliga barken. Det smakar järn i hela munnen. Jag spottar åt sidan. Låren och knälederna värker ömt, men jag får inte stanna, jag måste fortsätta, jag måste leta reda på Gabriell. Nått måste vi kunna göra, det finns en lösning.

Han vet.

Han *måste* veta hur jag ska sluta känna denna totala, jävla förtvivlan.

Träden tornar upp sig som hotfulla jättar längs den smala skogsstigen och deras grenar sträcker sig som svarta klor i månljuset. En iskall vind viner genom skogen och får löven att rassla olycksbådande.

"*Helvete*," viskar jag tyst för mig själv mellan andfådda inandningar om och om igen.

"Helvete, helvete, helvete."

Jag svär nog ganska ofta i mitt eget huvud, och det tror jag nog Gud kan ha överseende med. Men kräver situationen ett kraftuttryck så ska det *fan* göras ordentligt.

Jag spottar igen, skjuter bort mig från trädstammen och tvingar benen att återigen röra sig i takt. Mörkret omsluter mig som en kall mantel när jag flyr vidare ner mot hamnen, från far, från påfåglar, syrebrist och urlöjliga rosetter. Stenarna under mina fötter är hala och ojämna, och jag snubblar flera gånger. Varje steg skickar nya skarpa smärtor genom min fotled upp i vaden, men jag pressar mig vidare i ren desperation.

Gud ge mig styrka om far får tag i mig. Olydnad är inte precis något han tvekar för att straffa. Fast egentligen gjorde jag väl precis som han sa. Accepterade det påtvingade ödet utan att ens säga emot? Paniken pumpar genom kroppen. Orden jag tvingats uttala ekar i huvudet.

Ja, Ja, Ja.

Hur *fan* kunde jag säga ja? Luften fastnar någonstans i halsen, bröstet svider, och det känns som om mina lungor blöder.

Jag accepterar ert frieri, herr Jacobsson.

Fars hårda grepp sitter kvar runt överarmen. Koftan fladdrar bakom mig när jag springer, blodsmaken i munnen blir allt påtagligare och foten pulserar äckligt, men jag stannar inte. Jag snubblar mig genom skogen, grenar river i kläderna. Han kommer att leta efter mig, han kommer att vara rasande.

Skit samma.

Framför mig skymtar jag äntligen slottskyrkans siluett, en ljus skugga mot den mörkare natthimlen. Jag springer förbi, utan att sakta ner. Tanken på Elin flimrar förbi mitt synfält, men jag vågar inte stanna. Elin kan inte hjälpa mig ändå. Visingsborgs slott, vitt och mäktigt, reser sig på kullen ovanför hamnen. En ilning kryper sig upp för ryggraden och lämnar rysningar efter sig. Det är där Peder Jacobsson spenderar sina flådiga dagar med trumpeten i högsta hugg. Jag skyndar förbi, ner mot hamnen, mot mitt enda hopp.

Jag stannar inte förrän jag är framme vid piren, andfådd och med hjärtat bultande mot bröstbenet. Jag böjer mig framåt och försöker få luft. Lungorna bränner, fotleden pulserar varmt, svarta prickar pryder kanterna av synfältet och koftan är sönderriven efter den vilda språngmarschen genom skogen. Jag måste hitta Gabriell.

Jag försöker andas djupt, men doften av tjära och fiskrens får mig att kvälja från långt nere i magsäcken. Måsarna skriker över huvudet, och flugorna är tillbaka. Min blick söker febrilt efter Gabriells båt bland de andra som nu ligger förtöjda längs piren. Tvivlet gnager i mig som en utsvulten råtta, och tårarna rinner nu nerför mina hettande kinder.

Ensam.

Jag sjunker ner med knäna mot de kalla, vassa stenarna, kramar om mig själv och stirrar blankt ut över det mörka vattnet i sjön. Blodsmaken i munnen blandas med mina salta tårar när jag sväljer hårt och pressar ihop ögonen så att ännu fler tårar rinner ner för mitt ansikte.

Plötsligt knarrar det till två båtbodar bort. Jag tittar upp och drar lättat efter andan när jag ser en bekant, blond hjässa backa ut genom dörren. Syre fyller lungorna igen när Gabriell kommer ut, axlarna tunga av dagens fångst, mänger av fiskeverktyg och intrasslade nystan av nät. Han stänger dörren som knappt orkar hänga kvar på gångjärnen, låser och vänder sig om. Hans blick sveper över hamnen och stannar vid min. Ett leende sprider sig över hans ansikte, men det försvinner lika snabbt som det kom. Han släpper det han har över axlarna så det faller till marken i en röra av nät, bojar och fiskar och springer fram, armarna utsträckta.

"Anna! Vad har hänt?" Frågar han oroligt och drar in mig i en varm omfamning när han själv sjunker ner på knä framför mig. "Du är ju iskall?" Hans händer är varma mot min kalla hud när han lägger ena handflatan om mitt bakhuvud och den andra mot min nacke.

Jag trycker mig mot honom, andas in hans lukt djupt. Doften är som en svalkande och orimligt trygg kallsup för lungorna. Hans famn är så varm att för en sekund glömmer jag all panik och rädsla. Min omvärld slutar där hans konturer slutar och ljudet från måsarnas skri och flugornas surrande som precis ekade i hjärnan blir oväntat tysta.

"Här," han lutar sig tillbaka några decimeter och börjar dra ut armarna ur sin bruna, enorma rock. "Jag vill inte att du ska frysa till döds bland fiskrens och flugor."

Jag snyftar, vilket betyder att jag kan andas, och sänker blicken missnöjt till avståndet mellan oss. Världen börjar komma tillbaka runtomkring.

"En kall vårnatt kommer jag inte dö av Gabriell."

Mina fingrar är *blåa*.

"Mm," muttrar han och studerar mig från hjässa till tå. "Kan du åtminstone ta den här." Han sträcker sig efter sin vita sjal.

Det måste varit hårdare vindar ute på vattnet än här i hamnen. Jag tar ett bestämt tag i hans händer för att stoppa honom.

"Då har ju inte du någon. Det är kallt ute!" Klagar jag.

"Ja, jag vet att det är kallt ute, det är därför jag vill att du ska ha den."

"Men du då?"

Han slår utmattat ut armarna och ger mitt ett trött leende.

"Men för Guds skull Anna. Kom här." I en rörelse har han fått av sig sjalen och lagt den över mina axlar. Den är så lång att den täcker både axlar och överarmar. "Så."

Jag tittar upp på honom med ett retsamt uttryck.

"Känns det bättre nu?" Den ironiska tonen i min röst är helt oavsiktligt. *Lovar.*

"Hm?" Han smeker händerna rastlöst mot mina armar och lägger huvudet på sned.

"Nu när du räddat mig från en säker död." Jag ger han en sarkastisk blick och himlar med ögonen.

"Alltid så dramatisk," han skakar på huvudet men det rycker i hans mungipa. Han flyttar händerna från axlarna och håller om mina mjuka händer i sina valkade. "Dina händer är iskalla."

"Jag är okej!" Jag försöker låta övertygande. Men darrandet av mina tänder är nog en bidragande faktor till att hans tveksamma uttryck dröjer sig kvar.

"Är du säker att du inte ska ta på,"

"Shhh…" Avbryter jag.

"Men,"

"Jag sa shhh," jag lägger kinden mot hans varma bröst, andas in djupt och vänder upp ansiktet mot honom igen. "Du luktar som att du har badat i fiskrens." Han skakar på huvudet och sneglar ner.

Där har vi de vackra smilgroparna jag älskar så mycket.

"Det är ju precis vad varje man vill höra." Hans bröstkorg guppar i en liten fnysning och det grova tyget i hans väst kittlas under min haka. Hans leende får min mage att skutta. *Hjälp* vad vacker han är.

Han har ganska grova drag, det enda pojkaktiga som finns kvar är smilgroparna som ramar in hans skarpa mun. Höga kindkotor, hårda linjer runt läpparna och en skarpt formad käke med precis lagom stubb. Hans solbrända hud står i tydlig kontrast till min mjölkvita. Jag trycker händerna i hans för att motstå impulsen att hoppa på honom.

Patetiskt förälskad.

"Kan du kanske berätta vad som hänt nu?"

"Har ni varit ute till sjöss ända tills nu?" Försöker jag avleda.

Jag ska berätta, men… kan jag inte bara få sitta såhär i några sekunder till innan jag krossar vår framtid?

"Mm..." Han lägger huvudet på sned åt andra hållet. "Vi fick en så stor fångst att nästan hela skrovet tyngdes ner i vattnet, vi var nära på att förlisa flera gånger. Det var fantastiskt!" Hans ögon lyser.

"Du och jag har olika definitioner av *fantastiskt.*" Grimaserar jag till svar. Han drar tummen försiktigt över min underläpp och våra ögon möts. Hade det varit en urdålig idé att kyssa honom? Få försvinna i honom en stund innan jag dränker oss totalt. Tungan klibbar sig fast i gommen.

Riktigt dålig idé.

"Kom med hem till Vrixlösa inatt, du måste få upp värmen. Det är ingen här som ser, och du kan smita ut innan din mor vaknar." Ber han.

"Du, jag, en säng och värmande aktiviteter är ingen bra idé för tillfället." Jag skakar stort på huvudet medan hans hand stryker längs min midja.

"Om jag minns rätt så behöver vi inte en säng." Hans läppar kröks och hans hand klämmer till mot min sida. Jag måste pressa ihop låren vid minnet, vid Gud vad jag saknar hans hud mot min. Innan jag hinner tänka en enda tanke till rör hans läppar vid mina.

Hemma, han smakar hemma.

Han håller om mitt bakhuvud och vrider sitt för en djupare kyss. Mina läppar säras självmant mot hans och hans tunga möter min.

Varmt. Hett. Vått. Hans andning blir häftigare, eller, är de min?

Skit samma, bara vi inte slutar. Jag hade varit nöjd med att få drunkna här. Det var *definitivt* en dålig idé.

Flammor smeker upp över varje centimeter av min hud när hans hand pressas mjukt mot min midja och jag slänger armarna runt hans hals. Han flyttar läpparna från min mun och kysser längs med käken, halsen. Och sedan tillbaka upp. Våra tungor slingrar sig om varann och letar sig fram i varje vrå. Det är varmt, skönt, desperat. Precis vad jag behöver nu. Hans fingertoppar vilar mot mig precis under revbenen där pulsen slår stadigt ut i ådrorna igen. Men sen drar känslan av gruset som biter sig in i knäna mig sakta tillbaka till verkligheten och det bildas en liten knut i magen som ersätter fjärilarna.

"Gabriell," min röst bryts mellan kyssarna. Hjärtat börjar slå obarmhärtigt och jag griper motvilligt efter hans händer. Kyssen går från hetta och beroende till ljuvligt ömt. Våra kroppar skiljs åt, fast än att varje nerv i kroppen protesterar högljutt.

”Vi borde sluta.” Flämtar jag och lägger huvudet mot hans panna.

”Och om vi inte vill sluta?” Det är halvt en bön, halvt stön.

Fan, jag kommer krossa honom. Och mig.

Luftstrupen knyter sig och jag kippar efter andan i en irriterande ångestvåg igen. Jag försöker fokusera på de bitande gruskornen i knäna men det går inte att dra ner syre i lungorna.

”Andas, jag har dig. Andas. Det är okej, vad är fel?” Mitt bröst snörs ihop av förtvivlan i hans röst.

”Han…”

Men *andas* då människa. Lyssna på honom.

När jag inte svarar släpper han på sin omfamning något och lyfter min haka så att mitt ansikte möter hans. Jag ser honom genom en suddig hinna av salt och hjärtslag. Hans ögon smalnar till tunna sträck när hans röst mörknar.

”Vem? Vad har *han* gjort?”

Jag kan inte se han i ögonen. Min blick faller på en av de små, döda fiskarna i nät-boj-röran på marken bakom honom vid båthusdörren.

”Jag är förlovad.”

Hans kropp stelnar till mot min.

”Förlovad?” Upprepar han misstroget. Något rör sig i hans hals.

”Med vem? Redan?” Han skakar på huvudet.

Orden stockar sig i halsen, men jag tvingar fram dem, en efter en. Peders frieri, fars påtryckningar, förtvivlan, flykten till hamnen. Gabriells ansikte vitnar. Vi sitter som i ett vakuum.

”Du vet att jag älskar dig,” säger han med en röst som brister. ”Jag är din. Vi lovade varandra, men…”

”Jag vet, förlåt mig,” snyftar jag. ”Men det spelade ingen roll. Jag var redan trolovad till honom. Han lovade far ett gott liv för mig, och det var tydligen allt far behövde höra.” Nu är det han som måste titta bort, hans blick flackar och det ser ut som att han försöker blinka bort tårar han med. Han tänker en lång, *smärtsam* stund.

Sedan nickar han långsamt och får ett ansiktsuttryck jag inte riktigt kan tyda. Det ser ut som att han utkämpar ett våldsamt krig med sig själv i skallen. Och han verkar inte komma vinnande ut ur slaget.

”Varför sa du ja?” Frågar han till slut med en skärv ton. ”Varför kämpade du inte emot?” Hans ord skär som slöa, rostiga fileknivar i hjärtat. Om jag nu fortfarande har ett sådant eller om jag glömde det under påfågelns klack.

”Jag ville,” viskar jag och söker febrilt efter hans blåa ögon. Varje andetag känns som att pressa lungorna mot krossat glas. Han skakar svagt på huvudet.

”Du måste hjälpa mig, oss, ur detta. Vi kan hitta ett sätt, vi flyr, till fastlandet, vad som helst.” Ingen vidare plan, det erkänner jag, men vi kan inte bara ge upp.

En tystnad sänker sig mellan oss, tung och obekväm och gräver ner mig långt under markytan. Jag håller luften stilla i lungorna.

Fan vad jag hatar tystnad.

Gabriell stirrar tomt ut över det mörka vattnet, hans ansikte slutet och rynkat. Till slut vänder han sig mot mig igen, blicken kall och avlägsen. Han släpper mig ur sin famn.

”Vad är det du vill att jag ska göra?” Frågar han. ”Din far har rätt, att leva som fru Jacobsson kommer förenkla ditt liv. Det finns inget mer jag kan göra."

Vad menar han? Vad *fan* händer?

Han reser sig kallt och går för att plocka upp fiske-röran på marken. Mina händer faller tafatt till mitt knä med handflatorna upp mot natthimlen. Jag har fortfarande inte släppt ut luften ur lungorna.

Innan han försvinner i mörkret, insvept i nät, tittar han snett över ena axeln och stannar upp.

"Förlåt."

Ett ögonblick senare är han inte längre där. Jag stirrar på den tomma platsen där han nyss satt framför mig. Fastfrusen.

Något går sönder i kroppen.

3

Någon skakar frenetiskt mina axlar.

"Anna! Anna, vakna!" Jag orkar inte röra mig. En handflata läggs mot min panna. Undra om det är handen eller jag som är kall? Någon svär tyst för sig själv, tar tag under mina armar och lyfter mig upp på fötter.

Sedan ligger jag ner på en av bänkarna i sakristian, och någon har täckt mig med en kofta. Elins?

Jag blinkar försiktigt med ögonen, ljuset svider. Jag ser mig förvirrat omkring när allt börjar få konturer och min omgivning inte bara är ett bländande vitt tomrum. Huvudet har slutat snurra, men det har bytts ut mot ett dovt bultande.

"Vart är jag?" Min röst spricker omedelbart.

"I kyrkan," svarar Elin lågt som sitter på huk vid sidan av bänken, utan kofta. "Du låg utslagen utanför mot väggen. Iskall. Vad hände?" Hon har två stora orosveck i pannan. Jag gnuggar mina vita händer mot varandra för att få igång blodcirkulationen. Minnet av kvällen innan kommer tillbaka i en smärtsam örfil. Det känns som att jag borde gråta, men tårarna är väl antagligen slut vid det här laget. Skönt.

Likgiltighet är ändå bättre än helt jävla kaos.

Elin sitter tålmodigt tyst vid min sida med armarna korsade över den lilla bit av bänkskivan som min kropp och koftan inte tar upp. Hon studerar mina fingrar och spänner käken. Jag sätter mig upp.

”Gabriell... han... han övergav mig, tror jag,” förklarar jag och skakar på huvudet. ”Jag måste ha vandrat upp till kyrkan och somnat.”

Elin sätter sig bredvid mig på bänken och lägger armen om mina axlar. Hon lutar sig tillbaka och drar sina bruna, långa flätor bakom öronen. Hon studerar mig från topp till tå och släpper greppet om mina armar.

”Berätta.” Vart ska jag börja?

”Jag vet inte vart jag ska ta vägen. Igår kväll...” Min röst är knappt en viskning, bruten av huttringar. Jag måste frysa mer än jag känner. Jag drar efter andan och försöker samla några andetag.

”Mor och far... när jag kom hem, de hade besök.” Jag tystnar, minns den ståtlige mannen med de löjliga rosettprydda skorna, smaken av aska i munnen. Jag fäster blicken på den gamla dörren till sakristian bakom Elin. Detaljerat smyckad med smidesarbeten i runor på andra sidan. Härifrån syns bara de uråldriga ekplankorna.

”En friare.” Elins röst är mjuk, orolig. Men det är ingen fråga.

Visste hon? Något surt bubblar i magsäcken. Jag sväljer hårt.

”Peder Jacobsson, trumpetaren från slottet,” jag spottar ut namnet, som det vore en sur bit frukt. ”Far var... överlycklig. Pratade om ära, om en bättre ställning...” Halsen känns tjock och den sura, bubblande känslan kryper upp i strupen. ”Han gav mig inget val, Elin. Han tvingade mig.” Elin nickar, hennes ansikte allvarligt.

”Jag... jag kunde inte andas,” fortsätter jag. ”Det var som om väggarna pressade sig mot mig, kvävde mig... och den där feta påfågeln..." Jag ser upp på Elin igen. "Jag sprang. Sprang allt vad jag orkade. Till hamnen."

En strimma av något som liknar hopp tänds i Elins ögon. Gabriell. Den trygge, vackra fiskarpojken som jag älskar. Han hade kunnat hjälpa, han hade kunnat rädda mig från detta helvete. Men han gick. Jag krossar mitt eget och Elins hopp med mina nästa ord.

"Han... han förstod inte. Han var arg, besviken. Han sa att det inte fanns något mer han kunde göra..."

Min röst dör ut. Jag sjunker ihop på bänken.

"Det låter inte som han." Elin lägger armen om mig igen, hårt. Hon har inga fler ord, ingen tröst.

Snälla säg något nu Elin.

Tystnaden lägger sig mellan oss igen, tung och tjock som dimman över Vättern. Det enda som hörs är mina dämpade huttringar. Jag drar koftan tätare omkring mig. Elin stirrar ner i golvet, en tår rinner nerför hennes kind och hon torkar den snabbt och möter min blick. För ett ögonblick glömmer jag smärtan, bultandet i huvudet, och fokuserar på Elins smärtsamma uttryck.

"Elin?"

Hon tvekar, biter sig i läppen.

"Det... det är min far," säger hon till slut, rösten knappt hörbar. "Han... han har lovat bort mig." Jag rycker till.

"Lovat bort dig?" Det finns ingen kärlek i hennes röst, bara en dov, resignerad sorg. Elin nickar, tårarna rinner nu tyst nerför hennes fulla kinder. Hon har alltid varit den mer samlade, fromma och beräknade av oss.

Ofta ganska irriterande.

"Slottskaplanen... den gamle, sjuke... han har bett om min hand. Och far... han sa ja." Mitt hjärta sjunker lite till. Min egen mardröm speglad i Elins. Drömmarna krossade under tyngden av förväntningar.

Kan man bli mer trasig än såhär tro?

"Elin..." Börjar jag, men orden dör i halsen. Vad finns det att säga? Vilken tröst kan jag erbjuda? Varför har hon inte sagt något?

En mörk underton sprider sig i rummet. Elin snyftar, torkar kinderna med ärmen på blusen och reser på sig. Kyrkan omsluter oss i en tyst kyla, som en grav för våra krossade förhoppningar. Passande.

Magsyran står mig upp i halsen, men sorgen är dämpad, eller i alla fall latent. Det är något annat surt som kryper sig på. Något varmt.

"Det finns inget vi kan göra. Förutom att..." Elin tystnar, men något glimtar till i hennes ögon. Jag ser upp, ett uns av hopp flimrar till.

"Förutom att?" Upprepar jag. Elin lutar sig framåt, hennes röst är låg och intensiv.

"Förutom att göra deras liv till en ren misär. Diskret, förstås," hon ler. "Vi kan inte ändra på det som skett, men vi kan se till att de ångrar varenda dag att de tvingade oss till detta."

Peder Jacobsson flimrar förbi mitt synfält, hans arroganta leende, hans torra kyss på min hand. En våg av äckel och vrede sköljer genom mig. Elins leende blir bredare, ett kallt, beräknande leende.

"Vi ska vara som en flisa i deras kött, en konstant påminnelse om deras misstag. De ska längta efter döden, brytas ner till grus."

Ojdå. Jag gillar det där leendet och känner hur mitt eget breder ut sig i ansiktet.

”Men hur ska vi göra det?” Frågar jag ivrigt. Jag kan nog komma på minst femhundra sätt jag skulle vilja se min trolovade lida. Påfåglar klarar sig inte länge utan fjädrar. Eller huvud.

Det darrar i fingertopparna. Vrede kanske är något jag borde testa oftare, det är i alla fall vad jag tror att denna känsla är.

Känns… överväldigande hoppfullt.

”Våld är inte lösningen.” Jag suckar besviket till svar. Elin lägger huvudet på sned och fortsätter. ”Vi kan ju inte precis slå ner dem, vi ska vara smartare än så,” hon lutar sig mot sakristians dörr, hennes ögon glittrar. ”Vi ska använda deras egna vapen mot dem, tradition, plikt, skam.” En tystnad sänker sig över oss igen, men den här gången är den fylld av en febrig energi, vrede och beslutsamhet.

Vår planering avbryts abrupt av ljud från vapenhuset. Med en tyst överenskommelse, nickar vi åt varandra och jag försöker mig på ett oskyldigt leende. Elins far kliver in i kyrkorummet. Hans blick sveper över rummet och landar till slut på Elin när vi kliver ut över sakristians höga tröskel. Hans steg ekar mellan de fyra massiva, ståtliga pelarna i marmor. Varje pelare kröns av fyra försilvrade, vackra mässingstavlor med varsin förgylld profet. Jag är nästan säker på att tavlorna skakar när Elins far öppnar sin käft, hans ansikte rödsprängt.

”Elin! Vart har du varit? Jag har letat överallt!” Hans röst hård och befallande. Elin rycker till och hon verkar ha svårt att möta sin fars blick. Hon vänder upp ansiktet och studerar de höga, slätputsade valven med de blåa textbanden.

”Jag… jag hjälpte Anna med…” Kyrkoherden rycker otåligt på axlarna och avbryter.

”Det spelar ingen roll,” han tar ett fast grepp om Elins arm och drar henne mot sig. ”Och du,” han vänder sig till mig. ”Du kan gå hem nu. Din far väntar säkert.” Hans käkar är hårt hoppressade.

Utan ett ord till drar han med sig Elin ut ur kyrkan, hans frågor fortfarande hängande i luften, obesvarade. Vårt uppror ligger och pyr i tystnad, har vi tur kanske det fattar eld av sig själv.

Jag lämnar kyrkan, stenvägen uppåt norr sträcker sig framför mig, lång och torr i vårsolen. Tankarna snurrar. Allt känns som en tung råggröt. Men rädslan och sorgen har blandats med något nytt. En dovt sipprande och kokande känsla som får magsäcken att vända sig ut och in, fast på ett bra sätt. Foten pulserar fortfarande varmt och jag ser inte fram emot att se hur skavsåret ser ut när jag kommer hem. Men jag har väl antagligen större problem än ett skoskav och en vrickad fot som väntar. Med varje värkande steg växer den surnande känslan.

Vi ska vara smartare än så, som Elin sa, vi ska vara en flisa i deras kött. Men diskret.

Det bubblar över, hur fan är det möjligt att hela ens framtid krossas under en fet påfågel inom loppet av ett dygn?

Intill vägkanten mellan Vrixlösa och Kumlaby sprider sig täta mattor av små, mörkgröna blad och stjärnformade, blålila blommor.

Vackra vintergrönor.

Det gnager, maler och fräter i hela kroppen, jag knyter nävarna i fickorna på förklädet så hårt att det måste vitna, mitt huvud kommer explodera.

Jag stirrar på vintergrönan.

Den ligger där, stark och livskraftig, uthållig. Det skär genom mitt inre kaos och blommans skönhet är plötsligt försvunnen. Utan att tänka böjer jag mig och låter fingrarna gråta in i den kalla jorden. Jag river upp plantan med rötter och allt. Sliter sönder de sega rötterna, krossar de mörkgröna bladen. Jorddoften stinker i näsan. Frustration, en primitiv, okuvlig vilja att förstöra tar över mig. Det enda som existerar är den bubblande syran i min mage, den brinnande ilskan som kräver utlopp.

Jag sitter på knä i diket med en klump av blad och rötter i händerna. Jord har letat sig in långt under naglarna.

Hjärnan blir *tom*. Kroppen blir *tom*. Skönt.

Jag sitter och studerar min krossade skapelse, bladen känns läderaktiga mellan mina fingrar. De små blålila blommorna har fått en mer mörkbrun färg. Raseriet rinner sakta av mig ju mer jag andas.

Till slut släpper jag den döda plantan ur min hand och låter den falla tillbaka ner bland mattan av grönska. Min blick fastnar på en av de levande vintergrönorna som kämpar sig upp ur jorden. Den är liten och skör. Jag gräver försiktigt ner fingrarna i jorden igen under plantan, försöker vara varsam, som när jag och Elin putsar de dyrbara brudsmyckena i kyrkan. Jag är noga med att inte skada de ömtåliga rötterna när jag försiktigt lyfter upp plantan ur jorden.

Mina knän knakar stelt när jag reser på mig igen och börjar återuppta min fyrtio års långa vandring längs stigen. Solen bryter igenom molnen och kastar ett varmt ljus, fåglarna sjunger i träden och en mild bris smeker min kind.

Så fruktansvärt, jävla fridfullt.

4

Jag stannar utanför den lilla stugan när kvällssolens strålar värmer min rygg och skuggorna sträcker sig långa över gårdsplanen. I handen håller jag fortfarande den lilla vintergrönan i rötterna, bladen har redan börjat sloka. Om jag kommer levande härifrån ska jag sätta ner den i jorden nedanför mitt fönster på baksidan.

Jag lämnar blomman på fönsterkarmen i farstun. Just nu får den försöka att inte vissna på egen hand, jag har egna problem att ta hand om. Magen knyter sig på så många ställen att det hade kunnat räknas som ett nystan när jag drar ett djupt andetag och öppnar dörren in till stugan. Doften av rök och kokt kött från den öppna spisen slår emot mig, hade jag inte redan slått knut på magen hade den nog kurrat högljutt.

Gud, vad jag är hungrig.

Far sitter själv vid matbordet när jag kliver över tröskeln, rak i ryggen, hans blick är stirrig och han har händerna liggandes på bordsskivan i hårt knutna nävar. Han säger ingenting, andas knappt, men tystnad är nog mer skrämmande nu. Jag knyter händerna framför kroppen och tittar ner i golvet.

Nu är det bara att vänta på utbrottet, på anklagelserna, på straffet.

Sekunderna tickar förbi. Tystnaden blir alltmer tryckande.

Utan förvarning, störtar han upp ur stolen så att den faller bakåt ner i golvet med en skarp smäll.

"Vad i helvete glor du på!? Vad glor du på?!" Han kommer stormande, ansiktet förvridet av ilska. Innan jag hinner reagera har han tagit ett järngrepp om min nacke och trycker ner huvudet ytterligare några undergivna centimeter. Hans fingrar gräver sig in i huden och det brinner häftigare i hans ögon än under kitteln i spisen. Jag sväljer hårt och kör in mina fingernaglar i handflatorna, koncentrerar mig på att hålla hjärtrytmen stadigt.

"Skäms du inte, flicka?!" Vrålar han, hans röst sprakar av ilska. Hans grepp om nacken hårdnar. "Du kunde ha förstört allas vår framtid!" Mitt ansikte måste vara rött av ansträngning när jag försöker dra in luft. Hans ord piskar mig som slag.

"Din otacksamma horkona!" Spottar han. "Tror du inte jag vet om din relation med den där vedervärdiga fiskarpojken? Vet du ens vad du har gjort?" Dundrar han.

Hur *fan* vet han om Gabriell?

Hur *mycket* vet han om Gabriell?

"Herr Jacobsson var nära att dra tillbaka sitt frieri efter att du tog till flykten! Du är en skam för vår familj!" Hans fingrar, grova och hårda som läder, klämmer åt allt hårdare. "Du är en total besvikelse!" Skriker han med hesa stämband. "Det här ska du ångra, Anna. Det ska du ångra bittert." Han tar ett fast grepp om nackhåret och lutar mitt ansikte upp åt sidan mot hans så att våra blickar möts i en skev vinkel.

"Din skamlösa hundsvott!" Väser han, hans andedräkt är varm och så nära att jag kan känna de små hårstråna i hans skägg mot min tinning.

”Du tror du kan skämma ut mig på det här sättet? Va?!” Han rycker till och släpper sedan taget om min nacke i en sån häftig rörelse att jag faller till golvet och det skjuter en vass smärta upp från knäskålarna när de dunsar mot träet, halsen brinner där hans fingrar har klämt åt.

”Din lilla jävla...” Börjar han, men han avbryts av ett ljud från farstun. Dörren öppnas och mor kommer in. Han vänder sig tvärt runt mot sin hustru, hans ansikte fortfarande rött av ilska.

”Håll dig utanför det här!” Fräser han. ”Det här angår bara mig och min dotter.” Han tar ett grepp om min överarm och släpar med mig till mitt intilliggande rum och puttar in mig genom dörren, utan att stänga den när han stampande kommer efter in. Jag staplar in i rummet och tar ett fast grepp om en av sängkarmens höga stolpar i den bortre, högra delen av rummet för att återfå balansen. Knäna kommer vika sig. Innan jag hinner tänka flyger hans hand ut och träffar mig rakt över kinden, mitt huvud kastas åt sidan, men jag står upprätt tack vare mitt desperata grepp om stolpen med högerhanden.

Jag blinkar, vänster öga är blurrigt.

Hoppas Elin fick en mildare utskällning.

”Du ska veta hut, du ska ställa detta till rätta, hör du mig?”

Min egen vrede börjar ta över den varma, molande smärtan i min kind.

”Far åt *helvete*.”

Jag pressar ihop ögonen och stålsätter mig. Min far ger ifrån sig ett dovt morrande och nästa örfil skickar kväljningar genom hela min kropp.

Något knastrar.

Jag hör mig själv stöna genom smärtan och blodsmaken är tillbaka när jag drar med tungan längs insidan av kinden. Jag spottar på golvet.

Någonstans i bakgrunden ger min mor ifrån sig ett ynkligt pipande ljud. Tack för den hjälpen…

I ögonvrån ser jag far kavla upp armarna på kjorteln.

Fan, det här är nog inte över än.

Han tar sats ännu en gång och jag får ett kraftigt knytnävslag mot axeln. Alla sinnen jag har fylls av smärta, *Gud*, den måste gått ur led.

Jag tappar greppet om stolpen och faller till golvet igen. Benen i kroppen skakar och jag tappar andan när jag tar spjärn med min oskadade vänsterarm i golvet för att hålla mig på knä.

Andas.

Hans siluett fyller det blurriga synfält jag har kvar när han sätter sig på huk framför mig. Han tar obehagligt varsamt mitt ansikte i sina händer och klickar misstroget med tungan.

"Oroa dig inte, om du bara är still så lovar jag att inte slå sönder ditt ansikte. Vi måste ju tänka på stackars herr Jacobsson, eller hur?" Uppmaningen är mjuk, och skrämmande.

Jävla svin.

Trägolvet bildar snirkliga mönster på mina knän och jag börjar räkna hjärtslagen som dunkar i huvudet.

Ett, två, tre, fyra…

Han släpper mitt ansikte och drar näven i sidan av bröstkorgen. Jag viker mig dubbelt och lägger pannan mot det skrovliga golvet.

Nu är jag glad att magsäcken redan var tom.

"Vad i helvete är det för fel på dig?" Flämtar han. Jag försöker fylla lungorna med luft och skrika för första gången. Det blir ett ynkligt stönande genom sammanbitna tänder. Han stannar upp, reser sig sakta till sin fulla längd och drar båda händerna genom håret. Min mun fylls av en blandning av saliv och blod. Helt jäkla försvarslös.

En ny skarp, explosiv smärta blixtrar till när han tar sats och sparkar. Tillbaka till att räkna hjärtslagen.

Allt gör ont, sidan blixtrar av smärtande nerver och axeln hänger slappt vid min sida och värker intensivt.

Definitivt ur led.

Min hettande kind svalkas av det kalla trägolvet. Jag pressar upp ögonen och fäster blicken på fars ansikte, suddigt och förvridet. Han stirrar ner på mig med en blandning av avsky och tillfredsställelse.

"Du tror du kan trotsa mig? Du tror du kan skämma ut mig och springa till den där… den där…" Han spottar på golvet. "Du är en dåre, Anna! En naiv, bortskämd flicka som inte förstår sitt eget bästa," hans röst blir lugnare, men inte mindre hotfull. "Men oroa dig inte, jag hade ändå löst det *lilla problemet.*"

Jag kan inte längre räkna slagen som bultade i huvudet, hjärtat måste ha stannat. Jag öppnar och stänger munnen, det tar ett tag innan något ljud kommer ut.

"Vad… har du gjort?" Jag låter som en väsande orm med brinnande stämband. Far skrattar ett hårt, obehagligt ljud inifrån halsen.

"Herr Jacobsson har kontakter, Anna. Han vet hur man tar hand om problem," han sätter sig på huk igen och böjer sig framåt, hans ansikte bara centimeter från mitt öra. "Gabriell är borta. Han lämnade ön redan igår natt."

Något dränker mig, smärta eller vrede, eller båda.

"Jag har räddat dig, flicka. Från ett liv i fattigdom och elände. Du borde tacka mig. Du Anna, behöver bara fokusera på att Peder blir nöjd med ert äktenskap nu."

Vad i *helvete*?

Jag sjunker djupare ner i golvet.

"Kom ihåg detta Anna, så kommer du och jag inte ha några problem i framtiden." Kastar han över axeln när han äntligen vänder sig om, stormar ut ur rummet och smäller igen dörren efter sig.

Undra om vintergrönan i farstun har vissnat än?

Hur länge jag ligger kvar på golvet och studerar mina blåmärken över revbenen vet jag inte. Men de har alla en blandning av vintergrönans blålila toner, och någon nyans av den mörkbruna geggan som blev kvar när jag tog ut hopplösheten på den första stackars plantan i diket. Jag har fortfarande jord under naglarna.

Genom det lilla fönstret i rummet strilar det sista solljuset in, gyllene. Det bildar en rektangel av ljus på den motsatta väggen, en ljusstark fläck i det dunkla rummet. Jag ligger kvar med kinden mot trägolvet och ser hur rektangeln sakta förflyttar sig nedåt, timme efter timme. Ljusglimten krymper, kanterna blir suddiga och oskarpa, tills den slutligen försvinner helt. Rummet sjunker ner i ett skymningsljus, kallt och grått.

Jag tror att jag somnar vid något tillfälle för nästa gång jag öppnar ögonen kryper den ljusstarka fläcken tillbaka upp mot taket. Morgon. Men jag vågar inte röra mig, varje gång något rör sig utanför dörren håller jag andan och kniper ihop ögonen hårt tills det bildas små prickar i ögonvrån. Tillsammans med surrandet i huvudet kan de faktiskt lika gärna vara flugor. Högerarmen ligger slö längs med kroppen.

Förra vintern hjälpte Gabriell och de andra männen i hamnen herr Werner att sätta upp ställningar i kyrkan när han fick i uppdrag att måla grevinnan Stenbocks släktträd. Den förra grevinnan dog för ett par år sedan. Jag vet inte hur det hände, men en av männen föll från en av ställningarna uppe bland valven och slog axeln ur led. Han satte i och för sig inte tillbaka den på egen hand, men tillbaka i leden kom den.

Han skrek rätt högt.

Målningarna blev i alla fall bra…

Ljusfläcken fortsätter i sin bana tills den ännu en gång är påväg ner mot mig och golvet. Jag måste äta, magen skriker.

Jag rör försiktigt på mig, varje rörelse skickar en skarp smärta genom hela kroppen. Revbenen ömmar, kinden bultar och axeln hänger slappt. Jag biter ihop tänderna och kämpar mig upp på knä med hjälp av min fungerande arm. Ett illamående börjar rota sig i magsäcken och jag sträcker på halsen för att försöka bli av med den svidande känslan. Med stöd av sängkarmen trycker jag upp mig på vacklande fötter, tar spjärn mot väggen och famlar mig fram i mörkret. Bredvid dörren hänger en liten, grumlig spegel. Varje muskel säger ifrån. Jag stannar upp framför spegeln och studerar mitt ansikte i spegelbilden. Kinden är fortfarande lite svullen, men rodnaden har försvunnit. Jag rör försiktigt vid den ömma huden. Den är varm. Ett djupt andetag, två.

Sedan tar jag tag om min högra axelkota och trycker. Smärtan är olidlig, men jag fortsätter pressa, något knastrar, och med en sjuklig knäppning glider leden på plats. Jag biter ihop käken för att inte skrika och fläckarna i synfältet kommer tillbaka. Jag klämmer ihop ögonlocken och testar axeln, rullar den bakåt, sedan framåt.

Gabriells sjal får bli en provisorisk mitella som jag knyter runt halsen och stoppar in armen med hjälp av min friska vänstra.

Får jag chansen någon gång ska jag dra av hela armen på min far.

Lycka till med att sätta tillbaka den då.

Jag smyger över golvplankorna mot dörren och lägger det örat som inte pulserar mot den tunna träplankan. Tystnad.

Jag lägger vänsterhanden på handtaget och öppnar dörren försiktigt. Köket utanför är mörkt, i spisen pyr det sista som finns kvar av glöden och på bordet ligger fem brödbullar på en trätallrik. Min mage kurrar högljutt. Jag pressar handen mot den ömmande huden under revbenen. Om någon vaknar…

Innan magen återigen försöker avslöja min närvaro smyger jag snabbt fram till bröden på bordet och stoppar in dem i mitellan. När alla bullar ligger vid mid arm stannar jag upp och drar fingertopparna mot bordsskivan. Inte ens min egen mor ville så mycket som lyfta ett finger. Hur kan hon bara acceptera det som händer?

Jag hoppas skuldkänslor äter upp henne inifrån och ut. Mors pipande flämtning ekar i öronen mellan slagen och mina dundrande hjärtslag.

Åt helvete med dem båda två.

Jag fortsätter smygande mot dörren. I farstun stannar jag till, och plockar upp vintergrönan som jag lämnade på fönsterkarmen.

Bladen är torra och sköra.

Vissen.

5

Varje litet ljud får mig att hoppa till. Jag håller andan tills jag är säker på att ingen har hört mig gå ner för trappstegen och rundar knuten mot baksidan av stugan. Jag stannar under mitt sovrumsfönster och böjer mig ner. Jag är försiktig att inte anstränga min skadade arm när jag börjar gräva i den hårda jorden.

Vissen eller inte, jag överlevde och plantan ska ner i jorden.

Jag lägger ner den trötta vintergrönan i gropen och täcker den försiktigt med jord. En tyst bön för ett bättre öde, för både mig och blomman går genom mitt huvud.

Men det är väl antagligen önsketänkande.

Jag borstar av jorden från handen och plockar fram en brödbulle ur mitellan. Stenhård. När jag bryter brödet snöar det smulor ner i knät, men det är bättre än inget. Brödet smakar damm och korn, och en hint av järn, men det kan nog vara min egen muns fel.

Jag sväljer både första och andra brödbullen nästan hela, innan jag reser mig upp och känner hur magen vänder sig ut och in. Munnen fylls av saliv och magens innehåll kämpar sig upp i strupen. Jag försöker svälja och sätter handen för munnen.

Den fylls av maginnehållet.

Jag kanske inte kan göra något åt den feta påfågeln eller hindra fars utbrott. Men jag ska fan inte förlora mot två torra brödbullar.

Av ren viljestyrka sväljer jag ner den sura geggan i munnen.

En vinst. En liten, men ändå.

Jag torkar mungiporna med baksidan av den handen som inte ligger i mitellan. Det fräter på tungan och jag spottar tills munnen är snustorr.

Jag tror jag sparar resten av bröden till… senare.

Jag går tillbaka runt stugan och fortsätter längs med den mörka stigen som leder ner mot Kumlaby och prästgården. Hatet surrar under min hud, det är nog inte bara magsyran som lämnar en bitter, frätande smak i munnen.

Efter ett tag ångrar jag starkt att Elins kofta ligger kvar på golvet i sovrummet och jag gnuggar händerna försiktigt mot varandra för att försöka få ut lite blod i fingrarna. Jag blickar bort mot prästgården, den röda byggnaden som skymtar mellan träden. Elin. Bara hon är okej.

Jag stannar nedanför Elins fönster på baksidan och knackar försiktigt på rutan med min friska hand. Ett svagt gult sken från ett levande ljus flimrar i rummet innanför. Jag lyfter handen och knackar igen. Ljuset flimrar till igen och kommer närmare denna gång. Elin, med håret flätat prydligt över axlarna, klädd i en tunn, gulaktig särk, öppnar fönstret försiktigt. Hennes ögon vidgas i förvåning.

”Anna! Vad i Guds namn håller du på med..?” Viskar hon och tittar sig nervöst omkring.

”Tyst,” väser jag och tar ett stapplande steg närmare fönsterkarmen och grimaserar av smärta. ”Väck inte din far.”

Elin stirrar, hennes blick sveper över mitellan, det svullna ansiktet och min jordiga hand.

"Herregud, Anna, vad har hänt?" Frågar hon med en ton av fasa. "Du ser helt förstörd ut." Hon sätter ner ljuset på fönsterbrädan. Ögonbrynen tätt ihopdragna i en orolig fåra i hennes lilla panna.

"Shhhh," jag sätter ett friskt finger mot läpparna. "Min far," svarar jag med en röst som knappt är hörbar. "Han… när jag kom hem var han inte precis förstående och lugn. Resten…" Orden dör ut och jag skakar på huvudet när jag inte vet hur jag ska fortsätta. "Jag har i alla fall *en* fungerande arm och *tre* torra skorpor kvar." Försöker jag skämta och plockar fram en brödbulle ur mitellan med min oskadade, jordiga hand.

Det faller platt.

"Ditt svin till farsa," muttrar Elin och klämmer hårt i fönsterkarmen så att knogarna vitnar.

"Han har fått Gabriell att lämna ön. Han har *tagit hand om problemet.*" Fortsätter jag med en tillställd röst. Snart spyr jag igen.

"Vi måste göra något, vi kan inte låta honom komma undan med det här." Säger hon, själva bilden av beslutsamhet och kastar ena flätan bakom axeln. Jag lyfter skorpan till brödbulle jag plockade ut ur mitellan och tar ett bett, minns genast *varför* jag fortfarande har tre bullar kvar, låter tuggan falla ut ur munnen och kastar brödet nonchalant bakom axeln.

"Vad *kan* vi göra? Vi är ju fast här." Elin ler kallt till svar.

"Vi kanske är fast, men det betyder inte att de kan behandla oss hur som helst. Vi ska göra deras liv till misär lovande jag ju. Diskret, förstås."

"Diskret förstås." Upprepar jag som en papegoja.

Lyft på klacken påfågel-jävel, jag ska ha tillbaka mitt hjärta.

"Kommer du till kyrkan på söndag så får vi prata mer, för nu kan det nog vara smart att vi spelar duktiga flickor ett tag, så du får behålla din andra arm."

"Tro mig, jag stannar inte hemma mer än nödvändigt."

Hon nickar långsamt och gör en gest mot himlen som börjar gå över mer i rosa än nattblått.

"Bra, och det kanske är bäst att du är hemma innan solen går upp." Det har hon rätt i, det finns ingen nytta i att reta far mer än nödvändigt, för tillfället i alla fall. Även om jag mer än gärna hade retat upp han tills gallan sprutar ur öronen på honom.

Jag hinner nätt och jämt tillbaka upp till stugan och mitt rum innan det börjar röra sig utanför dörren. När jag kliver in i köket för andra gången på några timmar möter jag mors blick där hon står vid spisen och rör om i en gryta med korngröt. Ångan virvlar upp ur kärlet.

Hon ser trött ut, hennes ansikte skrynklas ihop när hon ser mig. Men hon säger ingenting. Istället vänder hon sig om och sträcker sig efter en skål på spiskanten. Ångan från gröten strömmar upp i hennes ansikte och in under hättan när hon slevar upp två stora klickar i skålen. Jag står kvar och pillar bort brödsmulor ur mitellan. Mor går fram till bordet och ställer ner skålen med rykande gröt. En tyst men tydlig uppmaning. Ät. Jag går bort och drar ut en stol och sätter mig ner, kroppen säger emot hur jag än rör mig. Jag äter under tystnad. Den bruna gröten värmer ända in i benmärgen.

Hur kan hon bara stå där och låtsas som ingenting har hänt? Som att min kropp inte ser ut som den har slängts ner från toppen av tornet i Kumlaby-skolan, lämnats i den urgamla kyrkolokalens sakristia bland gamla skolböcker i ett år, och sedan kastats ut ännu en gång. För att säkerställa att hela kroppen går i en fin nyans av blågrön och lila.

En djup besvikelse fyller mig från topp till tå. Jag hade nog hoppats på ett ord, en gest, ett tecken på att hon bryr sig. Men det enda jag möts av är tystnad och en skål med gröt. Jag trycker skeden mot botten av skålen, gröten har kallnat. Jag kan inte ta mer tystnad.

"Vart är han?" Jag ger det ett försök.

Mor rycker till, hon slutar röra i grytan och vänder sig. Hennes ögon är rödsprängda, som om inte heller hon har sovit något inatt.

"Vem?" Frågar hon med en viskning.

"Far," min röst hårdnar. "Vart är han?" Nu räcker det.

Hon sätter ner sleven med en skarp smäll mot spisen.

"Ute." Svarar hon kort och vänder sig bort och kör ner händerna i en balja bakom henne.

"Ute och gör vad?" Det är ju för fan som att prata med en gråsten.

Hon ignorerar mig och fortsätter diska. Hennes rörelser är snabba och ryckiga, och det stänker grynig vätska ur baljan. Jag reser mig upp, det sticker till i revbenen och stolen skrapar grovt mot golvet.

"Säg något?!" Den sipprande och kokande känslan växer under huden igen. Hon vänder sig om, likblek i ansiktet.

"Vad ska jag säga, Anna?" Utbrister hon med en röst som darrar och håller sig om bröstkorgen med blöta händer. "Vad kan jag göra? Han är din far."

Jag blir helt matt.

"Min *far* hotar, slår, sparkar, hånar mig, lämnar mig liggandes på golvet," jag skriker nu. "Och din lösning, din tröst, är en *jävla* skål gröt?!"

Hon spärrar upp ögonen och vänder sig bort igen, tittar ner, tårarna rinner nerför hennes kinder och blandas med grötvattnet i baljan under.

"Du svär inte under vårt tak Anna." Hon fortsätter frenetisk att diska med huvudet lågt. Ilskan kokar i mig.

"Du förstår inte…" Har hon mage att klämma fram.

"Vad är det jag inte förstår?" Jag slår näven hårt i bordet. En skärande smärta skjuter upp genom handen, handleden och armen. "Att du är rädd för honom? Att du hellre ser ärr på din dotters kropp än på din egen hud?" Jag stirrar på hennes spända ryggtavla, känslan av maktlöshet och förtvivlan biter tag i varenda cell i min kropp. Hon tiger.

Då är jag väl ensam då.

6

Lördag. Mitt sovrum är lika kallt och grått som vanligt. Solljuset strilar in genom det lilla fönstret och bildar en svag strimma på den motsatta väggen. En falsk, opassande känsla av igenkänning kryper i kroppen när jag sitter på sängkanten, min tunna särk hänger ner över mina såriga knän där skrapsåren kliar. Jag tittar ner på mina händer, de är smutsiga och repiga. Hela jag är stel och öm. Varje rörelse skickar en molande smärta genom axeln och revbenen. Men kroppen börjar sakta läka.

Jag tar ett djupt andetag, försöker ignorera smärtan och fokusera på att klä på mig. Jag böjer mig försiktigt fram och börjar dra på mig strumpor och platta tygskor. Det kalla trägolvet får mig att huttra och dessutom är det lättare att ta på mig strumpor och skor nu, innan alla lager av kjolar knölar sig i vägen. Jag drar på mig underkjolen över särken, det grova tyget är kallt mot min hud. Med tanke på daggen och imman på fönsterrutan drar jag ännu en underkjol över huvudet. Jag kämpar med att knyta rosetterna i sidorna av de gråa underkjolarna, fingrarna stela och klumpiga, och snörar ihop det mjuka livet ovanpå särken.

Mitt hat pyr fortfarande under ytan, ständigt närvarande. Det verkar vara svårare att bli av med än kolera.

Jag har valt att undvika honom så gott det går, min far.

Jag har nämligen ingen dödslängtan. Ännu.

Jag försöker göra så lite ljud som möjligt och röra mig som en obetydlig skugga genom huset när jag måste lämna min relativa säkerhet bakom min dörr. Utom räckhåll för hans vrede. Jag har bara sett honom en gång sedan… sist. Vid matbordet framför en skål kålsoppa och gäddlever. Fruktansvärt vidrigt faktiskt.

Stämningen vid matbordet var iskall. Lika vidrig som soppan.

Mor satt tyst, blicken sänkt, som om hon äntligen skämdes lite över sin makes beteende. *Lite.* Men hon teg fortfarande. Men det hade jag nog ändå förväntat mig vid det här laget.

Fars enda fokus låg på det stop öl han klamrade sig fast vid. Varmt, ångande och smakar kryddigt av anis.

Även detta, vidrigt.

Hans blick flackade mellan mig och stopet, men han undvek ögonkontakt. Jag verkar vara som kliande löss som han vill ta död på så fort som möjligt.

Mitt hat är… komplext. En blandning av vrede, rädsla, besvikelse.

Jag drar den grå blusen med bylsiga armar över det mjuka livet och känner hur tyget nu skaver mot de ömma blåmärkena på överkroppen. Överkjolen, en mattsvart historia med rödbruna ränder, känns tung och otymplig. Jag måste flera gånger stanna upp under påklädningen.

Axeln värker intensivt, och jag måste dra djupa andetag för att bli av med yrseln av smärta som strålar ut från revbenen, där ett stort, fult blåmärke brett ut sig. Till sist tar jag upp Gabriells vita sjal från där jag hängt den över sängkarmen och knyter den som vanligt runt axlarna.

Jag kan inte gå runt i mitella och se bräcklig ut hur länge som helst. Det grovt vävda tyget är varmt och mjukt mot huden på halsen. Jag sluter ögonen, borrar in näsan och andas in doften. Sen går jag bort till spegeln och försöker fläta håret bakåt så gott det går, och knyter änden med ett band. Min blick möter min egen i den lilla spegeln. Jag ser blek ut. Mer än vanligt. Och trött, mina vanligtvis klara, gröna ögon är rödkantade och svullna. Min spegelbild ser ut som en tillrufsad fågelunge som blivit sparkad ur boet för tidigt. Jag släpper min egen blick och sträcker mig efter dörrhandtaget.

Solen värmer häftigt, och jag noterar irriterat att jag skulle nöjt mig med bara en underkjol. Svetten glimrar blankt i allas pannor runtomkring när jag sitter vid vattenbrynet och sköljer en linneskjorta i vattnet. Det är isande kallt, mina fingrar har domnat för längesen. Jag gnuggar tyget mellan händerna i ett försök att få bort de sista fläckarna av smuts och svett. Händerna är röda och nariga, men jorden under naglarna har äntligen försvunnit. Det är en liten seger i min värld fylld av förluster.

Alla grannfruar har samlats för vårtvätten. De har tänt en eld under en stor kittel uppe på gräsplätten ovanför stranden, och luften är tjock av rök och doften av kokande björkaska. Kläderna har legat i blöt i den varma luten i några dygn och sedan kokats. Bakom mig står någon och klappar ut vattnet ur en stackars kjol med ett klappträ. Grannbarnen springer omkring i virvlar och vilda lekar, deras skratt blandas med ljudet av de smattrande klapparna och kvinnornas prat. Skvaller, bekymmer, skratt. Jag är inte delaktig i något av det.

En mild bris sveper in från Vättern och svalkar skönt i pannan. Jag sitter stilla med händerna och skjortan under ytan.

Undra om jag hinner dränka mig själv innan någon märker? Hjärnan lättar dystert av tanken. Om jag skulle dränka mig skulle stjärnorna fortfarande lysa. Solen skulle fortfarande gå upp imorgon. Jorden skulle fortfarande rotera. Årstiderna skulle fortfarande skifta. Ingenting skulle förändras. Utom till det bättre.

Små ringar bildas på ytan när jag lyfter upp den dyblöta skjortan ur vattnet. På varje sida om mig står två enorma baljor. En ångande varm, med tyger från kokningen, och en där det är meningen att jag ska lägga de ursköljda kläderna så de kan vridas ur, klappas och hängas till tork. Den är fortfarande tom. Vattnet droppar från tyget och rinner nerför mina armar när jag kramar ur skjortan och studerar den noggrant. Tyget är nästan genomskinlig. Det finns fortfarande en fläck kvar, en envis rest av smuts som vägrar ge med sig. Äsch.

Med en suck kramar jag ur skjortan och slänger den i den tomma baljan bredvid mig. Jag vrider kroppen, utan att tänka mig för, mot den ångande baljan med kläder som precis kokats i luten. *Aj.*

Jag ignorerar smärtan, sträcker ner handen och fiskar upp ett plagg. Det är min egen kofta. Eller ja, det som finns kvar av den. Den är täckt av mörkbruna fläckar från jord och mörkt blålila från vintergrönans blommor. Den hänger i trasor. Jag gav tillbaka Elins kofta, som hon täckt mig med när jag låg utslagen vid kyrkan, för någon dag sedan.

Så jag hoppas att sommarkvällarna inte blir allt för råa.

Jag slänger koftan direkt i den andra baljan.

Jag sköljer till slut det sista plagget i det kalla vattnet medan solen bränner i nacken. Svett har börjat rinna i små fåror nerför ryggen. Jag rätar på mig och knäcker nacken. Knäna härmar nacken när jag reser mig med ett ljudligt knastrande och lyfter den överfulla baljan. Den är svintung. Jag grimaserar illa när smärtan i axeln gör sig påmind.

Med bestämda steg går jag bort till klappbrädan som står uppställd vid strandkanten. Där sätter jag ner baljan, tar ett djupt andetag och plockar upp ett tyg. Jag lägger det på den flata, breda plankan och höjer klappträt. Ljudet från de smattrande slagen studsar över vattnet. Jag arbetar metodiskt, slår hårt, rytmiskt. Hatet som bubblar under ytan låter jag flöda ut i varje slag. Vid det tredje plagget, en kraftig rock, svider det till i handflatan när jag slår. Jag tittar ner. En liten flisa har borrat sig in i köttet. En tunn strimma blod sipprar fram.

Jag drar ut flisan och fortsätter klappa.

7

De smattrande slagen mot klappbrädan har bytts ut mot vibrationer i bröstkorgen från orgelns kraftiga toner som fyller kyrkan. Min blick är fäst på Elins ryggtavla i bänkraden framför min, på den vänstra sidan om mittgången. Hennes smala nacke sticker upp ovanför den högt knäppta kragen på hennes svarta blus. Elin sitter blickstilla, rak i ryggen, händerna knäppta i knät. Vi har inte hunnit prata sedan jag stod nedanför hennes fönster. Far har inte släppt mig med blicken förrän han tvingades lämna mig och slå sig ner bland de andra herrarna i bänkraderna på höger sida av kyrkan.

Första psalmen börjar eka ut i kyrksalen, och församlingen reser sig. Jag lyfter blicken och tittar på Elins far som står i predikstolen framför djäknarnas och grevinnans sida av koret, klädd i en grön mässhake med gula sömmar och törndetaljer. Han ser rätt löjlig ut, pompös och självgod. Lika sofistikerad och förbryllande som predikstolens invecklade intarsiaarbete som skymmer honom från midjan och upp.

På ömse sidor om koret står grevebänkarna vars dörrar pryds av grevens och den förra grevinnans initialer, idag är varken Brahe eller den nya grevinnan Beata närvarande. Men bakom grevinnans bänkrad fylls djäkneläktaren av pojkar i prydliga söndagskläder som otåligt vrider sig på pallarna de fått att sitta på. En blond, rund student med röda kinder längst fram böjer sig framåt på sin pall och karvar med vad som ser ut att vara en lång, rostig järnspik mot träplanket som avgränsar djäkneläktaren från grevinnans bänkrad nedanför. Han kommer abrupt av sig och tappar spiken med ett skrammel mot golvet när församlingen tar ett gemensamt andetag och läser förlåtelsen i kör.

"Jag bekänner inför dig, helige Gud, att jag ofta och på många sätt har syndat med tankar, ord och gärningar. Tänk på mig i barmhärtighet och förlåt mig för Jesu Kristi skull vad jag har brutit."

Mina läppar rör sig, men det är inte mina egna synder jag ber för denna gång. Eller, jag kanske borde slänga in en bön om förlåtelse för vad jag *tänker* göra åt far och påfågeln. I förebyggande syfte.

Kyrkoherdens ord om synd och förlåtelse känns ihåliga och meningslösa när han drar igång sin predikan. Orden studsar mot mina öron utan att riktigt tränga in. Jag lyssnar med ett halvt öra, tankarna är någon annanstans. Min blick fortsätter vandra upp mot det valvade taket i koret, där den glittrande silvergloben med narvalsbeten hänger. Jag minns fortfarande den lynniga änkan i Asby som en gång berättade för mig och Elin att det egentligen var ett enhörningshorn, fyllt av magiska krafter.

Visst. Då önskar jag att jag var en enhörning.

Så hade jag kunnat spetsa påfåglar genom hornet som ett grillspett.

"Jag läser Mika, kapitel sju, vers arton till tjugo. Vilken Gud är som du, du som tar bort skuld och förlåter synd hos dem som är kvar av din egendom. Din vrede består inte för alltid, du vill helst visa nåd. Du förbarmar dig över oss på nytt och utplånar våra brott, du kastar alla våra synder i havets djup. Du skall visa Jakob trohet och Abraham nåd enligt den ed du i forna dagar gav våra fäder." Elins fars röst är monoton och själlös när han predikar om godhet och förståelse, som om han själv inte är kapabel till stor grymhet.

Hycklare. Min mage surnar.

"Vi sjunger från Psaltaren, psalm hundranitton, vers hundrasjuttio till hundrasjuttiosex." Han höjer händerna med handflatorna vända mot taket och församlingen reser sig återigen.

"Låt min bön nå fram till dig, rädda mig, som du har lovat. Över mina läppar skall lovsång flöda, ty du lär mig dina stadgar. Min mun skall besjunga ditt ord, ty alla dina bud är rättfärdiga. Låt din hand bli mig till hjälp, ty jag har valt dina befallningar. Jag längtar efter din räddning, herre, din lag är min lust. Låt mig leva för att prisa dig, låt dina lagar vara min hjälp. Jag har gått vilse som ett bortsprunget får. Sök rätt på din tjänare, ty jag har inte glömt dina bud."

Ett bortsprunget får. Ganska välfunnet.

Min blick faller på altaret, där två ljus brinner med höga lågor och blommor i blandade färger står uppställda i genomskinliga glasvaser. Altartavlan består av två reliefer, en i alabaster som föreställer uppståndelsen och en som föreställer nattvarden. Lärjungarna stirrar tillbaka på mig, lika kallt som den förgyllda kopparn de är framställda av. Kyrkoherden förbereder sedan nattvarden.

Och så sätter han igång… igen…

"Lovad vare du, himmelens och jordens herre…"

Jag försöker stänga ute kyrkoherdens röst, men hans ord tränger sig på som envisa flugor som surrar runt en ruttnande fisk. Huvudet känns alldeles för tungt. Tankarna är en tjock dimma.

”…Fader allsmäktig, i den helige andes enhet, all ära och härlighet från evighet till evighet. Amen.”

Snart, *snart* är det över.

Hela församlingen säger tillsammans herrens bön.

Den kan jag i alla fall utantill. Tur, för nu är hela hjärnan luddig.

”Fader vår som är i himmelen. Helgat varde ditt namn. Tillkomme ditt rike. Ske din vilja, såsom i himmelen så och på jorden. Vårt dagliga bröd giv oss idag, och förlåt oss våra skulder, såsom och vi förlåta dem oss skyldiga äro, och inled oss icke i frestelse utan fräls oss ifrån ondo. Ty riket är ditt och makten och härligheten, i evighet. Amen.”

Jag och Elin går fram tillsammans med de andra i församlingen och tar emot brödet och vinet.

Det smakar *ingenting*. Mina sinnen är avtrubbade, tomma, likgiltiga.

Äntligen ljuder slutpsalmen.

Jag reser mig, benen stela och ömma och följer strömmen av människor ut ur kyrkan in i den skarpa vårsolen. Församlingen myllrar ut runt mig och Elin som myror ur en stack, klädda i prydliga söndagsklädslar. Vi går åt sidan och jag lutar mig mot den låga stenmuren som omger kyrkan. Jag vänder upp hakan mot himlen och låter ansiktet lysa blekt i solskenet.

”Där är han,” viskar Elin och nickar diskret mot en grupp människor som står samlade en bit bort. ”Slottskaplanen.”

Jag följer Elins nick med blicken. Där står en man och pratar med en äldre kvinna. Han är sjukligt smal, kotorna petar åt alla håll. Hans rygg kröks i en underlig vinkel framåt och gråa hårtestar sticker ut under hans lockiga peruk. Hans haka är stubbig och sticker ut långt från ansiktet. Det är smalt och fågellikt.

"Han ser ut som en hackspett någon stampat på." Det där kom ut hånfullare än jag tänkt.

"Han verkar snäll," fortsätter Elin. "Han har inte rört mig."

Ja, för det är ju definitionen av *snäll*.

"Snäll?" Upprepar jag sarkastiskt, ger henne en menande blick och fortsätter. "Det är väl det minsta man kan begära." Jag tittar bort mot slottskaplanen igen, studerar honom med en blick som bara kan beskrivas som avsmak.

"Han ser ut att vara gjord av pinnar och böner."

Elin ger ifrån sig ett kort skratt bredvid mig.

"Ja, han är inte precis någon Gabriell." Namnet skär genom mig som en kniv. Jag försöker skaka bort minnet av honom från hjärnan. Det ömmar i axeln när jag tar Elins vänstra arm försiktigt med min högra.

"Kom, vi går innan någon av fåglarna börjar picka."

Vi vänder oss bort från slottskaplanen och smälter in i folkmassan.

När vi går mot öppningen i muren är vi båda tyst försjunkna i våra egna tankar. Plötsligt känner jag en hand gripa tag i min fria armbåge och jag snurrar runt så gruset under mina skor flyger upp i luften och smattrar mot muren. *Fan.*

"Anna." Börjar far med en röst som vibrerar av undertryckt avsky. Bakom honom kommer Peder eftersvansande med en oläslig min.

"Herr Jacobsson har ett förslag på hur vi kan… bättra på er relation innan vigseln," han betonar de sista orden hårt och stirrar på mig med kalla ögon. "För att vi ska kunna komma över ditt lilla skådespel."

Skådespel? Tur för honom att det var den friska armen han drog i. Annars hade han fått se på skådespel.

Peder tar ett steg fram och tar plats bredvid min far. Han är faktiskt ganska lik en förvånad gädda. Elins hand griper krampaktigt om min. Jag skakar diskret och varnande på huvudet åt hennes håll när de båda männen byter blickar, och hon nickar och förblir tyst.

Bra. Jag vill inte att hon blir indragen i vad det än är för påhitt far och påfågeln har kokat ihop.

"Anna, om tre dagar hålls det gästabud på Visingsborg. Greven själv kommer att vara närvarande, och jag ska självklart spela fanfarer. Det är en stor ära, förstås. Jag förväntar mig att du infinner dig där." Peder stryker handen genom sin peruk, som om han justerar en krona.

Orden hänger i luften ett ögonblick. Jag blinkar.

Gästabud på Visingsborg? Jag städar hellre rent spisen med min egen tunga efter att gäddlever kokats, än att tillbringa en enda sekund i den påfågelns närvaro.

Far tar ett steg fram, hans skugga faller över mig.

"Herr Jacobsson är väldigt generös som inbjuder dig Anna," säger han med en ton som inte lämnar utrymme för diskussion. "Inte sant?"

En intensiv bubbla av ilska växer inom mig. Jag sväljer den.

Far lägger en hand på min högra axel, hans grepp är hårt, varnande. Det blixtrar till framför ögonen och ett obehagligt värkande pulserar ner i armen.

Det där var *inte* den friska axeln.

Jag slår ihop käkarna med en smäll och biter igenom smärtan. Genom hoppressade tänder tvingar jag fram ett leende. Läpparna känns stela.

Min ilska är som krutdurkar som bara väntar på att antändas. Jag är på väg att förlora fotfästet.

"Nå?"

Nej tack.

"Gärna." Ordet smakar bittert på tungan.

"Utmärkt. Se till att du är propert klädd. Det anstår en blivande fru till en man i min position." Peder vänder sig om och struttar iväg, hans skor klapprar mot gruset. Far släpper min axel och ger mig en sista, menande blick innan han följer efter Peder. Jag gräver in fingernaglarna i mina knutna nävar.

"Vad räknas som propert klädd?" Jag vänder mig till Elin med ett förvirrat, irriterat uttryck. Elin skrattar till.

"Frågan är väl vad som räknas som propert klädd för en påfågel?" Säger hon med ett flin. Hon tar ett steg närmare och betraktar mig med en överdriven kritisk blick. "Kanske något med fjädrar?" Hon gör en gest mot min enkla, men finaste, helgdagskjol. "Och juveler! Massor av glittrande juveler, så att du inte blir helt överskuggad av hans gnistrande personlighet." Jag himlar med ögonen. Men det rycker i mungipan.

"Ge dig. Du vet att jag hellre skulle gå naken än att klä upp mig för den där…" Jag tystnar och letar efter rätt ord.

"Påfågeln?" Fyller Elin i med ett retsamt leende.

"Just det," muttrar jag. "Men far skulle få ett slaganfall om jag dök upp i bara underkjolen. Han skickar mig till klostret snabbare än du kan säga *amen*." Jag sätter ihop händerna och ber upp mot skyn. Elin nickar allvarligt.

"Ja, det är nog sant. Men vi kan väl åtminstone försöka hitta något som får dig att se... lite mindre miserabel ut?" Tack?

Hon tänker en lång stund och drar med fingrarna över näsryggen.

"Okej, okej. Vi kan inte låta honom bestämma allt, eller hur?" Jag skakar instämmande på huvudet.

"Nej. Men vad ska jag ha på mig? Jag har inget som är..."

"Flådigt nog för en hovtrumpetare?" Avbryter Elin och mimar en trumpet framför näsan. "Jag förstår. Men, vänta lite." Hennes blick sveper över mina kläder, stannar vid den svarta överkjolen med rödbruna ränder. "Den där kjolen, den är ganska..." Hon tystnar, slår med fingret mot hakan och letar efter rätt ord.

"Hemsk?" Förslår jag.

"Nej, inte hemsk... Dramatisk! Elin ler brett. "Vi kan göra om den lite, sy fast några knappar och kanske en liten päls runt halsen? Så att du ser ut som en räv! En räv som är redo att... Ja, du vet..."

"Jaga fågel." Fnissar jag. Elin nickar med stora ögon.

"Exakt! Vad tror du?"

"Jag tror... jag tror att det kan funka. Men vi hoppar pälsen."

"Äsch, glädjedödare."

Det tog två och en halv dag men till slut är jag någorlunda nöjd med hur min svarta, finaste helgdagskjol ser ut. Den låga solen steker obarmhärtigt genom det lilla fönstret och förvandlar mitt rum till en tryckande bastu. Svettpärlor samlas i pannan och rinner irriterande nerför min tinning. Jag sitter återigen på sängkanten, iklädd endast min tunna särk, och stirrar på den numera väckade kjolen som hänger slängd över en stol. Två och en halv dag fyllda av en molande tystnad i stugan, avbruten endast av ljudet av fars tunga steg och mors skramlande vid spisen. I solen glänser knapparna som jag med mycket möda försökt sy på kjolen.

Det blev faktiskt riktigt… ja… snett. Men det får duga.

Jag saknade Gabriell stillsamt i morse. Inga tårar. Inga häftiga snyftningar. Bara en mjuk värk som får världen att stå stilla. Det fanns ingen sorgsenhet. Mer som om minnena av hans skratt lämnade en värme jag inte kunde hålla fast vid.

Och för ett ögonblick… sörjde jag inte. Jag var tacksam. Och kanske är det vad kärlek är. Inte klängande, inte förtvivlan. Men en stilla glädje över att minnas att han var min en gång. Bara lugn kärlek, och det värsta med den kärleken, är att jag minns den så oerhört påtagligt.

Jag reser mig mödosamt och går fram till fönstret. Det gnisslar högljutt när jag trycker upp det, som om det protesterar mot att släppa in den heta luften. Utanför breder de torra råg- och humlefälten ut sig, där gräset är gult och knastrar under den obarmhärtiga solen, bakom ligger Vättern stilla och kall. Det ska väl i alla fall bli kul att få se slottet, jag har aldrig varit närmare än den yttre borggården. En nervös kittlande känsla sprider sig i magen. Min blick faller ner på den lilla vintergrönan som jag planterade för några dagar sedan. Men precis som allt annat i mitt liv är även den vissen. Bladen är bruna och torra, och de små, blålila blommorna har förlorat sin färg. Irritationen kliar i halsen. Jag vänder upp ansiktet mot den klarblåa himlen. Inte ett moln så långt ögat kan nå. Men solen börjar leta sig ner mot vattnet allt fortare. Jag sluter ögonen och försöker andas djupt. Den kvava luften blir geggig i lungorna, och det känns som om väggarna börjar krypa närmare.

Dags att gå.

Utan att tänka närmare på klädsel, drar jag på mig ett par tygskor och resten av min helgutstyrsel, drar upp håret i en knut och smyger ut genom dörren. Det har blivit en vana att tippa runt på tårna här.

Fy vad jag *inte* vill gå.

Men allt är bättre än att kvävas i tystnaden och hettan i stugan.

Jag kliver ut ur farstun och blinkar till i den skarpa solen som bländar mig när jag trappar ner för stegen och lyfter huvudet. På gårdsplanen står en liten vagn med en liten, tanig, svart häst i tyglarna. Bredvid vagnen står den, om möjligt, ännu mindre grannpojken Joen. Han ler blygt när han ser mig. Det är en tanig ung man med små axlar och långa armar. Han är lite kortare än mig, trots att han är fem år äldre. Hans ansiktsdrag är mjuka och små. Han är liksom… gullig.

Innan jag hinner säga något rycks farstudörren upp och far kommer ut, ansiktet spänt. Hans blick sveper över mig, från mina tygskor till det ostyriga håret som jag försökte sätta upp i en stram knut utan framgång.

”Vad i herrans namn har du på dig?” Fräser han.

Vad ska jag svara på det?

”Jag… kläder?” Stammar jag, förvånad över hans plötsliga framträdande. Jag hade tänkt undvika det här.

”Kläder?” Fars röst dryper av spydighet. ”Du har ett anseende att tänka på, glömde du det?” Han pekar bort mot vagnen. ”Joen ska skjutsa ner dig till slottet. Herr Jacobsson väntar.” Klumpen av ilska är tillbaka och börjar expandera i bröstet. Jag tänker inte ta det här bråket idag.

Jag biter ihop käkarna och tvingar fram en undergiven nick. Han trappar ner för farstun och på bara ett par steg är han framme vid mig.

Hans grova, valkade händer tar ett grepp om mina kinder. Det suger till i magen och hjärtat hoppar över minst tre slag.

"Se till att du uppför dig ordentligt," fortsätter han i en hård varning. "Vårt rykte hänger på det här. Ett ord om din olydnad, och du vet vad som väntar. Lyd, tig, streta inte emot." Hans röst sjunker till den där iskalla, lugna klangen när han ger Joen en skarp blick. "Se till att hon kommer fram i tid. Och i ett stycke." Joen nickar tyst.

Jag stirrar på min far och tar ett steg baklänges ur hans grepp. Backar bort mot vagnen där Joens mjuka händer sedan hjälper mig upp. Jag sätter mig med fötterna dinglandes över kanten, stel och tyst, utan att släppa far med blicken. Vagnen skakar till när Joen sätter sig fram och tar tag i tyglarna. Sedan guppar vi iväg längs den steniga vägen mot Visingsborg och magen knyter sig lite hårdare. Jag hade lika gärna kunnat vara på väg till min egen avrättning.

Vagnen skumpar fram längs den gropiga vägen, och jag känner hur varje sten och ojämnhet ekar sig genom den tunna träkonstruktionen och upp i min ömma kropp. Dammet yr. I ett försök till att distrahera mig själv räknar jag stenarna som vagnens hjul rullar över.

En, två, tre, fyra, fem…

Det känns som en oändlighet sedan vi lämnade stugan.

Vi är knappt halvvägs. Joen sitter tyst och koncentrerad på att styra den envisa hästen som slänger med huvudet i ett försök att bli av med flugor från ögonen. Tystnaden i vagnen blir till slut outhärdlig. Jag tittar bakom axeln mot Joen, som sitter med blicken fäst på den dammiga vägen. Han verkar lika obekväm som jag.

Jag harklar mig och försöker få fram en fråga.

"Så..." Börjar jag. "Varför ska du ner till slottet?" Joen rycker till och tittar förvånat bak över sin lilla axel.

"Jag? Jag ska vara serverare under gästabudet ikväll," förklarar han. "Det är otroligt vackert där inne, med stora salar och fina målningar..." Han tystnar ett ögonblick, och sedan fortsätter han, med en lägre röst. "Vi ska inte gå in genom huvudentrén i den södra längan, vi tar tjänaringången, runt baksidan i den norra." Jag tystnar igen.

"Det blir nog kul," försöker han. "Det kommer att vara fullt med folk och de säger att greven själv kommer att vara där. Det blir fanfarer och dans och vin och musik," han sneglar bak igen och tillägger, "och massor av mat, förstås."

Sarkasmen bubblar upp inom mig.

"Åh, *fantastiskt*," säger jag med en tillgjord röst. "Jag kan knappt bärga mig tills jag får stå och titta på medan herr Jacobsson blåser i sin trumpet och greven frossar i sig stekar och godsaker. Det kommer bli *höjdpunkten* i mitt liv." Joen ser förvånat på mig med ett ögonbryn höjt.

"Nej, det är väl inte precis vad du drömmer om just nu." Säger han försiktigt.

Nämen, vilken tankeläsare.

"Jag beklagar," säger han till slut, hans röst låg och allvarlig. "Men det är nog bäst att du försöker se glad ut. Herr Jacobsson föredrar dig nog inte sur och butter."

"Och?" Min röst hårdnar. "Vad kan han göra? Slå mig? Låsa in mig? Ha ihjäl mig?"

Ja. Ja. Och *hoppas*.

Joen tittar ner i knät.

"Jag vet inte," viskar han tyst. "Men jag tror inte att det skulle göra saken bättre. Det är inte rättvist, det vet jag. Men det är nog bäst om du håller huvudet lågt och försöker göra det bästa av situationen. För din egen skull." Jag fyller lungorna till bredden och suckar högt. Joen slår med tyglarna och smackar två gånger med tungan i ett försök att få den lilla hästen i trav. Den fortsätter i samma bekväma gånghastighet förbi skogen i Säby, och vidare mot Kumlaby.

Något säger mig att det här kommer bli en lång vagntur.

Jag vänder blicken mot vägen bakom vagnen igen och återgår till att räkna stenar.

Sex, sju, åtta, nio…

8

Vägen slingrar sig runt den sista dungen av täta, höga björkar som kastar långa skuggor i vad som nu börjar bli skymning. Det gulvita slottet tornar upp sig med fyra flyglar och sex torn med förgyllda spiror som höjer sig över tak och trappgavlar. Vagnar överfyllda med tunnor och säckar bildar en lång orm in under den närmaste vallen, och in under valvet som leder till den yttre borggården. De gräsklädda vallarna ovanför vallgravarna runt slottet är utrustade med enorma kanoner i varje ände.

Skjut mig tack.

Joen styr vagnen över bryggan till vallgraven, genom valvet och in på borggården med slottets södra länga på vår vänstra sida och en flera meter hög vall på den högra. Längst in, i det högra hörnet av gården, stannar han intill smedjans vägg, och med en klumpig artighet hjälper han mig ner från vagnen. Jag vänder mig om och rättar till kjolen. Det dunkar dovt från smedjan intill och längre bort på borggården, utanför öppningen i slottets södra fasad, står tre enorma hästar som frustar och lämnar sin spillning till drängen att ta hand om. Tyget i min kjol frasar när jag följer efter Joen över kullerstenarna tillbaka i riktningen där vagnen rullade in. Bakom hästarna och drängen springer vår grannfru

61

Kristin och försöker få kontroll över ett vimmel av kacklande höns och gäss. Till höger om oss smyckas valvet in till den inre borggården av förgyllda byster av Braheättens medlemmar.

”Har de verkligen guld bara som dekoration här?” Frågar jag när vi svänger runt husgaveln och ner längs den västra längan. Jag måste ta ett stort kliv åt sidan för att inte kollidera med två vakter i blåa uniformer, från Brahes egen lilla armé, som skyndar förbi och smiter in under valvet, säkert för att ställa upp sig för inspektion på den inre borggården.

”Då ska du se insidan.”

Vi kommer runt till den norra flygelns baksida och stannar framför en bastant trädörr i mitten av huset. Joen öppnar dörren, håller upp den och tar ett steg åt sidan.

”Varsågod.” Säger han med ett ansträngt leende. Jag kliver in i en trång och mörk korridor. Luften är mättad och tung av en blandning av dofter, unken svett, gammalt fett, bränt trä och en svag hint av sur öl.

Luktar precis som jag föreställt mig ett påfågelbo.

Undra om de fodrar väggarna med fjädrar också?

Korridoren är full av liv och rörelse, med tjänstefolk som skyndar fram och tillbaka, bärandes på fat med mat, stop med öl och korgar med smutsiga tyger. Alla ser oerhört stressade och upptagna ut. En enda stor myrstack av underdånighet. Vem hade kunnat ana att man behövde en hel armé för att serva en enda liten greve?

Joen lämnar mig vid en dörr i slutet av korridoren.

”Herr Jacobsson bad mig att lämna dig här,” säger han. ”Han kommer snart.” Jag nickar och stiger in i ett stort, dimmigt rum. Här inne är det om möjligt ännu mer liv än i korridoren utanför. I hörnet till höger om mig står en ensam pall, och på pallen sitter en kvinna med en stor bleckmugg i handen. Hon ser ut att vara i femtioårsåldern, med ett runt, rött ansikte och en bylsig kropp som täcks av ett mörkgrönt liv med ärmar som slutar vid armbågarna. Kjolen matchar livet och täcks nästan helt av ett förkläde knutet runt midjan.

Eller ja, midja och midja.

Hon äter glupskt av ett fat gröt på ärter och salt öring och torkar sig om sin oproportionerligt lilla mun med baksidan av handen. Jag rynkar på näsan. Rummet stinker av gammal öl och sur svett. Jag tar ett steg åt vänster och lutar mig mot väggen bredvid dörren.

Plötsligt öppnas dörren igen, och Peder kliver in i rummet och stjäl all syre. Han är klädd i en kort, gulbrun doublé över en vit skjorta med slitsade ärmar, spetskragar och med en kravatt knuten runt halsen. De breda knäbyxorna och de höga kragstövlarna är båda prydda med rosetter. Allt förutom skjortan underst går i samma gulbruna färg. När han kommer nära känner jag lukten av talg. Peruken måste vara i djurhår. Fähund kanske?

Han har sin trumpetväska i högsta hugg och ser uppspelt ut, hans ögon glittrar av självförtroende.

”Anna! Där är du ju!” Utbrister han. ”Jag ska gå upp och möta de andra musikanterna. Du kan vänta här så länge.” Han ger mig en snabb, irriterad blick och tillägger, ”och försök att se lite gladare ut, flicka lilla. Det här är en stor dag!”

Ja, för han kanske. Jag är mer sugen på att sjunka ner i marken ett par tre meter, eller kanske hänga lite på att brinnande bål.

Peder försvinner ut genom dörren igen och jag blir ensam kvar med den ölstinkande kvinnan i hörnet.

”Är du herr Jacobssons trolovade?” Frågar kvinnan på pallen och avbryter fräckt min inre monolog. Hennes röst är hes och flottig, som om den var täckt av ister.

”Ja.” Svarar jag kort. Utan att titta åt hennes håll.

”Beklagar. Var försiktig, salt ser ut som socker innan man smakat.” Fortsätter kvinnan och tar en stor klunk ur sitt stop. Hon tittar på mig med en blandning av medlidande och olust. Jag höjer ett ögonbryn åt hennes håll.

”Han är ett svin.” Förklarar hon.

Jotack, jag hade räknat ut det.

Kvinnan stirrar länge på mig.

”Ska du ha på dig *det där* på festen?” Frågar hon och nickar mot min kjol. Jag tittar ner på kjolen med de sneda knapparna jag försökt sy fast.

”Ja, vad är det för fel på den?” Jag korsar armarna över bröstet.

Den är ju perfekt för att smälta in i väggarna och undvika onödig uppmärksamhet från påfågeln. Plötsligt reser sig kvinnan upp från pallen och ställer ifrån sig stopet och fatet på ett intilliggande slitet bord.

”Kom,” säger hon och nickar mot dörren. ”Följ med mig.”

Jag tvekar ett ögonblick. Sen får den vaga förhoppningen om att slippa undan Peder en stund mig att följa efter kvinnan ut ur rummet.

Vi går genom en labyrint av korridorer och jag får småspringa för att hänga med kvinnans snabba, knubbiga ben. Slottet är större och mer förvirrande än jag trott. Det här stället är ju större än hela Ed.

Varenda yta ser ut att lysa. De vita väggarna är täckta av gobelänger och pryds av mängder av porträtt-tavlor. Jag sneglar nyfiket på en av de avbildade personerna när vi slingrar oss genom korridor efter korridor. Kvinnan på porträttet är klädd i en långärmad, lila utstyrsel och är överöst med tyg och smycken. Hon har ett alldagligt utseende, men är lite för lik greven för att kunna anses som vacker.

Vi går genom vad som ser ut att vara ett bibliotek. Taket är minst tre gånger så högt som jag själv och väggarna är täckta av böcker från golv till tak. Luften är tjock av dofter av vaxljus, rökelse och damm.

Jag nyser och kliar mig under näsan. Det luktar som i kyrkan.

I hörnet av det dunkla rummet finns en sittgrupp av möbler med låga ryggstöd som säkert är perfekt för att sitta och studera alla texter i, framför den öppna brasan som är trångt inklämd mellan två bokhyllor i mörkt ekträ. Våra steg studsar dovt mot väggarna när ljudet sugs in i bokfasaden. På ett hasselbrunt skrivbord med lejonfötter vid fönstret i andra änden av rummet ligger en enda oansenlig brun bok med guldfärgad text som blänker i det lilla ljus som strilar in genom fönsterrutorna bakom bordet.

Inte för att jag kan läsa så bra, även om Joen försökt lära mig vad som står i psalmböckerna, men jag försöker ändå knaggligt uttyda orden på bokryggen när vi går förbi bordet:

The äldste... Hist...orier om Swea... och Götha Rij...ken, Sn..orre Stu…rlasson..

Jag tror inte ens jag förstod vad jag precis läste. Jag måste börja lyssna när Joen försöker banka in läskunskap i hjärnan på mig.

Vi går ut från biblioteket och fortsätter nerför en lång gång som viker av i en smal, delvis dold dörr som leder till en slingrande tjänartrappa. Efter att vi har gått upp två våningar i snäva spiraler snurrar hjärnan, och när kvinnan öppnar dörren i toppen av trappan kommer vi ut i en större korridor i igen. Här är allt kalt och avskalat. Våra steg ekar återigen mot väggarna, inga maffiga gobelänger, inga böcker eller porträtt på grova damer i lila.

”Den här våningen är nästan tom.” Konstaterar kvinnan.

Som om det inte vore uppenbart.

”De har mer rum och tjänare än de behöver.” Hon öppnar en av dörrarna i den långa, tomma korridoren och lämnar plats för mig att gå in. Jag kliver in i ett stort ansenligt sovrum. I mitten av långväggen finns två stora sängar med vad som ser ut att vara otroligt mjuka överkast, och bredvid dem en enkel vingstödd stol nära fönstret. En stor garderob står mot väggen mitt emot, och bredvid den hänger ett stort oljemålat porträtt. Ingen jag känner igen, men han har otroligt mycket ansiktsbehåring. Utan tvekan ytterligare en av grevens förfäder.

”Fataburspigan kommer och hjälper dig strax.” Säger kvinnan kort och stänger dörren bakom sig när hon kliver ut ur rummet.

Hjälper med *vadå?*

Hennes steg avtar desto längre bort i korridoren hon går. Att plötsligt lämnas helt utan tillsyn i det stora slottet känns lite desorienterande.

När jag inte längre kan höra den knubbiga kvinnans steg går jag bort till fönstret. Det blickar ut över den inre borggården som bara lyses upp av några arbetandes lyktor i ett fladdrande, gult sken. Vi är fortfarande i den norra längan. I de översta salarna i längan mittemot syns gästabudssalen och det flackar förbi människor i ett febrigt, färgglatt virvel innanför fönsterna. Festen är tydligen igång. Ett svagt klapprande av träskor mot kullersten nedanför sipprar in genom fönstret. Jag tittar ner, och på borggården halvspringer ett tjänstehjon över stenarna, balanserandes på ett överfullt nattkärl. Jag suckar och mitt andetag bildar en liten cirkel av kondens på det kalla glaset i fönsterrutan. Med en fingertopp mot glaset målar jag små virvlar. Vrider jag fram och tillbaka på huvudet så bryts mina virvlar i små regnbågar i ljuset från lyktorna nere på borggården. Jag tar ett steg tillbaka och studerar mitt verk för ett ögonblick, innan jag vänder mig om och börjar utforska rummet jag har placerats i. Garderoben är bara fylld med lakan och överkast, lika mjuka som dem på sängarna. Lådorna innehåller bara gamla ljusstumpar. Jag plockar upp en av dem och pillar bort den sista brända stumpen av veken i ren tristess.

Plötsligt öppnas dörren igen och en ung kvinna kommer in i rummet, bärandes på en hög med tyger i famnen. Hon har håret uppsatt i en stram knut lik min egen, och det är ungefär allt vad jag kan se av kvinnans utseende som nästan helt täcks av den ljusblåa och vita högen.

"Ursäkta mig, jungfru Anna," börjar kvinnan och niger djupt. "Jag är Ingrid. Fataburshustrun bad mig komma hit med det här till er." Hon lägger ner klädhögen på sängen och tittar förväntansfullt på mig från topp till tå.

"Till mig?" Frågar jag förvirrat. "Vad är det där?"

"Kläder, jungfru Anna," svarar hon. "Fataburshustrun sa att ni skulle klä upp er. Hon vill tydligen reta gallfeber på herr Jacobsson genom att få er att framstå som finare än honom." Jag stirrar på klädhögen på sängen.

"Hur känner du inför lite uppiffning?" Avsky?

"Ta av er kläderna, jungfru Anna," ber Ingrid och börjar rota i klädhögen. Hon håller upp en blå sidenkjol med vita spetsar och broderier i små, silvriga bladmönster. Den är finare än allt jag någonsin ägt, och den ser ut att väga ett ton.

Vem orkar ens gå runt i en sådan där sak en hel kväll?

"Och det jag har på mig?" Frågar jag och pekar på min svarta överkjol. Hon skakar på huvudet.

"Nej jungfru Anna, det där passar inte alls," klagar hon. "Det här är en speciell kväll, och ni måste se ert allra bästa ut. Det är en av hovdamernas klänningar, hon har antingen vuxit ur den, eller blivit för fet. Hur som helst, den borde passa er perfekt."

"Reta gallfeber på herr Jacobsson." Upprepar jag tyst.

Ja, varför inte? Kan ju bli underhållande att se den uppblåsta gubbjäveln få ett utbrott.

Ingrid studerar mig som en tygdocka hon får lov att klä ut. Jag sparkar av mig skorna och börjar lirka upp snörena som håller upp blusen.

Det här kommer att bli en lång kväll.

Jag står i bara särken. Oerhört blottad. Ingrid gör en gest att jag ska höja armarna och jag lyder och slänger armarna mot taket. En ljusrosa korsett med hård bening dras över mitt huvud och jag blir plattare och mer konformad ju mer hon drar åt i ryggen. När jag fått på mig två vita underkjolar knyter hon fast en liten korv-formad kudde mot ryggslutet. Jag höjer frågande på brynen.

"För extra puff!" Hon ler stort med alla tänderna.

Juste, hur skulle jag klara middagen utan puff. Dumt av mig.

Hon snörar sen in mig i ett styvnat ljusblått livstycke med vid båtringning som lämnar mina axlar bara. Livet är format i en sådan lågt sittande spets att min överkropp måste se onaturligt lång ut. Ärmarna är vida, halvlånga puffar som slutar ovanför armbågen. Till sist får jag en kjol i samma färg som livet, med bladbroderier som snirklar sig från midjan och ner i fina, små virvlar likt de jag målade borta på fönsterrutan. Silverbladen fortsätter upp över livet i långa rankor och ramar in min byst som frusna slingerväxter över en isblå, genomfrusen sjö. Hon gör min aftonklänning komplett med två vita pärlarmband som dinglar löst runt handlederna. Jag stannar upp och tittar ner på mig själv.

"Är du säker på att alla klär sig såhär till gästabud?"

"I grevens hov? Varje gång."

Så... opraktiskt flådigt.

När alla lager med kläder är på sätter hon mig på en av sängarnas kanter och drar ut snöret som håller mitt hår uppe så att mina blonda lockar böljar ner över axlarna. Hon låter några lockar välla fritt över öronen på sidorna och sätter upp resten i en livlig knut på bakhuvudet. Hon pryder till sist mitt hår med små pärldetaljer som matchar armbanden.

"Klart!" Ingrid gör en gest mot dörren. "Ska vi?"

Hon går före och öppnar dörren, och jag kliver ut i korridoren på ett par nya, platta och hala, nätta skor. Jag rättar till kjolen och följer efter Ingrid som börjar marschera snabbt genom korridorerna. Vi sneddar genom slottet, mot flygeln mittemot. Korridorerna här är fulla av människor. Ju närmare gästabudssalen vi kommer desto fler fisfina gästers blickar vänds mot oss. Männen är klädda i färgglada dräkter av linne och siden, med spetskragar och hattar med enorma fjädrar. Kvinnorna bär praktfulla klänningar med vida kjolar och snäva liv.

Jag känner hur deras blickar bränner i min hud när Ingrid tar täten mot festligheterna.

Det var definitivt såhär alla i grevens hov klär sig till gästabud.

Och vi är definitivt samtalsämnet när vi passerar dem.

”Är det alltid så här?” Frågar jag och tar ett steg närmare Ingrid när två serverare kommer förbirusandes.

”Absolut.” Svarar Ingrid med ett flin.

Sorlet från gästabudet når oss långt innan vi kommer fram till den enorma salen. Oj, jäklar vilken sal.

Den är säkert tjugo meter lång och femton meter bred och är, om möjligt, ännu högre i tak än biblioteket. Ett stort långbord står horisontellt mot väggen i ena änden, och lika långa bord sträcker sig ut i lodräta rader som vita fingrar mot oss. På varje sida om borden står tygprydda stolar och i taket hänger flera kronor som glittrar i ljuset från hundratals vaxljus. Väggarna är kritvita. Jag står med munnen vidöppen.

”Här lämnar jag dig.” Mina käkar smäller ihop. Ingrid tar ett tunt, glasblåst vinglas fyllt till bredden av mörkröd vätska från ett av borden närmast och sträcker det till mig. Sen försvinner hon in i folkvimlet med en road min. Jag står tafatt mitt i salen med mitt glas. Jag är säker på att om jag ropar skulle det genljuda i hela salen. Om det inte hade varit för alla människor.

Intill väggen längst ifrån mig får jag syn på Joen med en kanna vin i händerna. Våra blickar möts och han nickar, en liten, nästan omärkbar gest, och ger mig en blick som säger att han anser att min klänning ser lika absurd ut som jag tycker att den är.

En bekant mansröst ropar mitt namn bakom mig. Peders stämma kryper in i öronen som yra rävsaxar. Jag tar upp glaset med vin mot min mun och spottar diskret ner vätskan. Joen skakar lätt på huvudet och måste titta bort, och verkar få kämpa för att lyckas hålla god min.

Jag vänder mig om och ser Peder komma gående mot mig, med ett brett, oljigt leende. Bredvid honom går en äldre man med insjunkna kinder, krökt rygg och lång hackspetts-haka. Slottskaplanen. Lika fint klädd som Peder, fast i röda toner istället för påfågelns gula.

Två fåglar på en och samma gång. Perfekt.

"Anna, min sköna! Vart har du hållit hus?" Frågar Peder och höjer rösten för att överrösta sorlet i salen. "Jag har letat överallt efter dig!"

Antagligen upptagen med att putsa hans fjädrar.

"Jag… jag var bara…" Stammar jag. Slottskaplanen harklar sig.

"Det anstår sig inte för en ung kvinna att gå omkring ensam på ett sådant här ställe," klagar han med en bekymrad röst. Hans blick fastnar på min klänning. "Men jag måste säga att du är mycket vackert klädd, min kära."

"Urringningen är magnifik." Påpekar Peder. Han ger mig en sliskig blick som får mig att vilja kräkas. Gubbäckel.

Herregud vad bra gallfeber-planen funkar då.

Jag sväljer äcklet och tvingar fram ett påklistrat leende.

Inte rätt tillfälle att tappa kontrollen.

"Tack." Det där gjorde nästan ont. Jag räcker fram vinglaset till Peder som ivrigt tar emot det. "Törstig?"

"Jag visste väl att du kunde om du bara orkade ansträngde dig lite."

Jag ler ett äkta leende när Peder, utan att tveka, tar en stor klunk och sväljer den röda, lite skummiga vätskan.

Det är bara synd att det inte är gift.

"Jag måste förbereda den första fanfaren, greveparet är på ingång." Fortsätter Peder och skyndar iväg mot musikanternas hörn, smuttandes på mitt vinglas, fortfarande ovetandes om innehållet. Leendet över mina läppar sprider sig lite bredare.

Skål, påfågel-jävel.

Jag vänder mig mot slottskaplanen som står kvar och betraktar mig med ett nyfiket uttryck i det fågelliknande ansiktet.

"Hur orkar du med honom?" Frågar han och nickar mot Peders försvinnande gestalt.

Ursäkta? Var det där en genuin fråga?

Slottskaplanen kanske har *lite* empati ändå. Elin hade kanske rätt. Eller så är han bara bra på att spela teater. Jag tvingar fram ännu ett påklistrat leende och skakar försiktigt på huvudet.

"Jag förstår inte vad du menar." Svarar jag vagt och låter blicken glida ut över folkmassan igen.

"Är det där ett *torn* av ostron?"

En piga kommer in i salen, bärandes på ett enormt silverfat med ett berg av prydligt arrangerade, färska ostron.

"Man vänjer sig," svarar slottskaplanen och rycker på axlarna. "Men var försiktig när du är full, de små jäklarna åker fort upp igen."

Som om jag kommer att bli full, så länge tänker jag inte stanna.

Nästa sekund skär ljudet av trumpeter genom sorlet i salen, i högtidliga och mäktiga fanfarer. Samtalen tystnar abrupt och alla gästers blickar riktas mot ingången.

Gästabudet kan börja.

Mellan alla människor i den stora salen skymtar jag greveparet när de skrider in till fanfarerna. De står med ett obekvämt avstånd, noga med att inte vidröra varandra. Deras kärleksliv verkar inte heller precis blomstra. Grevinnan, Beata, är en stram kvinna med stort, mörkt hår som har en liknande uppsättning som mitt. Hennes klänning har ett långt, styvnat liv med korta ärmar och guldfärgade broderier längs midjesömmen. Särkens ärmar syns och delas in i puffar med fina färgsprakande band. Hennes v-formade urringning täcks med en kritvit bröstduk. Livstycket och den böljande, veckade kjolen går i en intensiv apelsinorange färg jag aldrig tidigare sett. Hon är överöst med ringar och halsband i guld. Jag känner mig genast barnslig i min söta, ljusblå sammansättning och runda, ofarliga pärlor.

Jag vinner åtminstone blekhetstävlingen.

Men hon vinner i *fyllighet*.

Undra hur många korvar hon har under kjolen.

Greve Per Brahe är en lång, fet man med blont hår och isblå ögon. Hans hals pryds av en kravatt av spetskantat linne, hopknuten med en enorm rosett som får Peders att likna en platt sopkvast.

Greven vinner definitivt kravatt-tävlingen.

Strumporna är instoppade innanför den mycket vida byxan med rosetter ovanför vaderna. Han har bylsiga vita skjortärmar som slutar i långa spetsar och en metall-röd väst med små gulfärgade detaljer. Mycket prålig måste jag erkänna. En enorm hatt sitter på hans stora huvud och pryds av en ännu större fjäder. Den röda rocken når honom till knäna och en silverglänsande värja hänger vid hans sidan.

Efter att greveparet avnjutit sin minut av applåder och fanfarer sätter de sig vid det horisontella bordet längst bort, tillsammans med vad som måste vara grevens närmaste män och grevinnans hovdamer, och vi vanliga, dödliga, sprider ut oss kring fingerborden framför.

Jag väljer en stol längst ut på ett av de långa borden, bredvid slottskaplanen och en man med bläckmörkt hår. Greven förklarar middagen påbörjad och återigen ljuder fanfarer genom salen. Sedan börjar musiken, och sorlet från högljudda samtal och skålande gäster fyller rummet till bredden. Jag sitter stel och tyst på min plats.

Mina ögon glider över bordet. Maten tar aldrig slut. Torkad ren, duva med salt fläsk i vin och ättika, en krumgädda som biter sig själv i stjärten, en paj med ett duvhuvud uppstickande ur toppen, fiskaladåb, helstekt spädgris, inälvsgryta och stekt tjäderhöna med sina fjäderklädda vingar fortfarande klistrade mot kroppen. Det finns inte en enda liten kvadratcentimeter som inte är dekorerad med festlig mat. Människorna runt mig hugger vilt med tvåfingrade gafflar bland faten och slevar upp på sina tallrikar. En fanfar ljuder igen och alla höjer glasen till en skål.

Jag är så *fruktansvärt* missplacerad.

Den okända mannen bredvid mig tittar på mitt tomma glas.

”Det kommer inte bli en roligare kväll för att du dör av törst.” Han vinkar fram ett tjänstehjon med en karaff vin. Det skvalpar röda fläckar ner på bordet när vätskan landar i glaset. Jag stirrar.

”Jag har aldrig smakat något annat vin än till nattvarden.”

”Då är det väl dags att vi ändrar på det?” Svarar han och höjer sitt glas och skålar i luften. Jag lyfter mitt eget till läpparna. Det smakar sött när jag tar en stor klunk. Det värmer hela vägen ner för strupen och landar mjukt i magen. Jag tar en klunk till.

Människor slabbar i sig maten med flottiga fingrar omkring mig när jag plockar upp en gaffel och slevar upp en klick av det närmsta fatet på min tallrik. Inälvsgrytan. Det smakar som att slicka på en kossa och luktar gammal sårskorpa. Mums...

Jag testar istället ett av de små duv-knyterna inslagna i fläsk. En stark och kall smak av vin och ättika breder ut sig i munnen.

Bättre, men inte gott.

Jag torkar av fingrarna på en bit bröd intill min tallrik och lyfter blicken från bordet. Peder blåser upp kinderna inför en ny fanfar. Bakom trumpeten har han ett leende som får mig att känna ett stick av äckel i hela kroppen. Han ser uppstoppad ut.

Jag gömmer mig i vinglaset igen. Och igen. Och igen.

När jag sätter ner det tomma glaset fastnar min blick på knivarna som ligger vid varje stort fat. De är vackert utsmyckade, med skaft av silver och blad av gnistrande stål. Undra vilken av dem som skulle vara lämpligast att hugga in i Peders långa halspulsåder? Frestande.

Greven längst fram på det horisontella långbordet verkar helt uppslukad av samtalet med de andra gästerna runtomkring honom. Om jag koncentrerar mig kan jag höra bitar av deras samtal. Eller, rättare sagt grevens egen monolog om sin bildningsresa till den romerska kulturens Italien och hans krigstjänstgöring i Gustav II Adolfs tjänst.

"Vid inte mindre än *två* tillfällen har jag räddat konungens liv på slagfältet!"

Skryt lagom.

9

Varje klunk vin förstärker dimman i huvudet och förvränger ljuden och synintrycken runtomkring. Den mörkhåriga mannen bredvid mig fyller på mitt tomma vinglas en femte gång. Jag känner knappt smaken av vinet längre, allt är bara en suddig, grumlig känsla i munnen och magen. Kinderna är blossande varma och läpparna känns pirriga mot glaset.

Jag är full. *Riktigt* full.

Tankarna snurrar runt i huvudet som oroliga fåglar i en bur. Jag försöker fokusera på samtalet mellan slottskaplanen och mannen bredvid mig, men deras röster blir till ett otydligt mummel.

"Ta det lugnt, herr Svensson." Uppmanar slottskaplanen skarpt och lägger en hand på mannens arm i en varnande gest. Mannen rycker till sig armen och ger slottskaplanen en hånfull blick. Sedan fyller han på mitt glas ännu en gång. Att det fortfarande finns kvar vin i den karaffen måste räknas som ett mirakel.

"Drick ut, lilla vän," anmanar han. "Det är en fest!"

En fest? Det här är ett helvete.

Herr Svensson… Namnet känns bekant. Men jag kan inte placera det. Minnet är alldeles för grötigt för att kunna sortera bland tankarna.

Den mörkhårige mannen, eller herr Svensson, bredvid mig ler när jag lyfter glaset mot munnen igen och hans blick dröjer obehagligt länge kvar vid mina läppar när jag dricker. Jag stannar upp i min rörelse och känner en kall rysning löpa längs ryggraden.

Är alla män likadana? Obehagliga.

Jag lyfter vinglaset mot munnen igen och sveper innehållet i en enda klunk. Det fylls på. Men den här gången lyfter jag det inte mer.

Peder har tydligen blåst sin sista fanfar och vinglar fram till bordet där vi sitter. I handen har han ett stop öl som skvalpar över kanten.

Dricka har han minst sagt hunnit med.

Han hälsar överdrivet artigt på herr Svensson bredvid mig.

"Godkväll Erik, oerhört trevligt att se er igen!"

Självklart, slottsfogden Erik Svensson. Det är därifrån jag känner igen namnet. Far har mumlat någonting om vilket otroligt slöseri det är att ge en sådan slashas till fyllkaja hela hundratjugo daler kopparmynt i löning. Vart far fått den informationen ifrån kom aldrig på tal.

"Säg mig, mina herrar," fortsätter Peder med en röst som dryper av självgodhet. "Tyckte ni inte att mitt trumpetspel var magnifikt? Pampigt, eller hur?" Han ser förväntansfullt på de båda männen som nickar instämmande. Peder går runt bordskanten och ställer sig snett bakom min stolsrygg, tar ett fast grepp om mina axlar och lutar sig fram.

"Och du, min sköna," hans blick flackar över mig. "Visst håller du med om att mitt trumpetande var enastående? Det passar väl in i dessa fina salar?" Hans röst sjunker till en djup, farlig ton och han ler ett brett, sliskigt leende. Jag vill slita mig loss. Fly. Men ruset är för påtagligt för att göra något åt det.

”Ja, herr Jacobsson.” Jag spänner käken. Peder vänder sig åter mot slottskaplanen och Erik.

”Håller ni inte med om att denna flicka är det vackraste ni sett?” Han tittar intensivt på slottskaplanen och Erik, som om han förväntar sig deras omedelbara instämmande. ”Hon är som skapad för de högre klasserna.” Fortsätter han och klämmer hårdare om mina axlar.

Jag vill spotta.

Påfågel. Uppblåst, självgod påfågel.

Mina käkar förblir hoppressade. Han ser sig omkring i rummet och hans blick landar på vinglaset som jag vägrat att dricka mer av tidigare.

Mina läppar har slutat pirra, jag känner dem inte alls faktiskt.

Peder suckar, ställer sig mellan min och slottskaplanens stol, klickar med tungan mot gommen och tar upp glaset.

”Jag inser att som ung kvinna finns det vissa uppenbara saker som du alltid kommer misslyckas med att förstå,” han suckar djupt. ”Så jag antar att jag egentligen inte borde bli förvånad över att du på något sätt missade den underförstådda instruktionen att du skulle dricka och ha *kul*.” Han slår med en fingernagel mot glaset.

”Varför?” Jag korsar mina armar envist över bröstet. Vinet pratar. Peders ansiktsuttryck är förväntansfullt. Rävliknande.

”Det berättar jag om du sväljer varje droppe som en duktig flicka.” Ett illvilligt leende sprider sig över hans ansikte när han sneglar bort på Erik som speglar hans uttryck. Jag stirrar på glaset som han dinglar framför min näsa. Mitt huvud snurrar redan friskt.

”Kom hit, maka.” Befaller han när jag uppenbarligen inte ger han den reaktion han hade önskat sig. Min hårt stirrande blick dras från glaset ner till hans skor. Han tar ett tag om min haka mellan pekfingret och tummen, och tvingar min blick till hans. Han ler fortfarande.

Mitt hjärta bultar mot revbenen.

"Öppna din mun." Uppmanar han och välter sedan ner glasets innehåll i min lydigt gapande mun.

"Svälj." Jag stänger munnen och sväljer. Vinet smakar fortfarande lite sött, och ger en svagt pirrande effekt på tunga och i halsen när det glider ner i magen. Det värmer. Slottskaplanen ger mig en orolig blick bakom Peders rygg. Det snör åt i halsen och jag måste andas tungt genom näsan för att få ner syre i lungorna.

Peders fortsatta självupptagna prat med Erik och slottskaplanen drunknar i ljudet från musikanterna borta i hörnet. Om jag är riktigt tyst kanske jag kan smita bort en sekund. Jag måste bara få andas.

Jag reser långsamt på mig och möter slottskapalanens blick, och ber till Gud att mina misstankar om att hackspetten har lite medlidande i kroppen stämmer. Och till min förvåning tiger han, och vänder uppmärksamheten tillbaka till samtalet.

Mina platta skor ger inte ifrån sig ett enda ljud när jag tassar förbi borslängorna ut i den korridor Ingrid och jag först kommit in genom. Men jag kommer inte längre än över tröskeln innan jag måste stanna och ta stöd mot dörrkarmen för att återfå något som kan likna balans.

En blandning av gapskratt och Joens bekanta röst ekar genom korridorerna och lättnaden får mitt bröst att sjunka ihop. När jag svänger runt hörnet in i en annan korridor landar Joens blick på mig där han står bredvid en svarthårig, bredaxlad dräng.

"Du ser bedårande ut." Visslar Joen när jag kommer vinglandes.

Jag känner mig otroligt barnslig.

"Jag ser ut som en bakelse." Jag försöker räta på axlarna.

"Ligger du vaken om nätterna för att komma på alla dina fyndiga svar till nästa dag?" Han blinkar med ett öga åt mig och den svarthåriga drängen skrattar till bredvid honom.

Jag kan inte minnas att jag sett honom tidigare. Och tro mig, det hade jag kommit ihåg. Bredvid Joens magra kropp ser han enorm ut, och hans bläcksvarta hår ligger i mjuka krullar i pannan. Och hans smilgropar är orimligt lika Gabriells.

"Tja, jag gillar tårta," försöker drängen och ger mig ett medlidande leende. "Ursäkta mig, men jag måste nog gå tillbaka." Han bugar ursäktande och återvänder till bankettsalen runt hörnet.

"Hur går det med dansen och maten?" Joen vänder sig mot mig igen och lägger huvudet på sned. "Och det överdrivna drickandet." Tillägger han med ett elakt flin.

"Kyrkoherden gör rätt i att fråga greven vilket vin de dricker på slottet. Vinet här gör det nästan värt besväret att stanna kvar." Jag tittar bort mot den intilliggande korridoren och den stora salen där musiken rinner ut. Fioler, lutor, trummor, flöjtar och andra muntra instrument.

Melodin är faktiskt ganska medryckande.

"Jag skulle inte dricka mer om jag var du."

"Jasså?" Jag rynkar pannan.

"Jag menar allvar. Elin skulle sprätta upp mig levande om hon kom på dig med att dricka så mycket utan att jag sa något. Det är inte precis som att dina spydigheter blir mildare när du är full."

"Hon ser alltid till mitt bästa," suckar jag och himlar med ögonen.

"Men det hjälper mig att tänka på annat än påfågeln." Fortsätter jag och
fnissar kort. Verkligen *fnissar*, när orden ploppar ut ur munnen. Han
muttrar till svar och jag skrattar igen.

Musiken verkar bli högre och jag kan inte låta bli att stampa med
mina berusade fötter mot golvet. Jag snurrar runt och virvlar med min
urfåniga kjol.

"För tusan Anna," klagar han och tar tag i min armbåge. "Vill du att
jag ska behöva arbeta dubbelt för att försöka hindra dig från att göra
något dumt?" Jag vänder mig mot honom och hela världen snurrar
trollbindande.

"Dåre," fortsätter han när han betraktar mitt ansikte och skakar på
sitt lilla huvud. "Berusade dåre."

Musikens takt ökar. Jag kan känna den runtomkring mig när jag
återigen snurrar. Som ett levande, andande väsen av förundran, glädje
och rus.

"Anna, sluta…" Joen tar tag i mig igen. Jag har dansat iväg några steg
och min kropp svänger fortfarande mot ljudet även när jag försöker stå
still i hans grepp.

"Gör mig sällskap istället. Sluta vara så allvarsam."

Han svär tyst när jag tar tag i hans armbågar och vi börjar svänga
tillsammans. Jag känner ett tryck runt min midja och sveps helt med in
i dansen igen. Jag skrattar så mycket att jag tror att jag skulle kunna
spricka, och när jag öppnar ögonen snurrar Joen mig runt och runt. Allt
blir en oskärpa av färg och ljud och jag vill aldrig att det här ska ta slut.
Jag vill aldrig lämna virvlandet. Aldrig tillbaka till min stela, inklämda
plats mellan Erik och slottskaplanen.

Musikstycket avtar till slut och jag kippar efter andan, svetten rinner längs hela min kropp när en kraftig hand tar tag i min axel och snurrar runt mig. Peder ler ner mot mig och visar alla sina gulnande tänder. Svetten glänser även i hans panna.

"Jag är hemskt ledsen, herr Jacobsson." Flämtar Joen och tittar fram bakom mig. Peder rynkar näsan.

"Varför sitter du inte på din plats?"

Aldrig ska man få ha lite kul.

"Jag ville ta luft." Jag tar ett överdrivet djupt andetag genom näsan.

"Det reflekterar dåligt på mig om du håller på och springer iväg."

"Åh, och jag är så glad att jag inte bryr mig." Jag ler retsamt.

Joen har rätt. Mina spydigheter blir *inte* bättre av vin.

Peder ger mig ett vildsint leende.

"Jag ska se efter henne," mumlar han över musiken mot Joen som flackar oroligt med blicken mellan oss. "Gå och roa dig, Joen."

"Men…"

"Nu."

Jag nickar kort åt Joen och lägger en hand mot hans axel i ett försök till en lugnande rörelse, innan han smiter iväg mot banketten. Jag sväljer mitt illamående som har börjat krypa upp i halsen igen.

"Jag behöver ingen som ser efter mig," jag försöker rycka tillbaka armen men Peder har ett stadigt tag om min armbåge. "Vad är det du vill?" Kräver jag att få veta och försöker hålla min röst stadig och kall.

"Bara hålla ett öga på dig." Fnyser Peder och sträcker ut en hand för att smeka tillbaka en lock av mitt hår som trillat fram i pannan i virvlandet. Jag vrider bort huvudet och försöker ta ett steg bort från hans beröring. Men han behåller sitt grepp och kommer närmare. Jag ser mig omkring, letar efter någon smitväg. Han skrattar ett lågt, väsande ljud som löper längs min kropp. Jag har inte insett hur långt bort jag befinner mig från alla andra inne på gästabudet.

"Lämna mig ifred." Säger jag, kyligare och argare än jag förväntat mig, med tanke på skakningarna som börjat darra i mina ben.

"Djärvt uttalande från en ensam, full flicka. När banketten är över så ska vi ha lite kul du och jag."

"Ta bort dina händer från mig." Jag blottar tänderna mot honom. Vi är helt ensamma i korridoren. Han stryker en hand längs min sida, över mina revben och höfter. Jag rycker till och slår i ryggen mot korridorens vägg. Han tar tag i mina handleder och lutar sitt ansikte närmare mitt, tills vi är så nära att vi delar andetag. Han stinker av öl.

"Du driver mig till vansinne."

Jag kniper ihop käkarna.

"Gå tillbaka till din plats och stanna där." Befaller han kallt.

"Nej tack, jag vill inte ha mer vin." Svarar jag, men orden kommer bara ut i en kvävd flämtning den här gången. Jag försöker knuffa bort honom men hans grepp hårdnar om mina handleder och jag piper till när hans naglar klämmer sig fast i den mjuka huden där min handled möter min handflata.

Sen rycker han undan. Luften är bitande kall mot min frätande hud medan han stirrar ner på mig.

"Trotsa mig aldrig igen." Hans röst är ett djupt morrande som genljuder genom hela mig. Jag rätar på mig. Han flinar illvilligt mot mig när min hand träffar hans kind med en snärtig smäll.

”Säg inte åt mig vad jag ska göra,” fräser jag. Min handflata svider. ”Och tryck inte upp mig mot en vägg som ett äckligt rovdjur.”

Han skrattar bittert.

”Jag tror inte att din far skulle bli så glad om han hörde att jag inte var nöjd med vårt lilla försök till fred, eller hur? Gå. Tillbaka. In.” Hans näsborrar vidgas och han ger ifrån sig ett lågt, frustrerat knorr innan han krälar iväg.

Jag lutar mig mot väggen i korridoren en sekund och tvingar mig själv till oberördhet. Sedan följer jag hans steg tillbaka in i den stora festsalen.

”Dessert!” Ropar någon gällt, det skär illa genom sorlet. Tjänstefolk strömmar in i salen med fat fulla av marsipanfrukt, kryddig vinsoppa, tårtor med bladguld och rosenvatten som de ställer på det långa bordet i mitten av rummet. Peder och de andra männens blickar vänds åt tjänarnas håll och de lämnar vårt bord för att hämta mat och dryck.

Nu. Nu räcker det. Jag ska ut ur slottet.

Jag tar min chans och snubblar ut ur salen igen. De nätta skorna som Ingrid klädde mig i är *inte* gjorda för att springa i. Jag vinglar genom korridorer och ner för snirkliga spiraltrappor som en förvirrad fluga, och försöker minnas vägen tillbaka till rummet där Ingrid hjälpte mig att klä om. Mina ben är *slem* och jag måste flera gånger stanna upp och ta stöd mot väggen för att inte snubbla på den stora kjolen.

Som jag misstänkte, opraktiskt flådigt.

Sorlet och musiken från festen dämpas allt mer bakom mig när jag skyndar genom en av de nu tomma korridorerna. Jag snubblar förbi fascinerande samlingar av kuriositeter och vävar med scener från jakt där små hundar jagar hjortar genom täta, gröna skogar. Någonstans i fjärran hörs ett svagt eko av fanfarer igen när jag skyndar vidare över träplankorna, längre in i slottets labyrint. Jag måste härifrån. Jag klarar inte en sekund till. En trappa dyker upp framför mig, en bred, svängd trappa med räcken av ljust smide. Jag tar mig upp för trappstegen, ett i taget med ett ständigt grepp om räcket och koncentrerar mig på att inte snubbla. Mitt huvud bankar och svetten rinner längs ryggen när jag når översta våningen och korridoren blir mörkare och tystare. Ljuset från ett fåtal lyktor flimrar på väggarna och kastar utsträckta, dansande skuggor.

Fan. Jag känner inte igen mig alls.

Jag hamnar till slut i biblioteket. Äntligen något som känns bekant. Doften av vaxljus, rökelse och damm från innan fyller mina flämtningar. Jag går långsamt fram till skrivbordet vid fönstret med den bruna boken och tar stöd mot bordskanten. Hjärtat bankar intensivt i bröstkorgen. Det känns som huvudet ska knäcktas som ett ägg. Något ljummet smörjer över mina sinnen, som om någon hade plockat ut min hjärna och lagt den i en skål honung. Segt, långsamt.

Jag ska *aldrig* mer dricka vin.

Mina fingrar pulserar dovt när pulsen äntligen sjunker till stadiga slag. Ett skrapande ljud bakom mig får mig att hoppa till. Jag vänder mig tvärt och rummet snurrar äckligt. Peder står i dörröppningen och stirrar på mig med irritation som gränsar till ilska.

"Självklart skulle du sakna förståndet att inte smita iväg. *Igen.*" Hans röst övergår i en retsam, skrockande skrattning när han kommer gåendes med sneda steg. Hans livsvärld verkar också luta något.

”Eller har du ett så ofattbart svagt sinne att du redan glömt att jag sa åt dig att *inte* trotsa mina ord?” Han tar ett steg närmare. Och ett till. Jag försöker trycka mig närmare det orubbliga skrivbordet och flackar med blicken mot öppningen till korridoren. *Fan*, själv igen.

”Hur känns det?” Det är otroligt frestande att örfila bort det där fula hånflinet. Han studerar mitt ansikte, ögon, hållning. En svag rysning rinner längs min ryggrad tillsammans med svetten. Peder skrattar igen.

”Känns bra, eller hur?” Han lutar huvudet åt sidan. Det vrider sig i magen. Mina tarmar måste matcha hans löjliga rosetter. Jag når honom inte ens till nyckelbenen när jag vrider upp huvudet för att möta hans blick och försöker sträcka på mig.

”Det känns som att jag är död.” Svarar jag trotsigt och lägger armarna i kors. Mitt svar verkar inte ha förvånat honom det minsta. Han himlar med ögonen och svarar med ett lågt frustande långt nere i halsen.

”Om du fortsätter att rulla bak ögonen lite till kanske du hittar en hjärna till slut.” Vinet har tydligen bestämt sig för att uppkäftighet är den bästa strategin här.

Han tittar klentroget på mig en lång stund och nickar sedan mot bordet bakom min rygg. Jag stirrar på honom, oförstående.

”Böj dig.” Hans röst är obehagligt låg, mörk. Han gör en gest mot den rektangulära möbeln bakom min rygg igen. Jag biter hårt på insidan av kinden tills jag känner hur huden ger sig, och järnsmak täcker tungan. Min mage sjunker ända ner i källaren, tillsammans med allt blod i skallen. Gud, om du simmar runt där uppe i honungen, *hjälp*.

Han väntar, och hukar sig sedan närmare.

”Böj. Dig.”

Knäna svajar när jag sakta vänder mig om mot bordskanten.

Vart fan kan jag ta vägen? Jag lutar mig över bordet.

Nej, nej, nej, nej.

Träet biter in i mitt höftben och jag lägger händerna om bordskanten vid mina sidor och greppar hårt. Jag kämpar för att inte darra.

Det är knäpptyst. En tom paus.

Sedan hör jag Peders vacklande steg närma sig långsamt och stanna direkt bakom mig. Hans hånflin bränner in i min ryggtavla.

Jag skulle ha örfilat svinet när jag hade chansen.

"Är du fortfarande oskuld, maka?" Han lutar sig närmare. "Eller kommer jag hitta fiskrens och nät under kjolen?" Hans ord dryper ut ur munnen på honom. Jag trodde inte att jag kunde känna mer avsky för honom, men det kunde jag tydligen.

Fan. Fan. Fan.

Hans hand vilar på den nedersta delen av min svanskota, under korv-kudden, när han sliter upp mina kjolar till min midja. Kall luft strömmar in kring mina bara lår, huden prickar sig och vinet i magen bubblar. Och jag mår så fruktansvärt illa.

"Tja, jag antar att vi får veta snart nog, flytta fötterna isär."

Jag är fastfrusen. Oförmögen att röra mig.

Han muttrar irriterat under hans andetag och skjuter in knät mellan mina ben och pressar upp dem. Mitt grepp kring skrivbordskanten hårdnar. Sen hör jag hans byxor falla i marken. Han naglar fast fingrarna i mina höfter och innan jag hinner reagera tränger han sig själv in i mig. Ett ynkligt kvidande tränger sig upp i halsen av smärtan. Jag hinner inte stoppa det.

Fan vad allt snurrar.

Hans högra hand griper tag i bordet vid sidan av mitt huvud som nu ligger mot den iskalla träytan.

Jag är inte längre här. Det är inte min kropp. Det är inte mitt kött.

Jag pressar ihop käken och känner hur mina fingertoppar rör sig över träets ådringar.

Ek? Eller bok?

Hans rytm ökar. Det strömmar en ständig smärta från mina höftben för varje stöt in i bordskanten. Jag vägrar tänka på den pulserande, sprickande, glidande känslan inuti mig.

Det går en *evighet*.

Jag drar längs med fibrerna i träytan. Den är skrovlig, ojämn och raspar mot min fingertopp. En varm, flämtande grymtning hörs bakom mig och hans rörelser blir mer frenetiska. Sen ojämna och udda.

Den bruna boken ligger precis framför mitt ansikte. Jag fokuserar återigen på att försöka tyda bokryggen.

The äldste... Stöt.

Historier... Stöt.

...om Swea... Stöt.

...och Götha Rij... Stöt...*ken.*

Peder rycker framåt mot mig med ett groteskt stön och hans andra hand hamnar på andra sidan av mitt huvud. Hans flämtningar är de enda som bryter det tysta suset.

Jag pressar ihop ögonen hårt.

Han stannar så i en sekund innan han rycker ifrån mig och tar ett steg åt sidan för att samla upp byxorna han har kring anklarna.

Det rinner kladdigt längs med innerlåret. Jag kommer spy.

Jag sjunker ner till golvet, fortfarande med händerna om bordskanten. Knogarna är vita. Peder tornar över mig. Hans mun vrider sig till ett tunt leende innan hans ansikte blir kallt och likgiltigt.

"Jag hoppas du har vett nog att hålla dig käft stängd om det här. Vem skulle tro dig?" Han kliver över min kropp. "Ditt ord mot mitt." Han vinglar runt mot dörren och stampar ut ur rummet.

När jag inte längre hör hans steg släpar jag upp mig själv, lägger underarmarna mot skrivbordet och försöker få kontroll över vågen av skakningar. Naglarna pressas in i träytan. En grov råhet mellan benen och en äcklig, obekant värk i nedre delen av magen tränger sig in i mitt medvetande.

Hat.

Rent hat.

Rent, jävla, varmt hat.

10

Jag ska fan döda honom. Jag vet inte hur. Men dö ska han.

Jag drar upp knäna till hakan och kramar om dem i ett desperat försök att hålla ihop mig själv. Det måste vara tidig morgon för det har börjat ljusna utanför fönstret bakom skrivbordet. Allt i rummet går i en rosa nyans i det svaga ljuset från soluppgången. Men det kan nog lika gärna vara den avtagande berusningen. Eller vreden.

Det pulserar smärtsamt och vidrigt mellan mina ben. Jag försöker mödosamt komma upp på fötter men benen skakar och en våg av yrsligt illamående sköljer över mig. Magsäcken vänder sig ut och in. Jag hinner knappt fram till en av bokhyllorna innan jag kräks våldsamt, en röd sörja av vin och galla som fläckar det ljusa trägolvet. Det skvätter upp maginnehåll på den ljusblåa kjolen när kroppen viker sig i krampande hulkningar. Mina magmuskler värker och ögonen tåras mer och mer för varje kväljning. Med ett djupt andetag tvingar jag sig själv att stå upprätt. Det fräter i halsen som om jag svalt brännässlor.

Jag måste härifrån. Jag testar ett steg och håller krampaktigt tag i bokhyllorna. Böcker dunsar ner på marken i ett hav av vetenskapliga texter och anteckningar. Min syn prickas men jag lyckas ta mig ut ur biblioteket och börjar febrilt leta efter sovrummet med mina egna kläder.

Med en hand mot väggen i korridoren försöker jag desperat dra upp snörningen på livet samtidigt som jag hackigt tar mig framåt genom korridorerna. Mina armar böjs i skeva vinklar när fingrarna famlar bakom min rygg.

I en av korridorerna svänger fataburshustrun runt hörnet och kommer mot mig, fortfarande klädd i gårdagens mörkgröna klänning. Hon är blek. Hennes ögon rödsprängda. Jag måste också se helt förstörd ut med håret i ett klumpigt trassel och de blodfärgade fläckarna på den nu skrynkliga, oskyldigt ljusblå kjolen.

Fataburshustrun stannar tvärt och hennes ögon spärras upp som en förvånad uggla.

"Käft." Fräser jag mellan tänderna och stampar förbi kvinnan utan att sakta ner.

Några rum ner hittar jag äntligen mina kläder slängda på golvet där jag lämnat dem kvällen innan. Jag sliter upp livet, kliver ur hovdamens stora kjolar och drar på mig kläderna på golvet, samtidigt som jag andas in genom näsan och ut genom munnen för att inte lyckas sörja ner mina egna kläder. Att tänka känns som vassa knivar mot mitt skallben och skär genom den sega honungsdimman i min hjärna.

Hans hånflin, sliskiga blick, hans klumpiga händer.

Jag ska ha ihjäl honom.

Strypa honom med hans löjliga rosetter runt halsen kanske? Eller slå ihjäl honom med hans egen trumpet? Det skulle vara poetiskt.

Jag känner en il av tillfredsställelse vid tanken av att se honom ligga död vid mina fötter, hans fjädrar utspridda som ett blodigt skämt.

Jag lyckas hitta ut ur slottets huvudentré i den södra flygen och går irrande, blint runt, fortfarande med känslan av Peder överallt på min kropp. Men den förlamande rädslan har bytts ut mot en kall, hård beslutsamhet. Jag *ska* överleva det här. Och jag ska fan se till att han får ångra sig surt.

Vid prästgården stannar jag upp vid sidan av vägen, och kräks igen.

"Anna!" Rösten bryter sig genom den tidiga morgonstillheten och får mig att rycka till. Jag snurrar runt. Det gör också mitt huvud. Knäna hotar att vika sig under mig när jag kisar genom morgonljuset och ser Joen stå några steg bort. Hans smala ansikte är skrynklat.

"Vad har hänt? Är du okej?"

Vad tror han? Tipptopp?

Jag lyfter upp en hand, handflatan utåt för att säga åt han att backa, eftersom mina magmuskler krampar igen och jag böjer mig framåt och kräks upp en blandning av vin och inälvsgryta. Han ser oroligt på mig och tystnar. Jag försöker återfå kontrollen över kroppen och flämtar som en hund.

"Vad har hänt?" Frågar Joen igen med en låg och bekymrad röst. Hans mun är ett stramt sträck och ögonen stirriga. Jag skakar på huvudet och försöker svara, men det enda som kommer ut är ett rosslande ljud. Jag tar ett djupt andetag genom näsan och försöker svälja ner den sura klumpen som sitter fast i halsen. En flodvåg av illamående sköljer över mig igen när jag känner blandningen av sött vin och den vidriga, feta kossmaken i munnen. Bara tanken får mig att kvälja. Jag slår handen för munnen och sväljer hårt, försöker desperat hålla nere innehållet i magen.

"Jag…" Jag flämtar, tvingar ner luft. Jag försöker lugna ner mig, men det känns som om hela min kropp skakar. Jag väntar på att maginnehållet ska glida ner i strupen igen och att yrseln ska ge med sig. Joen lägger en hand på min rygg, försiktigt.

"Andas Anna," uppmanar han mjukt. "Det är okej. Det går över."

Jag lyfter sakta huvudet och möter hans blick. Den djupa oron i hans ögon får mitt bröst att snöras ihop.

"Jag är okej." Ljuger jag till slut, min röst slemmig.

"Kom," han klappar mig lätt på ryggen. "Vi går till prästgården."

Jag nickar svagt till svar. Inte läge att protestera.

Vi går tysta längs den grusade vägen mot prästgården och jag tar stöd mot hans sida för att inte benen ska fällas ihop. Joen knackar försiktigt på dörren, och väntar.

Elin öppnar i bara särk och strumpor.

"Herregud! Vad har hänt?" Utbrister hon när hon ser hur jag står och lutar tungt mot Joen. Hennes ögon flackar från mig, till Joen och tillbaka.

"Godmorgon," svarar jag trött och spydigt. "Du ser morgonpigg ut."

"Va? Tack? Du ser…"

"Jag vet."

"Får vi komma in?" Frågar Joen bekymrat och tittar ner på mig. "Anna mår inte riktigt bra."

Uppenbarligen.

"Ja, klart," svarar Elin och tar ett steg från dörren. "Far är ändå på husbesök nere i Rökinge."

Vi alla tre går in i prästgården och sätter oss vid det lilla, runda träbordet i köket. Elins frukost står fortfarande kvar på bordet. En tom, brun, lerkopp, ett litet fat med smulor och en illaluktande ostskalk.

En tung, tålmodig tystnad följer.

Elin och Joen sitter oroligt med händerna knutna på bordet. De tittar spänt på varandra och sedan på mig.

"Vart ska jag ens börja?" Jag suckar och drar fingrarna genom den tofsiga håruppsättningen. "Den fjäderprydda idioten tvingade i mig vin, jag spottade i hans, den feta fataburshustrun och hennes kompanjon satte på mig hovkläder vilket slutade i att äcklet komplimenterade min byst. Din hackspett verkar dock vara rätt rimlig förresten," jag nickar åt Elin och fortsätter. "Slottsfogden är ett as, jag har i princip slickat på en kossa, spydde som en kalv och…" Jag harklar mig. Orden fastnar på tungan.

"Han… han tryckte ner mig mot ett skrivbord och trängde in sin pitt i mig." Kväljningarna i halsen är tillbaka.

Hade jag haft något kvar i magen hade det legat på bordet nu.

"Vad?!" Elin slår näven i bordet så att ståltallrikarna i stället ovanför spisen skramlar. "Det svinet! Måtte djävulen ta honom!"

"Instämmer." Säger jag med ett tydlig förakt.

"Hur kunde han?" Joens panna rynkas i flera väck.

"Han är ett sinnesrubbat rötägg?" Svarar jag bittert.

"Vi måste göra något." Kastar Elin ur sig, hennes ögon fulla av ilska.

"Vad kan vi göra? Min far kommer inte lyfta ett finger. Han är för upptagen med att slicka Peders stövlar och räkna ner mina sista dagar i jordelivet." Det hettar om kinderna och jag rycker uppgivet på axlarna.

"Vi kan gå till far?" Föreslår Elin. "Kommer ni ihåg när änkan nere i Asby dömdes för att ha gett sig på en av grevens soldater? Hon fick stå pliktepall i kyrkan tre söndagar i rad, ingen i bygden så mycket som tittade åt hennes håll efter det. Jag tror inte ens hon är kvar på ön. Det hade ju varit ett sätt att bli av med honom?" Hon öppnar nävarna tafatt och möter min blick, tittar åt sidan på Joen, och sedan tillbaka på mig.

"Det är alldeles för milt, spöslitning hade varit rimligare. Svinet förtjänar all smärta i världen." Jag biter mig i läppen och föreställer mig hur horpiskaren slår Peders rygg blodig med riset. Om såren lyckas bli infekterade är följderna livshotande.

Det rycker i mungipan.

"Dessutom tror jag inte att din far hade varit på min sida i det här." Det kröker sig i magen och jag lutar mig gungandes på de två bakre stolsbenen. Den svindlande känslan från bilden jag målade upp i huvudet är borta lika fort som den kom.

Joen skakar på sitt lilla huvud och stirrar rakt på mig.

"Våld löser ingenting." Invänder han och drar ihop ögonbrynen.

"Glädjedödare." Jag suckar högt. Besvikelsen smakar bittert i munnen. Aldrig ska man få ha lite roligt. Elin vänder tyst huvudet åt Joens håll med ett uttryck jag inte kan läsa av.

"Vad föreslår du då? Att jag bara ska stå där och ta skiten?" Fräser jag lite hårade än jag hade tänkt. Elin och Joen sitter tysta en lång stund och vrider sig rastlöst på stolarna.

"Nej," han drar ut på ordet. "Men vi måste vara smartare. Vi måste hitta ett sätt att få honom att betala för vad han har gjort utan att själva hamna i trubbel. Som du sa, tar kyrkoherden din anklagan på fel sätt så riskerar du själv att plikta ris, eller värre…" Hans ängsliga ögon borrar hål i mig. Ilskan börjar krypa sig på och gör mig varm om halsen.

”Han har rätt Anna, det här kan sluta i att du sätter dig själv i fara. Må Gud låta honom brinna i helvetet men vi kan inte bara se på när du också överlämnar din själ.”

Så jag byter ut ett helvete mot ett annat? Värt det.

Jag fnyser och lägger armarna i kors.

”Det är förståeligt att du vill att han ska lida,” hon sätter upp handflatorna mot mig. ”Och tro mig, jag är med dig där, men vi får inte riskera att du stryker med på kuppen.”

Nu har jag fått nog.

Jag skjuter ifrån mig bordet så att lerkoppen hoppar ett skutt, och reser mig med handflatorna tryckta mot bordsytan för att hålla balansen.

”Lätt för er att säga! Det är inte eran kropp han har trängt sig in i. Och jag är rätt säker på att det *definitivt* inte var sista gången, så om ni inte tänker vara till någon hjälp så går jag nu.” Jag reser mig upp till min fulla längd. Elin följer efter, armarna utsträckta i en dämpande rörelse.

”Lugn Anna, det är okej, det är klart vi är med dig. Men du måste vara resonlig!”

Lugn? Resonlig?

I *helvete* heller.

”Okej? *Inget* av det här är okej Elin!?” Jag slår förtvivlat ut med händerna och den ilskna rodnaden sprider sig till nacken och över kinderna. ”Vill ni hjälpa till? Bra, då röstar jag för att vi stryper honom, eller slår ihjäl honom med hans trumpet,” det rusar i magen när jag tänker på det. ”Åh, eller lemlästar honom!” Tillägger jag längtansfullt och jonglerar med alla tillfredställande sätt jag hade kunnat ha ihjäl Peder på i mitt huvud.

"Jag tänker inte bara stå bredvid och se på när du har ihjäl en människa!" Protesterar Elin högt.

"Okej? Sitt?" Svarar jag oberört och gör en tydlig gest mot hennes nu tomma stol vid bordet. Vi blänger på varandra.

"Det måste finnas ett sätt utan våld." Viskar Joen från sin stol.

Jag hade nästan glömt att han var här.

"Du är ett så patetiskt slöseri med tankeförmåga." Spottar jag spydigt. Han ger mig en lång blick som får skuldkänslorna att stockas i halsen. En besvärad tystnad lägger sig tjockt i köket.

"Förlåt… det var inte så…" Ångern dämpar Ilskan något. Elin tittar på Joen och lägger en mjuk hand på hans smala axel.

"Hon menar det inte, du vet hur hon blir när hon…"

"Ja, ja, jag vet." Avbryter Joen Elins försök till ursäkt och viftar med handen i luften.

Ursäkta? Han vet hur jag blir när jag *vad?*

Jag blänger på Elin igen. Det pirrar irriterat i fingrarna och jag stoppar knutna nävar i fickorna på förklädet i ett försök att lugna ner mig. Joen trummar med knogarna på bordet och tittar tankfullt ut i tomma intet.

"Det måste finnas ett sätt att få bort dig härifrån," han lyfter blicken mot mig. "Ett sätt att skydda dig."

"Vad pratar du om?" Frågar jag misstänksamt. Han har alltid varit som en överbeskyddande storebror. Trots att jag alltid varit både längre och uppkäftigare än han så ska han skydda mig som om jag vore ett skört hönsägg någon tänkt drämma ner i golvet.

Riktigt enerverande gulligt.

”Jag känner skepparen på slottet,” fortsätter han. ”Han är en bra man. Jag tror att han skulle vara villig att ta dig över Vättern till Vadstena. Mot lite betalning.”

”Vadstena?” Upprepar Elin, hon rynkar näsan. ”Vad skulle hon göra i Vadstena?”

Dränka mig i Vättern och slippa besväret?

”Du skulle vara säker där,” säger Joen och vänder upp huvudet mot mig. ”Du skulle kunna fly. Hitta ett nytt liv. Leta upp Gabriell?” Jag tror att han försöker låta optimistisk men hans röst är full av vemod. Elin verkar ha missat tonen i hans röst helt, och nickar ivrigt och sätter sig bredvid Joen igen.

”Ja, ja Anna. Det är den bästa lösningen. Vi ser dig hellre levande än att…” Hon tystnar.

”Jag knäcks och har ihjäl han?” Föreslår jag.

”Nått i den stilen.” Elin lutar sig tillbaka mot ryggstödet.

Det här kan faktiskt funka. Jag behöver ett liv som inte *bara* handlar om mordplaner och att fly för mitt liv. En upprymd känsla flammar till innanför revbenen. Men en liten, gnagande del av mig är också… besviken, över att behöva offra mordplans-biten. Det är förvirrande.

”Jag kan gå och prata med skepparen,” föreslår Joen. ”Ordna allt.”

”Nej,” svarar jag snabbt. ”Det gör jag själv. Det är mitt öde, och jag tar ansvar för det.”

Mitt liv. Mitt problem.

Elin och Joen växlar blickar.

”Okej,” säger Elin till slut. ”Men var försiktig.”

Jag nickar kort.

11

Jag styr stegen tillbaka ner mot slottet. Illamåendet ligger fortfarande och pyr hotfullt i magen. Luften är frisk och sval, solen har precis lyckats leta sig över de höga björkarna längs vägen. Armarna är tunga längs mina sidor när jag försöker hålla dem kvar där, och inte i ett kramande grepp om buken. Benen är också tunga. Allt är fan tungt.

Jag kommer in på borggården som nästan är helt tom såhär tidigt, förutom ett par drängar som meningslöst sopar hö i gruset bland kullerstenarna och de frustande, tre hästarna står oroligt och trampar och drar i tyglarna som är fastspända i ett smalt räcke, på samma ställe som igår kväll. Jag svänger av i riktning mot den norra flygen. Ekdörren gnisslar högljutt när jag puttar upp den, och sen står jag tafatt i det folktomma dunklet innanför.

Vart ska jag ens börja leta? Jag skulle frågat Joen innan jag marscherade ut från prästgården…

Det skramlar till bakom dörren längst bort i korridoren. Samma rum som Joen lämnade mig i igår kväll, innan… resten hände.

Det får duga, jag har ju inte precis nått bättre ställe att börja på.

Salen innanför dörren är stor och kall, med högt tak och kala, putsade stenväggar. Ljuset sipprar in genom de små fönstren högt upp och får dammet att dansa i korsdraget som uppstår när jag låter dörren stå öppen bakom mig. Vid ett grovt träbord en bit in i rummet, som jag måste missat igår, står fataburshustrun ensam, böjd över en balja och drar ilsket i ett lakan mot en tvättbräda. Där har vi skramlet.

Bakom henne brinner det vilt i en öppen spis, svärtad av gammal rök och sot hela vägen upp till ett litet hål i taket som jag antar leder till en skorsten på utsidan. Den värmer upp hela rummet så att jag behöver dra obekvämt i kragen på min gråa blus för att få ner lite luft innanför.

”Så… käft?” Ajdå.

Hon tittar inte upp från sitt skramlande. Jag harklar mig.

”Förlåt för det där,” mumlar jag. ”Jag var… inte mig själv.” Jag tar de sista stegen fram till bordet.

”Hårt språkbruk för en bonnadotter.”

”Vart tror du jag har fått det ifrån?” Fataburshustrun lyfter huvudet av det svaret, stannar upp med lakanet dränkt i baljan och ger mig en misstänksam blick. Jag försöker mig på ett leende. Det går sådär.

”Vet du vart jag kan hitta skepparen?” Frågar jag så oskyldigt jag kan. Hon rynkar pannan i flera väck.

”Vad vill du honom?”

Okej, selektiva sanningar.

”Jag har ett ärende som angår min far.” Svarar jag.

Det är ju inte *helt* en lögn. Far har definitivt med det här att göra. Fataburshustrun studerar mig en lång stund. Det pirrar nervöst under huden. Snälla, köp det.

”Han är… på fastlandet,” säger hon till slut. Hon återgår till tvättbrädan, men hennes hetsiga rörelser är nu långsammare, mer eftertänksamma. "Han kommer inte tillbaka förrän om tre veckor."

Min mage rasar i golvet. *Tre veckor?*

Fan också, det här kan inte vara möjligt. Vår flyktplan känns plötsligt oerhört naiv och ogenomtänkt.

"Du kan ju alltid gå ner till hamnen och fråga någon av båtsmännen," föreslår hon och ger mig en snabb blick innan hon åter koncentrerar sig på baljan. "De brukar ändå vara billigare än skepparen på slottet."

Om det vore så enkelt. Fiskarna seglar inte precis över utan anledning. Och vad ska jag säga? Att jag flyr från ett påtvingat äktenskap med en uppblåst, våldsam narr? Nej, det alternativet är uteslutet.

Självklart väljer min mage det här tillfället att göra sig påmind igen, med ett vrål som får fataburshustrun att reagera och avta sitt frenetiska skrubbande. Jag lägger en hand över mina ömmande revben.

Kan jag inte ens få fly i fred utan att den här *förbannade* kroppen ska protestera?

Hon tittar upp från sin tvätt, hennes blick vilar på mig ett ögonblick innan hon nickar mot en trave brödlimpor som ligger på bordet bredvid hennes lilla pall intill dörren.

"Ta en. Och gå." Uppmanar hon. Hennes röst är förvånansvärt mjuk, nästan vänlig. Jag stirrar förvirrat på henne. Hon nickar bort mot bordet igen och återgår sedan till att skramla. Jag släpper henne med blicken, går bort till bordet och tar upp en mörk limpa. Den är grov mot mina nariga fingrar.

En brödlimpa…

Så gick det med den flyktplanen.

Brödet smakar vört och grovt, och blandar sig illa med den starka fiskdoften från fångsten som verkar ha börjat jäsa i solen. Jag viftar bort en mås som vågat komma lite för nära där jag sitter på piren i hamnen nedanför slottet och gnager på brödet. Det landar i magen, och för en gång skull stannar det där.

Tre veckor…

Jag kanske ska simma till Vadstena istället? Drunknar jag så slår jag ju ändå ihjäl två flugor i en smäll.

När halva brödet är borta reser jag på mig och vandrar, fortfarande lite vingligt, genom hamnen. Varje sekund som går innebär närmare ett bröllop med påfågeln. Det går en ilning genom ryggraden. Fisklukten följer med mig hela vägen upp på den stora stenvägen som delar upp ön i en väst- och öst sida.

Hovar mot torrt grus klapprar närmare och närmare bakom mig tills vagnen bakom hästen rullar upp bredvid mig och håller samma marscherande takt. Jag stannar inte, vill inte prata, helst inte tänka.

”Hur gick det?” Frågar Joen från kuskplatsen uppe i vagnen. Bekymmersrynkorna veckar sig trefaldigt i hans panna. Jag håller upp den halva brödlimpan till svar, utan att sakta ner. Jag hör Joens suck.

”Sååå…?”

”Tre veckor. Skepparn kommer inte tillbaka på tre veckor.” Det gör ont bakom pannloben. Joen drar tyglarna mot sig och stannar vagnen.

”Hoppa upp.” Ber han och sträcker ut en hand. Jag tvekar en sekund, men lyder, tar hans utsträckta hand och hoppar upp bredvid honom med brödlimpan i ett fast grepp i den andra. Han smackar med tungan och slår två gånger med tyglarna mot den lilla hästens rygg och vagnen hoppar till när den börjar rulla upp för vägen igen.

”Du måste bara hålla ut.”

Lätt för han att säga…

”Tre veckor. Sen ska jag prata med skepparen. Jag är säker på att jag kan övertyga honom att ta med dig.”

Flugor surrar runt den lilla hingsten som slår irriterat med svansen.

”Jag är rätt trött på att dras fram och tillbaka mellan hopp och ren, jävla avgrundsförtvivlan. Vad händer om han säger nej? Vad händer om min far får reda på det?” Jag rullar stelt bak axlarna i ett försök att lösa upp knuten i bröstet. ”Varför är du så säker på att skepparen är rätt människa att fråga?” Frågar jag och klämmer ihop brödlimpan i mitt knä till en kletig klump.

”Det var han som skjutsade över Gabriell.” Svarar Joen tyst.

Mitt hjärta hoppar till som om det var påväg ut ur kroppen.

Gabriell… Kanske är det värt att uthärda tre veckor till i helvetet.

Vagnen stannar på gårdsplanen framför vår gråa, väderbitna stuga och Joen nickar åt mig när jag hoppar ner. En stram ilning skjuter upp genom fotleden. Stukningen är tydligen inte helt läkt än.

Jag slänger degklumpen bak i vagnen. Jag tror inte att far blir glad om han får reda på att jag tagit en avstickande frukost-tripp och smidigt planer om flykt hela morgonen.

”Håll ut Anna,” börjar Joen. ”Det kommer gå. Du är inte så skör som folk tror.”

Skulle det där vara en komplimang eller förolämpning?

Jag hinner inte fråga innan Joen klickat med tungan och vagnen rullar iväg mot hans familjs gård igen. Utan att tänka går mina fötter runt på baksidan av stugan och stannar vid den lilla jordiga vintergröna under mitt sovrumsfönster.

Vissen och torr. Mina gröna fingrar är verkligen enastående.

Tunga steg närmar sig från höger. Jag sneglar ditåt och ser far komma gåendes från åkern mellan de torra rågtussarna med lien i högerhanden. Det droppar svett från hans tinningar.

Toppen. Liemannen är här.

"Gå in." Befaller han kort och fortsätter förbi mig mot framsidan av stugan. Jag suckar och går efter honom in. I köket står mor vid spisen och försöker få fyr på alldeles för blöta vedträn. Som alltid. Far ställer den långa lien mot dörrkarmen, går fram till bordet och drar ut en stol. Hans blick är hård och kall när han nickar åt mig att sätta mig.

"Jag har talat med Peder," säger han till slut. Hans blick smalnar.

Jag tittar ner i golvet.

"Han är nöjd med gårdagens festligheter." *Tro fan det.*

Jag kan fortfarande känna smaken av sött vin och Peders vidriga händer på höfterna.

"Bröllopet ska stå om en vecka," han kliar sig i skäggstubben. "Ett ståtligt dubbelbröllop i prästgården. Du och Peder, och kyrkoherdens dotter Elin och slottskaplanen." Hans ögon blixtrar till.

Plötsligt finns det för lite syre i rummet, på hela ön.

"Du ska flytta hem till Peder under bröllopsnatten," tillägger han när jag motvilligt sätter mig på stolen han dragit fram för att undvika att knäna ska vika sig under mig. "Hans torp i Vrixlösa."

Underbart.

Jag ser mor i ögonvrån. Hon har stannat upp och stirrar på sin man med sleven i högerhanden och ett grepp om spishällen i andra.

Har hon mage att se förvånad ut? Jag spänner käkmusklerna. Mor öppnar och stänger munnen, och öppnar den igen, men inget ljud kommer ut. Hennes ansikte är blekt och rynkorna kring munnen verkar djupare än vanligt, som om hon åldrats tio år på en natt.

Säg något då. Försvara mig för en gångs skull. Jag vill skrika.

Far flyttar en valkad hand till min ena axel. Små flisor av torrt hö gnager sig fast i Gabriells sjal som jag fortfarande har knuten runt axlarna.

”Stäng munnen kvinna,” fräser han åt sin hustru och viftar bort hennes förvånade gestalt. ”Gör något vettigt av din tid.” Han vänder sig mot mig, och ett silvergrått ögonbryn höjs i en tyst varning.

”Och du Anna,” fortsätter han med en röst som är vass som knivseggen på lien vid dörrkarmen. ”Se till att du fortsätter bete dig som igår kväll. Du kommer lyda.”

Som igår kväll? Så spy över hela golvet och sedan smida flyktplaner? Inga problem. Det löser jag galant.

”Jag förväntar mig att du visar herr Jacobsson den respekt han förtjänar,” tillägger han. ”Du ska vara lycklig över denna möjlighet.”

Ilskan bubblar inom mig. Jag dör hellre faktiskt.

Jag stirrar rakt in i hans ögon så föraktfullt jag kan, jag vill att han ska se min avsky. Men jag säger ingenting. Vår stirr-tävling avbryts av mor som börjar duka fram maten som hon tydligen förberett utan eld i spisen. Hennes händer skakar lätt och hon undviker min blick.

Köket är litet och mörkt, med lågt i tak och med väggar som är fläckiga av sot och fett. En tung doft av rök och gammal mat hänger i luften. Eller, jag tror i alla fall det, mina lungor har slutat fungera.

"Ät nu," uppmanar far när han går runt bordet och sätter sig på en stol mitt emot mig. "Vi har mycket att diskutera."

Torkad älg och rovor. Maten är smaklös och torr, men jag tvingar i mig några tuggor. Det är bara tre veckor kvar. Tre veckor tills jag är fri från den här graven.

Men om en vecka börjar nog ett nytt, och kanske ännu värre helvete.

<h1 style="text-align:center">12</h1>

En människa som föds i ett hus av lågor, blir inte förvånad när hela världen står i brand utanför farstun. Men jag ligger ändå stel i sängen, hopkurad till en liten boll under det grova täcket. Det är torsdagsmorgon igen. Veckan har varit en lång plåga av vanliga, tunga sysslor. Hacka vedflisor till spisen, mjölka våra två smala kor, bära vatten och rensa sly med liemannen. Två veckor kvar. Jag har klämt ur mig ungefär fyra ord på hela veckan. Jag drar täcket över huvudet och andas djupt.

För en sekund tillåter jag mig själv att återigen tänka på Gabriell, för tusende gången sedan han *försvann* från ön. Koncentrerar jag mig riktigt noga kan jag se honom ligga framför mig under täcket med morgonljuset som bryter igenom fibrerna i tyget dansande över hans solbrända ansikte, med de djupa, blåa ögonen, hans mjuka leende, skarpa käkben och det blonda håret som ligger rufsigt mot kudden. Hans smilgropar var de vackraste jag visste en gång, nu känns de som törntaggar som pressas in i de mjukaste delarna av mig. Mitt hjärta brister på ett nytt ställe. Han ligger på mage med armarna under kudden där hårt skulpterade linjer rör sig i vågor när han gäspar stort och blinkar med simmiga ögon. Kinderna är lätt rodnade. Jag har aldrig älskat en person mer. Men jag har nog inte heller hatat någon mer.

107

"Vart är du?" Viskar jag tyst för mig själv. *"Varför lämnade du mig?"*

Hans blåa ögon studerar trött mitt ansikte och han drar ihop ögonbrynen. Aldrig tillräcklig, varför är jag aldrig tillräckligt? Jag förstår inte vad jag gjorde för fel. Någonting stort rör sig i halsen.

Sen är han inte längre där. Jag är ensam under täcket. Det rinner blött ner för min kind. En stilla tår som hotar med att bryta dämningen och öppna upp för en ström av gråt. Det känns som om bröstet ska tryckas ihop i en skarp och brännande smärta som sprider sig genom hela kroppen och klyver mig som de blöta vedträna.

Efter en stund öppnas dörren och mor kommer insmygandes. Hon säger ingenting, hennes ansikte är ett blankt uttryck av uppgivenhet, ögonen rödgråtna och rynkorna djupare än någonsin. Hennes kropp är liten och böjd, som om den krossats under tyngden av för många sorger. Hon hjälper mig att klä på mig, våra rörelser tysta och mekaniska. Min absolut vitaste, bylsigaste blus och den svarta kjolen.

Hon har sprättat bort knapparna.

Hon sätter upp mitt hår i en krona av flätor med darrande fingrar och nålar fast en vit duk på mitt huvud, där brudkronan sen ska sitta.

Snarare en krona för en dödsdömd.

Det här är inte mitt bröllop, det är min begravning.

Vi åker tillsammans med far, Joen, hans far, mor och fem yngre syskon ner till prästgården, alla intryckta på Joens lilla trävagn. Hade jag inte haft så mycket egna problem att tänka på hade jag nog hunnit tycka synd om hingsten längst fram. Svetten som rinner längs med dess svarta hårrem får de stickelfärgade, vita hårstråna att glänsa i den stekande sommarsolen ovanför oss. Ljudet från hjulens skrapande mot stenarna, när vagnen skumpar fram längs den steniga vägen, blandas med hingstens frustande och irriterande gnäggande. Det är trångt och obekvämt. Luften är tät av en blandning av hästtagel och svett, och solen steker obarmhärtigt genom mitt tunna tygstycke på huvudet. Joens mor sitter närmast mig bak i vagnen. Så nära att våra lår nuddar vid varandra. Mitt hjärtat har börjat *dunka*. Jag vet i alla fall att det fortfarande slår.

Hennes blick landar på min hals, som om hon kan se min puls rusa. Stilla lyfter hon en grov hand och lägger den på mitt ben i en tyst, tröstande gest. Den är varm och tung, men den ger ändå en liten känsla av trygghet. Jag lyfter blicken från hennes hand och tittar ut över det sommartorra landskapet som rusar förbi. Torra fält, gråa stenar, och höga träd. Jag sluter ögonen och försöker stänga ute världen, men smärtan i bröstkorgen och ångesten sipprar bakom pannloben. En ensam tår rullar ner för kinden och landar på mina knutna händer i knät.

Det är fan den sista tåren jag tänker fälla.

Vagnen stannar framför prästgården. Utanför springer alldeles för många människor och myllrar omkring på den lilla grusplanen. Klumpen av is växer i magen, och jag är nästan glad för den i hettan.

Långa bord med stolar är uppställda i rader på gården och täcks av *nästan* helt vita dukar. Antar att år av smuts och ångest är svårt att tvätta bort. Enorma lerkupoler med blommor i röda och gula nyanser står uppställda på borden. Färgerna sticker i ögonen. Väggarna runt den lilla, röda prästgården är dekorerade med björkris och girlanger av pärongröna tygremsor som slingrar sig ovanför mitt huvud när vi går längs grusgången i mitten. Det ser ut som en dålig teaterpjäs, en förvrängd version av en dröm.

Mina vagn-medåkare skingrar sig och börjar mumla om vad som måste hinnas med innan det är dags. Jag orkar inte lyssna. Det verkar som att ingen reflekterar över min närvaro så istället fortsätter jag bort en bit till på vägen. Jag kan inte ta falska leenden och de ihåliga lyckönskningarna än.

Sorlet bakom mig börjar avta och det övertas av ett susande i öronen. Jag stannar och stirrar ner i diket. I den fuktiga, skuggiga jorden blomstrar vintergrönan i en tjock matta. Dess mörkgröna blad är täta och friska, och de små, stjärnformade blommorna lyser i nyanser av blålila. Till och med vintergrönan trivs bättre i ett dike än vad jag gör i mitt liv. Jag skrattar inåt, ett hårt, torrt fnys.

När jag stirrar ner i diket på den frodiga vintergrönan väcks en virvlande storm av känslor. Synen av de friska, mörkgröna bladen och de livfulla, blålila blommorna skär genom min inre bedövning. Hat fräter i halsen och en bitter smak lägger sig på tungan. Jag sväljer hårt. Någonting hett och pulserande, bränner under huden.

Jag ska offras till en fåfäng, fet, fjäderpickade påfågel. Det knyter sig i magen och en lavin av illamående rasar över mig.

Inte spy. Inte igen.

Halsen snör åt som om någon stryper mig inifrån och jag sväljer igen. En blöt och tom känsla rinner in i ådrorna och ersätter livskraften helt. Min stirrande blick börjar bränna i ögonen innan jag blinkar bort hinnan av klibbigt grus och böjer mig ner, försiktig med att inte smutsa ner den svarta kjolen, och plockar några av blommorna i handflatan. De känns kalla och fuktiga i handen.

När jag går tillbaka förbi vimlet av människor, med sikte på prästgården, känner jag blickar bränna in i bakhuvudet, men möter ingen av dem. Jag vill inte se varken deras medlidande eller deras torra leenden. Jag lyfter huvudet högt, ryggen rak, och har blicken fäst på… ingenting.

Inne i prästgården skymtar jag en dörr stå på glänt på motsatt sida av köksingången. Genom öppningen ser jag Elin sitta på en stol framför fönstret och borsta sitt långa, mörka hår med långsamma borsttag. Hon ser ut att vara lika blek och trött som jag känner mig. Hennes vanliga livliga glimt i ögonen är ersatt av en dov, gråblek ton. Det snöras ihop lite snävare i bröstet. Jag knackar försiktigt på dörrkarmen och kliver in i rummet. Det är nästan identiskt med mitt eget uppe i Ed.

Bara spegelvänt. Och håller inte på att falla isär.

Elin lägger ner borsten på nattduksbordet mellan stolen och sängen, och möter min blick över axeln.

Två fåglar fångade i samma bur. *Fantastiskt.*

"Du ser ut som ett spöke." Anmärker Elin till slut, hennes bryn sammansvetsade till ett.

"Och du ser ut som att du ska begravas levande." Svarar jag med en sarkastisk udd.

"Det är väl ungefär det som kommer hända. Fast värre." Hon suckar. Hennes röst låter likgiltig men i hennes minspel lyser skräcken igenom.

"Värre?" Frågar jag uppgivet. Isklumpen blir större i magsäcken. "Hur fan kan det bli värre?"

"Tänk om han…" Hon tystnar, men jag förstår vad hon syftar på. Hennes ansikte skuggas. Jag lyfter handen med vintergrönan och håller upp den för Elin.

"De här verkar kunna överleva vad som helst." Elins blick fastnar på blommorna, deras blålila färg matchar min nästan anemiska hudton. Hon sträcker ut en arm och sopar över blommorna från min hand till hennes kupade. Det dinglar ner små jordklumpar på trägolvet.

"De är… vackra," säger hon förvirrat. "Fast lite ledsna."

"Ja, men det måste jag ge dem, de är ihärdiga, ger inte upp. Precis som vi inte får göra." Jag försöker nog övertyga mig själv med den tveksamma klichén lika mycket som Elin. Hon tystnar ett tag, vrider sig på stolen.

"Skepparen kommer inte tillbaka på två veckor." Fortsätter jag tyst. Hoppet sipprar ut ur Elins ansikte helt.

"Två veckor?" Mumlar hon. "Vad ska vi göra?"

En kall, död hand lägger sig över bröstet.

Två veckor. En evighet.

"Jag vet inte." Svarar jag ärligt, eftersom jag faktiskt inte har den blekaste aning om vad fan jag ska ta mig till, och känner att den där isklumpen snart måste vara så stor att den sprättar upp magen inifrån.

"Planen verkar mer och mer avlägsen för varje timme som går, eller hur?" Elin stirrar ner på blommorna.

"Jag vet."

"Håll ut Anna…Vi måste i alla fall försöka." Hennes röst är fast, men jag kan se tvivlet i hennes ögon.

"Jag vet." Svarar jag igen. Tvivlet i mig är nog lika skrikande skört.

”Men vad händer om vi misslyckas? Vart ska jag ta vägen då?” Jag känner mig som en råtta i en fälla, desperat efter en väg ut men utan någonstans att fly. Och jag har inte ens en liten ostbit att trösta mig med. Jag kanske kan gnaga mig ut, rätt genom Peders bröstkorg?

”Det får vi ta då,” svarar Elin. ”Allt är bättre än det här.” Hon rycker på axlarna. Jag nickar, men jag kan inte skaka av mig känslan av att vi bara lurar oss själva.

På andra sidan stugan hojtar någon till i köket till följd av ett högt skramlande av keramik eller glas. Mitt huvud vänds åt skramlets håll, som om jag skulle kunna se genom väggen om jag bara koncentrerar mig hårt nog. Det har blivit mitt nya normala, vartenda ljud får musklerna i kroppen att spänna sig och andningen stannar.

Elins ögon sänks till vintergrönan igen.

”Vi borde ha blommor i håret.” Säger hon plötsligt. Jag ler svagt och andas igen. Elin reser sig upp från stolen och lägger blommorna på nattduksbordet bredvid borsten. Det ramlar ner smutsiga jordsmulor på den välpressade duken. Elin skrattar till, ett kort, hårt skratt utan glädje. Men ändå, ett skratt.

”Typiskt oss. Att smutsa ner allt i vår väg.”

Hon sätter sig på sängkanten och jag hjälper henne att sätta upp hennes mjuka hår i en liknande krona som min, och pillar in några av blommorna från vintergrönan i flätorna som slingrar sig runt kronan på hennes huvud. Sedan gör Elin samma sak på mig.

När vi står framför spegeln på väggen bredvid dörren och betraktar oss själva, ser vi nästan ut som vanligt. Svullnaden och rodnaden över mina kinder från örfilarna är helt borta. Det finns bara en blek trötthet över uttrycket. Blicken är krossad, men inte helt bruten, när våra ögon möts i spegelbilden.

"Vi klarar det här," det är nästan mer än en fråga än ett löfte och hon kramar om min hand. "Tillsammans."

"Ja." Viskar jag till svar.

Någonstans bakom isklumpen brinner en gnista av hopp. Jag kanske kan överleva det här. Jag försöker klamra mig fast vid den lilla gnistan och Elins hand. Det spänns som en osynlig tråd mellan oss av vår delade förtvivlan och binder oss samman.

Kanske, bara kanske, har jag en chans.

"Vi har varandra i liv och död," Elins röst blir fast och beslutsam. "Vi måste försöka, det är vår enda chans att få dig bort från ön."

Prästgårdens gårdsplan är full av människor, klädda i fina svarta och vita kläder. Solen står nästan som högst nu och bildar en rund skugga under min kjol. En kväljande sötma som får mig att vilja kräkas täcker gommen. Igen.

Jag står bredvid Elin, även hon klädd i en svart kjol med vitt liv som hon med möda försökt sy om. Den sitter illa, för trång över bröstet och för lös i midjan. Men hon fick i alla fall behålla sina knappar på sin kjol. Hon ser klumpig och obekväm ut. Det rycker i hennes lilla, välformade näsa när hon snyftar tyst.

Min blick flackar över församlingen framför mig, hjärnan letar efter en väg ut, en flyktväg. Men det finns ingen. Människorna runt stigen upp till det lilla provisoriska altaret bildar tjocka murar.

Framme vid det enkla träbord som ska föreställa altare, står Peder, uppblåst och självgod i sin flådiga, illblåa dräkt. Han har tydligen lyckats få tag i en större kravatt den här gången. Kråset byltar klumpigt ut över fjäderdräkten. Hans leende är ett groteskt hån. Jag sväljer kväljningen.

Bredvid honom står slottskaplanen, tunn och skör som ett vissnat höstlöv. Hans blick är fäst på Elin bredvid mig och jag tycker nästan att jag ser en glimt av oro i hans ögon.

Kyrkoherden, Elins far, står mellan dem, iklädd en svart, lång kaftan. Under kaftanen bär han en vit skjorta och en stel krage med två avlånga snibbar som hänger ner över bröstet. Runt hans nacke har han en grön stola, hängandes rakt ner och korsad över bröstkorgen, dekorerad med små broderier och vävda detaljer i mönster som jag är för långt bort för att kunna uttyda. Far står mellan mig och Elin med armarna fast hoptrasslade i våra armveck. Musik fyller gården och studsar mot prästgårdens röda väggar.

Trumpeter. Helt jävla *självklart*.

Kyrkomarskalkarna går först, en liten okänd man till höger och en med otroligt solblekt hår till vänster i mittgången. Far tar ett kliv och drar oss upp mot altaret. Vartenda huvud i församlingen vänds mot oss och jag slåss mot min instinkt att dra mig undan. Joens ögon ser in i mina och spärras upp från där han sitter inklämd mellan sina yngre syskon. Jag lyckas hålla huvudet högt.

Ett steg. Två. Tre. Fyra.

Jag sväljer den första sura uppstötningen som tränger upp i halsen. Framme vi altaret lämnar far oss vid respektive fågel, en på min vänstra sida och en på Elins högra, och går sedan och sätter sig på första bänk bredvid sin hustru, till vänster om mittgången där mina och Elins gäster sitter. Brudgummarnas sitter till höger. Där känner jag inte igen ett enda ansikte. Musiken avtar och kyrkoherden börjar ceremonin med en mörk röst som ekar mellan människorna.

"Inför Guds ansikte är vi samlade till vigsel mellan er två, Elin Fredriksdotter och Anton Gustavsson. Och er, Anna Sunesdotter och Peder Jacobsson. Vi är här för att be om Guds välsignelse över er och för att dela er glädje. Äktenskapet är en Guds gåva instiftat till samhällets bestånd, till människors hjälp och glädje. Att leva som man och hustru är att leva i förtroende och kärlek, att ta ansvar för varandra och hemmet och att troget stå vid varandras sida." *Hoppfullt.*

Han vänder ner blicken till bibeln han har i händerna och fortsätter.

"Jesus sade; skaparen gjorde från början människorna till man och kvinna. Det är hans vilja att en kvinna skall lämna sin far och sin mor för att leva med sin make, och de två skall bli ett. Vad Gud har fogat samman får människan alltså inte skilja åt."

Vi får väl se.

Jag kan inte hejda en fnysning som letar sig ut ur näsan. Nu måste magen vara helt uppsprättad. Hans blick flyter över huvudena på församlingen medan han fortsätter mässa om kärlek och trohet. Rätt ihåligt och meningslöst i min situation. En våg av ilska och förakt hotar att dränka mig. *Hycklare.*

Elin står stel och tyst. Hennes blick är tom och ögonen börjar tåras, som om hon redan gett upp. Men det finns också ett lugn som jag är otroligt avundsjuk på just nu. Mitt hjärta värker äckligt när ceremonin fortsätter i en oändlig rad av böner och psalmer.

"Jag fortsätter läsa från Matteusevangeliet fem, vers fyrtiotre till fyrtioåtta. Gud sa; ni har hört att det är sagt, du skall älska din nästa och hata din ovän. Jag säger er, älska era ovänner och be för dem som förföljer er. Då är ni er himmelske faders barn! Han låter sin sol gå upp över onda och goda, och låter det regna över rättfärdiga och orättfärdiga. Ty om ni älskar dem som älskar er, vilken lön får ni för det? Gör inte tullindrivare det också? Och om ni hälsar endast på era bröder, vad gör ni för märkvärdigt med det? Gör inte hedningar det också?" Han tittar upp från sin älskade text.

"Var alltså fullkomliga, såsom er fader i himlen är fullkomlig. Älska era fiender och be för dem som förföljer er, då blir ni er himmelske faders söner."

Funkar ett *fullkomligt* förkrossat hönsägg?

Kyrkoherden vänder sig mot Elin och slottskaplanen.

"Inför Gud och i denna församlings närvaro frågar jag dig, Anton Gustavsson. Vill du ta Elin Fredriksdotter till din hustru och älska henne i nöd och lust tills döden skiljer er åt?" Slottskaplanen tittar ner på Elin.

"Ja."

Elins far vänder sig till henne och frågar samma sak. Hon tvekar och gråter tyst. Jag hör hennes hjärtslag bredvid mig. Eller är det mina?

Hon snyftar fram ett svagt ja.

"Inför Gud och i denna församlings närvaro frågar jag dig, Peder Jacobsson. Vill du ta denna Anna Sunesdotter till din hustru och älska henne i nöd och lust tills döden skiljer er åt?"

Dödsdelen låter frestande.

"Oja."

Peder tar ett fast grepp om min underarm och jag måste spänna varenda muskel i kroppen för att lyckas stå kvar. Kyrkoherden nickar långsamt och tittar sedan åt mitt håll.

”Jag frågar nu dig, Anna Sunesdotter, inför Gud och i denna församlings närvaro, tager du denna Peder Jacobsson…”

Denna påfågel.

”…till din äkta make att älska och respektera honom i nöd och lust, tills döden skiljer er åt?”

Nej.

En blurrig hinna lägger sig för ögonen och jag blinkar frenetiskt för att få bort den när Peders hand klämmer hårdare runt min arm. Ordet fastnar i strupen.

Jag vill dö.

Jag vill dö.

Jag vill dö.

Jag vill döda honom.

”Ja.” Jag pressar upp ordet från halsen. Det river upp min insida som en klump av rakblad. Peders grepp blir lite lösare.

När båda paren svarat ja på frågan byter vi ringar.

Och till slut är det över.

Peder vänder sig mot mig och lyfter min hand och kysser den, hans läppar är torra och sträva mot handryggen. Jag rycker till, men drar inte bort den. Det spelar ingen roll längre. Jag är hans. I två veckor till.

”Ni har nu ingått äktenskap med varandra och bekräftat detta inför Gud och denna församling. Ni är nu man och hustru. Må herren vara med er och leda er i sin sanning, nu och alltid. Amen.”

Festen hålls ute på gården. Gästerna trängs vid de små borden, äter glupskt, dricker franskt vin och finskt, illaluktande öl och pratar högljutt. Det måste vara minst trettio ansikten, några jag känner igen och andra inte. Jag sitter inklämd i mitten av ett bord och försöker göra mig så osynlig jag kan. På bordet bredvid hör jag två manliga röster som bryter sig genom sorlet.

"Vad var det med hon brunhåriga, lipa hon eller?"

"Elin? Såg ut så."

"Äsch, du vet, jag tror det var glädjetårar, kvinnor kan gråta ibland fast att dem är glada."

"Det är i alla fall en söt flicka det där, hon andra med."

Jag sliter uppmärksamheten från männen vid bordet bredvid när en rörelse får mig att vända blicken framåt. Peder kommer mot mig med ett glas vin i handen.

"Här har du, min sköna," börjar han och räcker fram glaset. "Drick. Det är vår bröllopsdag." Jag tar emot glaset och stirrar ner i den röda vätskan. Illamåendet kommer tillbaka, och jag sätter ner glaset på bordsduken utan att smaka.

"Vad är det?" Frågar han med ett magvändande flin. "Är du inte törstig idag?" Hatet bränner igenom illamåendet.

"Nej." Svarar jag korthugget.

Jag ska *aldrig* mer dricka vin.

Men tydligen lyckas jag klämma ur mig spydigheter även utan vin, för jag hör mig själv fortsätta.

"Gud slösade verkligen inte tid på att ge dig en hjärna, eller hur?" Hans röst mörknar till den där låga, äckliga stämman från biblioteket.

Men denna gången får jag inga rysningar som rinner längs min ryggrad. Ingen rädsla. Denna gången stampar istället ett grovt hat sönder mitt förnuft och ersätter det med en svart, desperat vilja att streta emot med allt jag förmår. Han böjer sig fram över bordet som separerar oss.

"Jag skulle nog föreslå att du håller i din giftiga tunga från och med nu. Från och med nu, tillhör du mig. Och jag svär vid Gud att du ska få ångra varenda vass liten kommentar och förolämpning. Du ska vara själva bilden av blind respekt och ger fan i att behandla mig som en medelmåtta. Du gör som du blir tillsagd, och det under tystnad."

"Jag förolämpar dig inte, jag beskriver dig. Och du har långt kvar innan du når upp till medelmåttighet. Så om du har ett problem med mig, skriv problemet på en bit papper, vik ihop det och kör upp det i röven. Jag dör hellre än underkastar mig dig."

Han suckar överdrivet högt och klickar nedlåtande med tungan. Men hånflinet är tillbaka.

"Du måste försöka vara lite gladare," påpekar han långsamt. "Det här är en stor dag för oss båda. Och natt."

Jag biter mig i tungan. Järnsmak.

Perfekt. Mitt nya helvete har börjat.

13

Långt efter skymningen går alla hem till sitt. Eller vinglar snarare. Mitt huvud är smärtsamt klart och nyktert. Jag mötte bara Elins blick en gång under hela middagen. Hon hade inte kunnat beskrivas på något annat sätt än *tom*. Vår vagn skumpar återigen fram längs vägen, men denna gång är vi bara fyra. Jag, mor och far, och Peder vid tyglarna. Jag har ingen aning om hur Joen och hans familj tar sig hem med fem utslagna barn, alla under nio år och med en far som inte precis hade kunnat bära hem barnen i det tillståndet vi lämnade honom i. Joens mor är i och för sig nästan lika bredaxlad och stark som sin make, så lite trötta barn och en sluddrande gubbe stoppar nog inte den krutkärringen.

För varje sten och ojämnhet på vägen skakar benen i kroppen som en spädbarnsskallra. Mina föräldrar sitter stela och tysta mittemot mig i vagnen, deras ansikten lika uttryckslösa som tygdockor. Vid min högra axel sitter Peder, något lutad över hästens bakdel uppe på kuskens plats med tyglarna i ett obekvämt högt grepp, som om han behöver fokusera noga på att inte tappa dem.

Jag själv vill kräkas.

När vi kommer fram till torpet i Vrixlösa sticker dess röda fasad illa ut där den ligger inklämd mellan höga ekar. Passande färg på ett helvete. Stugan är absolut inget palats, men det är inte alls lika illa där an som vår uppe i Ed. Inga sönderblåsta plankor eller dödsbon tätt intill. *Ännu.*

Vid en av långgavlarna av gårdsplanen växer en hög, mörkgrön, tät häck med spretiga toppar. Jag kliver ur vagnen och ser mig omkring. Torpet vilar på en sockel av fältsten, sadeltaket är belagt med kupiga tegelpannor fulla av mossa och vildvuxet ogräs, den har en enkel, omålad trädörr och små fönster med spröjsade rutor. En stensatt gång leder upp till dörren, och på var sida om gången växer högt gräs. Det kan nog ha varit ett fint torp en gång i tiden, men jag antar att det har fått förfalla, vilket är oerhört ironiskt eftersom Peder verkar spendera mesta delen av sitt uppblåsta liv med att försöka framstå som finare än vad han egentligen är.

Inne i torpet är det mörkt, unket och det luktar mögel och blöt jord. Mor går inte ens in. Hon har inte tittat mig i ögonen sedan i morse. Peder stannar på torpets nedervåning och skramlar med stålstop i ett högt skafferi i bortre delen av vad som måste vara köket. Han har tydligen inga större problem med en ständigt yrslig tillvaro. Min far leder mig förbi köket och upp för en trång, svängd trappa en bit in i torpet, som leder till en mycket låg, trång vindsvåning. Vi möts av två oansenliga, oslipade dörrar. Den rakt fram är tydligen mitt nya sovrum.

Rummet innanför är litet och enkelt, med snedtak och mörka träväggar. Det är inte mycket till sovrum, men det är åtminstone mitt.

Eller ja, tyvärr *vårt.*

Jag går fram till det lilla fönstret på kortsidan av rummet, där taket är som högst, och ser ut över den gråa himlen. Små droppar har börjat regna ner i nattdimman som rest sig från den varma jorden, och slår mot rutorna.

Perfekt avslut för en bröllopsdag. Ett mästerverk av tragedi.

Framför fönstret står ett enkelt skrivbord med två lådor, en liten metallask och en stor, grumlig spegel på tre ostadiga ben. Spegelbilden är suddig och förvrängd. Eller, det kan i och för sig lika gärna vara mina egna ögon som är suddiga. Jag hade nog kunnat somna stående så tunga som mina ögonlock är.

Jag sätter mig på pallen framför spegeln. I spegelbilden ser jag far stå kvar i den lilla dörröppningen bakom min rygg. Han står tyst och betraktar mig, hans ansikte är lika kallt och uttryckslöst som alltid. När det inte förvrids i fula vinklar av ilska då.

"Du bör göra dig redo för ikväll." Kastar han över axeln innan han försvinner.

Mansgrisar. De förtjänar slakt allihop.

Jag sitter frusen i min stol framför spegeln. Jag vet vad som väntar. Men fars bekräftelse kändes fortfarande som en käftsmäll. Det känns som om något vrider mina organ till en hårdare och hårdare knut tills något är på väg att slitas sönder. Mitt bröst känns så hårt att jag knappt kan dra ens små andetag. Och den hårda snörningen gör inte saken bättre. Mina fingrar domnar när jag metodiskt lossar blommor ur håret och samlar dem i asken på bordet. Efter att ha rotat i skrivbordslådorna hittar jag en stålfärgad, tät borste och drar den genom mitt trassliga hår.

"Godkväll."

En kall röst får mig att rysa. Hans ögon möter mina i spegeln. Sättet han ser på mig... kallt och vilt. Självbelåtenheten i honom är både irriterande och hjärtskärande skrämmande. Jag slår vad om femtio daler att han lika gärna hade kunnat luta sig fram och kyssa mig på hjässan, som att skära halsen av mig, ta ett steg tillbaka, och bara oroa sig för att han inte ska få blod på skjortan. Jag hade nog föredragit halsskärning.

Hans blick följer borstens rörelser genom mitt hår, och när jag ser hur hans mungipor kröks uppåt måste jag svälja. *Hårt.* Han harklar sig medan jag drar borsten en sista gång genom mina slitna toppar.

"Säng." Befaller han.

Blodet rinner ur skallen. Han ler illvilligt och visar alla de gula tänder han har kvar i sin ruttna käft. Jag famlar med borsten och tappar ner den på skrivbordet med en smäll. Han kliver närmare.

"Om du inte hellre gör det mot skrivbordet."

Jag kan inte röra mig. Han drar tillbaka handen och ger mig en skarp snärt över kinden. Munnen fylls av saliv.

Med ett grepp om överarmen drar han upp mig från pallen så den flyger bakåt och dunsar till marken med ett högt brak. Jag fumlar backandes tills mina bakben kolliderar med sängkanten och jag faller baklänges på madrassen och ser taket.

Han stannar upp, något svagt glimtar till i hans blick och munnen kröks ytterligare. Sen rör han sig mot mig med ormliknande rörelser.

"Shhh." Väser han med ett vidrigt, knotigt finger vid läpparna och klättrar sakta efter över sängkarmen. Han blickar ner på mig och trycker sedan in sina ben mellan mina och lutar sig över mig.

Jag vill sjunka ner i sängen och kvävas.

Hans ena näve trycker in i madrassen vid mitt huvud, och han lyfter den andra till min haka. Madrassen luktar dammigt hö och intorkat svett. Höstrån som letar sig genom lakanet sticker mot min bara hud som blottas när kjolen hasar sig upp mot knävecken.

"Titta. På. Mig." Varje ord kommer ut ur hans käft hårdare än det innan.

Det surnar i magen och raseriet sipprar upp i halsen tillsammans med magsaften. Jag vrider bort huvudet häftigt åt andra hållet. Hans ansikte är bara centimeter ifrån mitt, pupillerna vidgade som ett jävla rovdjur. En vacker dag ska jag pilla ut dem ur hålorna.

Lyd. Tig. Streta inte emot. Fars uppmaningar dundrar i huvudet.

I *helvete* heller.

Jag trycker ner kinden mot madrassen och tar spjärn med fötterna för att försöka åla mig ifrån honom så mycket jag kan. Jag ser rött.

Jag har föreställt mig hans död på en mängd kreativa sätt under de senaste dagarna. Den brinnande önskan om att få se ljuset försvinna från hans ögon är euforisk. Jag skulle ge vad som helst för att få köra ner hans jävla trumpet i strupen på honom. Se hur hans ögon vattnas och hur den rödblåa färgen långsamt sprider sig i hans fula ansikte. Men jag är villig att nöja mig med att stympa eller förgifta honom.

Hjärtat far upp i halsgropen när Peder griper tag i mitt högra lår och drar mig till sig. Min syn blir prickig och jag sparkar med vänster ben och träffar honom i sidan av magen, men han släpper inte sitt grepp.

Hårdhudade as.

Han kastar sig fram och klämmer fast mig mot madrassen under hans feta tyngd. Jag vrider mig som ett nedskjutet rådjur så att det hala lakanet över den höfyllda madrassen dras upp över sängkanterna och trasslar in sig i mina fötter. Mina lungor slåss för att få ner syre.

Fan, fan, fan.

Jag väser genom mina tänder när han låser båda mina handleder på ena sidan om mitt huvud. Hans röst blandas med ett ringande i öronen när han sänker sitt huvud mot mitt.

"Oroa dig inte för blåmärken, alla ska ändå veta exakt *vem* som tar dig dig och *vems* du är." Viskar han tätt intill mitt öra. Andedräkten stinker av alkohol. Vreden rusar genom alla sinnen.

"Måtte djävulen ta dig!" Spottar jag mot honom. Rasande.

Det kan ju inte lika gärna bli värre ändå.

Jag krossas under hans vikt när han lägger sin tyngd över min bröstkorg och famlar upp kjolen med en fri hand. Jag kan inte andas. Jag kommer inte loss. Handlederna domnar av hans grepp.

Jag är helt jävla *försvarslös*.

Jag kniper igen ögonlocken så hårt jag kan. Vad jag än gör så kommer jag inte loss. Han är tung som en gris och hans långa ben låser fast mina mot madrassen så jag inte kommer åt att sparka mig ifrån honom igen. Det känns trångt i halsen när jag sväljer ilskan och magsyran.

Jag ska göra det.

Jag ska döda honom.

Bara, inte ikväll.

14

Jag ligger kvar i sängen. Förlamad av utmattning och den inkräktande känslan av Peders tyngd över hela min kropp. Efter en lång tid av groteskt fyllesnarkande, störtade han flämtandes upp ur sängen och ut ur rummet tidigt i morse, och efter hans tunga, snabba steg i trappan hördes häftiga kväljningar från nedervåningen. Sedan dess är jag ensam.

En lamhet sipprar genom varenda muskel och den värkande smärtan i nedre delen av magen är tillbaka. Kroppen är klibbig och fastnar i lakanet när jag vrider och vänder mig. Ilskan målar halsen schalakansröd och jag greppar fast i täcket med hårt knutna nävar för att inte falla ner i avgrundshålet av ångest. Men under den domnande ångesten brinner det något varmt och intensivt.

Jävla, empatilösa, sinnesrubbade, äckliga, svin.

Hans andedräkt känns fortfarande blöt och varm i mitt öra och väcker en kväljande blandning av äckel och ilska. Jag gör ett försök att resa mig och trycker mig upp några centimeter i sängen med armbågarna mot madrassen. Kroppen värker, varje muskel skriker i protest. Det känns som om jag är invirad i törne med taggar som river mig blodig hur jag än rör mig. Jag blir liggandes, andas tungt, samlar kraft. Sängen stinker av Peders kropp och mitt eget svett. Jag måste ut härifrån.

Till slut, med en övermänsklig ansträngning, sätter jag mig upp i sängen och grymtar som en gris när kroppen skriker. Det gråvita tyget av särken, som är det enda som tur nog stannade på kroppen igår natt, buktar sig knöligt i knävecken och det tunna täcket faller till marken framför mig när jag drar benen över sängkanten. Jag kommer upp på fötter och blir ståendes där ett ögonblick och vacklar med armarna utsträckta. Yrseln hotar att dra ner mig i sängen igen. Jag kramar om mig själv och försöker lugna de våldsamma skakningarna som går genom min kropp. Jag måste ut. Luften i torpet känns obefintlig.

Jag tar några kliv mot dörren, varje steg är en seger över den förlamande rädslan och utmattningen. Jag måste bort. Mitt hjärta börjar genast bulta hårdare. Känslan av skräck är häpnadsväckande just som jag når bort till dörren. Jag lutar mig mot den flisiga ytan och försöker ta ett långsamt andetag. Mina fingrar rycker runt dörrknoppen, träet känns kallt i min hand. Jag sväljer smärtsamt, mina försök att andas och lugna ruset misslyckas totalt. Mitt bröst hoppar i små, snabba inandningar och jag biter mig i insidan av kinden och klämmer ihop ögonen. Jag försöker dra min hand loss från dörrknoppen jag desperat kramar, som om jag skulle falla om jag släppte den, men min kropp vägrar samarbeta.

Efter att ha stått där i flera minuter, försökt och misslyckats med att tvinga mig själv att röra mig, brister jag, och kryper ihop i en boll intill dörren.

15

Ångesten kommer i vågor, som ute på sjön. Först kommer den stilla och skvalpar mot mina fötter. Nästan omärkbar. Men utan förvarning drar den mig under ytan och jag är fångad i strömmen. Kippar efter luft. Kämpar för att hitta vilket håll som är uppåt. Vissa dagar känns det som om jag lyckas flyta precis ovanför ytan, andra dagar dras jag med så djupt att ljuset känns som ett avlägset minne.

Men så avtar det. Det varar inte för evigt. Tomheten kommer. Även de starkaste vågorna bryts så småningom mot stranden. Och i de lugna stunderna mellan tidvattnen, hämtar jag andan. Jag kanske inte kan kontrollera sjön, men jag kan lära mig att hålla ut i stormen och veta att det lugna vattnet kommer igen. För även när det känns som om jag drunknar, kämpar jag fortfarande.

Och det måste väl ändå vara *hopp*?

Man förlorar inte sig själv på en gång. Det sker bit för bit. Lugnt och stilla. En gräns korsars där… en uppoffring görs där.

Ända tills man en dag ser sig själv i spegeln och inte längre känner igen personen som stirrar tillbaka.

Jag står vid diket igen.

129

Hur många dagar har det gått? Fyra? Fem? Är det bara onsdag..?

Jag har tappat räkningen på timmarna, på dagarna. Livet är en loop av olika stadier av ångest och smärta. Varje natt är den samma som innan. Varje dag är tom. Jag bryr mig inte om att världen verkar gå under. Den har gått under för mig många gånger. Och sedan börjat om igen nästa morgon.

Jag omsluts av den varma sommarnatten som en mjuk filt. Luften är stilla och tyst, fylld av fuktig jord och blommande ogräs. Särken och underkjolen klibbar mot min hud, fuktiga av svett och dagg efter regnet som har fallit varje natt sedan vår bröllopsdag. Jag tror nog att Guds änglar gråter de med.

Det är kolsvart, himlen öppnar sig som ett svart hål utan stjärnor och den fuktiga jorden letar sig in i strumporna och blöter mina fötter.

Jag känner det inte. Varje steg är mjukt, klafsande och dämpat när mina fötter går över bädden av mossa.

Jag frågar ofta mig själv om det är värt att berätta för någon vad man faktiskt går igenom. Men jag vet att det jag får till svar bara kommer vara *du är stark* och *det kommer att bli bra*. Jag har blivit ett domnande tomt äggskal som styrs av en enda instinkt, en primitiv vilja att överleva. Kroppen är ett gapande tomrum utan vare sig intryck eller tankar. Det finns ingen rädsla, ingen sorg, ingen ilska. Bara en dov, ihålig känsla av… *ingenting*.

Jag sjunker ner på knä och låter fingrarna sjunka ner i den mjuka jorden. Den är kall. Fuktig. Mjuk. Tror jag i alla fall…

Små jordklumpar fastnar mellan mina fingrar och smälter samman med min hud när mina nävar fumlar sig fram till vintergrönan. Jag börjar gräva, försiktigt men beslutsamt genom dess sega och ihärdiga rötter som klamrar sig fast i marken, och lyfter upp plantan ur jorden. Bladen borstar mot min hud i en mjuk klappning.

Grus och små stenar gnager under fotsulorna när jag vänder tillbaka mot trumpetartorpet och bär plantan nära min kropp som om det vore ett litet barn.

Vid den stenade gången som leder fram till torpet stannar jag innanför gärdsgårdsstaketet, som stänger in torpet i en stor kvadrat, sjunker ner på knä igen och gräver ett nytt hål. Jag placerar vintergrönan i hålet, täcker rötterna med jord och klappar till den försiktigt. Jag stirrar, och stirrar, och stirrar på plantan.

"Vi ska fan inte dö."

Det är en viskning. Ett löfte. En spricka i tomheten.

Vi ska överleva.

16

Gabriell

Jag kanske dör idag. Eller imån. Eller så dog jag igår.

Krutlukten svider i näsborrarna, blandat med stanken av blod, svett och rädsla. Jag höjer min värja och hugger ner en man, som kommer springandes mot mig, till marken. Den blodiga scenen framför mig är suddig, förvrängd. Det enda klara är den brinnande ilskan som pulserar inom mig, en rasande flod som driver mig framåt genom kaoset.

Min mjuka hatt med låg kulle och svagt uppböjda kanter sitter snett på huvudet, dammig och fläckad mörkbrun, och stinker järn. Den gråa långrocken med sina förgyllda mässingsknappar och beigeaktiga ärmuppslag har rivits upp på flera ställen, och är missfärgad av torkat blod efter närstrider. Mässingsknapparna som pryder mina handskar, väst och gehäng skimrar i det dunkla solljuset, en absurd kontrast mot det smutsiga slagfältet. Rocken, som räcker mig ner till knäna, trasslar sig runt benen och hindrar mina rörelser. Jag svär högt.

Den är fan gjord för en hovbal, inte för detta helvete.

Det har bara gått tre jävla veckor och jag har tillbringat alla i en feberdröm av kaos och blod. Jag balanserar på en tunn lina på gränsen till galenskap av att inte veta om hon ens andas. Mina egna lungor har inte fyllts sen jag såg henne i hamnen och nu finns inget annat mellan mina hjärtslag än ren förtärande skräck. Minnet av Peders hånfulla flin, av hans falska löften, får mitt blod att koka. Hans namn är ett gift på tungan. Jag skriker. Den torra luften bränner obarmhärtigt i halsen.

Det är hans fel att jag är här. Det är hans fel att jag hugger ner mannen. Det är hans fel att jag skär upp honom från mage till hals. Det är hans fel att mannen förblöder i det torra gräset. Det är hans fel att jag ljugit, manipulerat, och lämnat Anna på den där gudsförgätna ön.

Jag skriker igen när jag drar ut värjan från mannen. Jag flyttar värjan till vänsterhanden och avvärjer en attack från höger genom att skära en man längs med handleden och upp över underarmen. Ännu en man närmar sig från vänster och jag agerar, som tur är, instinktivt och skär upp hans hals med ett hastigt snitt och blodet börjar forsa våldsamt ner över hans ringkrage och bröst.

Jag visste om den smärta och förstörelse som livet skulle orsaka henne, och kände på något sätt ett behov av att ta dess plats. Jag lämnade henne utan ett ord, utan ett farväl.

Vad om hon inte väntar på mig? Vad om hon hatar mig?

Hon *borde* hata mig.

Jag är en jävla idiot som gick på Peders förbannade predikan om ett bättre liv för henne än vad jag hade kunnat ge. Hon borde aldrig ha fått utstå mitt svek. Efter att ha förlorat henne tror jag inte längre att solen följer månen, hon hemsöker honom. Hennes tomma blick när jag lämnade henne i hamnen är det enda jag ser när jag ligger sömnlös i tältet på nätterna. Och jag sa inte ens som det var.

Skuldkänslorna blandas med total sorg och tar upp all plats i mitt bröst. Hon förtjänar inte att lida av den där vidriga mannen. Tanken på att förlora henne är outhärdlig. Jag skriker i ren frustration, ett vrål som omedelbart dränks av krigets larm. Jag ser inte längre fiender, jag ser bara *honom*.

Att släppa henne var det svåraste jag någonsin har gjort, men inte lika svårt som att behöva se henne inte vilja ha mig. Hon saknar mig inte.

Jag borde komma ihåg det.

Jag borde för fan komma ihåg det.

Jag hugger vilt omkring mig, ilskan har återigen gått över i blint raseri. Och jag ska inte sluta förrän jag håller henne i mina armar igen. Det här slagfältet är ett stort, vrålande förkroppsligande av min skam. När jag tänker tillbaka kan jag minnas miljoner små anledningar till att jag förälskade mig i den kvinnan. Hennes gröna ögon… Jag hade inte ens någon favoritfärg förrän hon såg på mig. Jag har inte sett grönt på samma sätt sedan dess. Det finns i allt. Jag borde aldrig ha släppt henne ur min famn. Jag borde inte ljugit. Jag borde gjort som hon sa och tagit med henne långt ifrån allt som nu är hennes liv.

En ny värja skär genom dammet med sikte på min skalle. Jag slänger mig åt höger, men jag är tydligen inte tillräckligt snabb för den träffar mig istället i sidan. Tacka Gud att kraften var så svag att den knappt ens går igenom rocken. Adrenalinet dämpar smärtan när knäna dunsar mot den grova gräsplätten och jag vrider mig för att parera ett hugg från en ny gråklädd gestalt med min egen värja. Men han är inte ensam, dem är tre? Fyra? Och bildar en beväpnad ring runt mig där jag står på knä. Alla fast beslutna om att idag ska bli min sista dag på jorden.

Jag griper hårt om skaftet på värjan och det skrapar som sandpapper i ögonen varje gång jag blinkar igenom grusdimman. Jag ser åtminstone samma himmel som hon.

"Jag antar att ni tänker döda mig även om jag ber snällt?" Det rosslar ut lite mer vädjande än vad jag hade tänkt. Pulsen rusar när jag reser mig till min fulla längd. Nu har jag åtminstone fötterna i marken.

"Döda honom!" Skriker någon till höger om mig.

Om jag bara kan får ner en av dem så jag har en öppnin… En av männen rusar fram och kastar sig mot mig.

Helvete.

Denna gång träffar klingan mig i högra axeln och den går *definitivt* rätt igenom rocken. Jag känner den vassa eggen på värjan i mitt kött som sprättar upp axeln och dras med en ofattbar, förblindande smärta ner, fram över bröstkorgen.

Och jag faller skrikande till marken, med handen krampandes mot det blodsprutande såret.

17

Anna

Jag har haft samma slarvigt uppsatta knut i håret i över en vecka. Små blonda hårtussar har flytt ut ur hättan och fladdrar irriterat i ansiktet. Jag sitter på högsta trappsteget upp till farstun med blicken fäst vid en obestämd punkt som inte finns där. Det hettar i ansiktet när den sista middagssolen lågt letar sig fram mellan molnen. Kjolen fladdrar lätt kring mina bara ben i den ljumma brisen som sveper in från Vättern över ön, och mina underarmar vilar mot knäna, händerna är hårt knutna framför mig. Det vildvuxna gräset utanför torpet gungar sövande och jag har noterat att om jag sitter precis här, på detta trappsteget, så luktar det starkt av vallmo i vindarna som går genom gräset på dagarna, och milt av lavendel på nätterna.

Istället för att pilla upp nagelbanden har min nya ovana blivit att snurra frenetiskt på min breda vigselring i graverat järn som sitter på det vänstra ringfingret. Jag har svettats i ångestvågor så ofta de senaste dagarna att ringen har bildat ett grönt märke runt fingret. Jag bara sitter, förlamad av en grötig kombination av apati och ångest. Det susar varmt och pipigt i öronen, som om hela världen vore insvept i en kokong av ljummet vatten.

Ljudet övergår sakta i ett dovt mummel som bryter igenom dimman i mitt medvetande. Och igen. Lite högre denna gång.

"Hallååå, Anna?" Hjärtat hoppar över ett slag och axlarna åker upp till öronen. Verkligheten börjar sakta få färg igen när Joen lägger en hand på mina knutna nävar. Jag vänder förvånat upp huvudet. Han lägger ner en tom säck på trappsteget under mitt, och sätter sig på huk framför mig, huvudet på sned.

"Hur är det? Snälla Anna, säg något, jag har inte sett dig på över en vecka." Han granskar mig spänt när jag möter hans blick.

Jag måste se lika illa ut som jag känner mig.

"Anna?" Upprepar han. Hans blick glider över mig och hans ögon spärras upp när de stannar vid mina blåspräckliga underarmar som sticker ut ur blusens ärmar.

"Anna..? Är du okej?"

Han kan inte ens se det värsta, det som döljer sig under kjolen och livet. Jag skakar långsamt på huvudet.

"Nej." Rösten är raspig och torr. Joen svär tyst och tar försiktigt mina händer i sina.

"Det är över."

Va? Vad pratar han om?

"Jag har pratat med skepparen."

Något klickar till i huvudet. Skepparen? Menar han..? Är det torsdag? Jag blinkar långsamt. Mina ögon vägrar fokusera.

Joens blick dröjer sig kvar vid mina underarmar. Min andning blir ytlig och jag drar in luft i korta, häftiga andetag. Bröstet känns trångt.

"Skepparen går med på det. Han tar dig över till Vadstena inatt."

Min blick flackar. Ögonen är tunga och säkert inramade av mörka, lila ringar från mardrömsnätter som jag antingen spenderar smärtsamt inklämd mellan påfågeln och hömadrassen, eller gåendes i en planlös dissociation från ena kanten av ön till den andra.

"Inatt?" En blandning av chock och eufori sköljer över mig.

Jag trodde inte att det skulle gå så… fort?

"Ja, du ska vänta på honom nere vid hamnen, i Gabriells fars båthus. Han kommer vid midnatt."

"Vadstena… och sen?" Jag försöker fokusera, men tankarna snurrar. Mitt ena knä studsar nervöst och jag fyller lungorna med syre igen för första gången på tre veckor.

Luft. *Vackra, härliga luft.*

"Det kommer stå ett ekipage som väntar på dig i Vadstena imorgon bitti. Det tar dig till Mariestad, det var så långt pengarna räckte," han tystnar ett ögonblick och ser djupt in i mina ögon. "Där kan du söka skydd i domkyrkan. Och sedan… lista ut hur du ska hitta Gabriell." Hans röst är full av hopp och längtan, men också något som liknar sorg.

Ruset sprider sig elektriskt längs med huden och sköljer av den förlamande apatin. Jag lägger märke till säcken som Joen lämnat på trappsteget och försöker fixera blicken.

"Packa det viktigaste," säger han tyst. "Och mat. Men under tystnad."

Jag reser mig upp. Världen snurrar och blir prickig. Joen fångar mig och håller mig upprätt när jag vinglar ner för trappstegen.

"*Tack.*" Viskar jag mot hans nacke. Min puls rusar av adrenalinet som pumpar genom min kropp.

"Men… betalningen då?" Fortsätter jag när synen har kommit tillbaka.

"Den är löst. Mor var… förstående, och gav mig det sista jag inte hade själv." Hans röst är låg, nästan ljudlös. Han tittar ömt på mig. Jag slänger armarna runt Joens taniga axlar i lättnad och det smärtar genast i både armar och revben.

Skit samma. Jag klänger mig fast vid honom.

"Tack. Joen, *tack.*" Säger jag igen, denna gång högre, men ljudet dämpas eftersom jag pratar rakt in i hans nacke. Hans kropp är smal, nästan spinkig, i jämförelse med Peders robusta, långa kroppsbyggnad. Jag känner hans revben tydligt genom skjortan.

Jag har aldrig varit så tacksam för en människa som nu. Jag har en chans att fly och det är helt Joens förtjänst. Det bränner i ögonvrårna.

Fan, detta kan vara sista gången vi ses.

"Antar att det här är farväl." Mumlar jag in i hans nacke.

"Skynda dig nu," han sänker rösten, skiljer våra kroppar och ser sig nervöst omkring. "Det här får inte komma ut, ta det försiktigt, annars kan du nog råka riktigt illa ut." Han släpper taget om mina armar och böjer sig fram och plockar upp säcken. Den har två läderremmar som dinglar från öppningen, fastsydda i ena sidan för att man ska kunna knyta ihop den och bära den med remmarna över bröstkorgen. Jag tar emot den. Joen lutar sig fram och kysser mig ömt på hjässan.

"Lycka till. Och Anna, se till att bära dina ärr med stolthet, det som försökte döda dig, misslyckades." Han studerar mitt ansikte en sista gång och går sedan mot öppningen i staketet.

Jag följer han med blicken, säcken hängandes i ena handen. Tar in varenda sekund som går för att försöka lägga varenda centimeter av min vän på minnet. När hans gestalt är helt borta står jag kvar ytterligare några sekunder.

När jag till slut vrider på kroppen för att vända om in i torpet får jag syn på den lilla vintergrönan som växer frodigt där jag planterade den vid gärdsgården.

Sa ju att vi skulle överleva.

Jag rusar upp för trappstegen och in genom dörren till det röda torpet. Jag ser mig omkring i hallen. Är jag ensam?

Jag har varit så frånvarande och fast i min egen bubbla av förtvivlan att jag inte har någon aning om vart Peder befinner sig. Men det betyder också att jag inte har någon aning om när han kommer tillbaka. Han putsar väl sina fjädrar inför nästa nattliga pickning.

Jag kan inte slösa någon tid. Mina bara fötter smattrar upp för den svängda, smala trappan till vindsvåningen, två steg i taget, och jag kastar upp dörren till sovrummet. Pulsen skenar, jag andas i tunga flämtningar och det bränner i halsen när jag smäller igen dörren bakom mig. Kläder regnar ner på marken när jag drar ut tveksamma ombyten ur garderoben och börjar packa ner saker i säcken Joen gett mig.

Det viktigaste? Vad innebär det?

Mitt i ett hav av strumpor och Peders skjortor har jag till slut samlat ihop ett ombyte; särk, kjol, hätta, strumpor. Sedan småspringer jag bort till skrivbordet och öppnar den översta lådan. Jag slänger ner den stålfärgade borsten i säcken och drar åt snörena. Min spegelbild flimrar förbi.

Gud… inte undra på att Joen stirrade.

Huden på armarna går i en blågrön nyans, som på en ruttnande fallfrukt någon struntat i att plocka. I samma stund som jag hastigt stoppar in några lösa hårtussar som sticker ut ifrån hättan hör jag ljud från undervåningen. Flera ljud, faktiskt.

Steg? Röster? Hjärtat bultar i bröstet, och i huvudet, och överallt.

Helvete. Är han tillbaka redan?

Jag slänger axelremmarna på säcken över bröstet och öppnar försiktigt dörren. Jag drar åt remmarna hårt och börjar långsamt smyga ner för trappan, noga med att inte trampa på de trappstegen som jag har lärt mig knarrar. Halvvägs ner stannar jag där trappan vänder sig åt andra hållet och lyssnar intensivt. Varje muskel i kroppen är spänd, redo att fly. Runt hörnet nedanför de sista trappstegen skymtar jag två gestalter.

"Hon har inte en chans."

Fan också. Erik. Slottsfogde-svinet som nästan orsakade mig luftvägsaspiration av uppkräkt maginnehåll på gästabudet för tre veckor sedan. Hjärtat dunkar så hårt i bröstkorgen att det känns som det ska flyga ut och träffa Erik i bakhuvudet där han står med ryggen emot mitt håll.

"Det börjar bli uttråkande att inte få någon reaktion över huvud taget."

Fan också. *Igen.* Peder.

Det vrider sig i magen och jag mår illa. Jag lägger handen för munnen i ett försök att tysta mina tunga flämtningar. Påfågelns långa gestalt försvinner in i köket och Eriks mörka hjässa följer efter.

Jahapp, ingen matsäck för mig.

Långsamt, försiktigt flyttar jag mig från den skyddande väggen i trappan, ner för de sista stegen, och smiter förbi dörrhålet in till köket. De hade definitivt sett mig om de båda männen inte hade varit upptagna med att sticka huvudena långt in i skafferiet och rota efter… jag gissar på sprit?

"Har du tröttnat på henne redan?" Mumlar Erik inifrån skåpet. Det klirrar till när glas ramlar mot glas och han svär tyst.

"Inte än, men hon går mig fan på nerverna med den där tomma blicken. Hon använder ju bara huvudet för att hålla isär öronen." Ett ljudligt plopp följer, vätska porlar och järn slås mot järn. "Skål."

"Annars tar jag gärna över henne vetdu." Jag fryser till is.

Vad. I. *Helvete.*

"Jag har sagt att hon är *min*, och jag kommer *hantera* henne när jag anser det lämpligt. Och jag tänker fan inte upprepa mig Erik." Varnar Peders stämma. Erik mumlar något till svar som jag inte hör över tjutet i öronen. Jag tvingar benen att röra sig mot dörren som männen lämnat på glänt. Ner för trappan. Ut genom gärsgårdsöppningen. Och in i den orangea sommarkvällen.

Den grova säcken dunsar mot ryggen när jag springer, precis på ett ömmande blåmärke från Peders grepp i… förrgår? Igår?

Jag bryr mig inte längre, jag märker knappt av smärtan för adrenalinet dånar i mina ådror, dämpar allt annat. Jag kan *andas.*

Men jag har ett stopp kvar innan jag vänder ner mot hamnen. Grusvägen slingrar sig upp från Vrixlösa, förbi tingshuset och upp mot prästgården. Bakom den röda byggnaden reser sig Kumlaby skolkyrkas torn, vitt och spöklikt mot himlen som nu har hunnit bli mörkröd över den vildvuxna kyrkogården runtomkring. Jag saktar ner på stegen när jag närmar mig prästgården.

Vaknar kyrkoherden så är jag körd.

På baksidan knackar jag försiktigt på Elins fönster. *Snälla*, låt henne vara vaken. Jag knackar igen, lite hårdare denna gång.

"Elin? Är du där?"

Ett rufsigt huvud av bruna, svallande lockar dyker upp i fönstret. Elin tittar förvirrat ut och gäspar stort, hennes ögon sömndruckna.

"Anna? Vad…" Hon tystnar när hon ser mitt ansikte, armar, säcken.

"Vi kan inte prata här," viskar jag genom rutan. "Möt mig vid kyrkogården," jag pekar bort mot kyrkan. "Skynda dig."

Elin nickar och försvinner in i rummet, och jag vänder mig om och småspringer in till kyrkogården.

Jag lyfter blicken uppåt mot toppen av kyrkans vita torn som från början var försett med en hög och spetsig spira. Sen tyckte greven att vi behövde en trivialskola på ön och det är tydligen absolut, totalt, helt nödvändigt att eleverna ska kunna studera astronomi. Han kapade spiran till hälften och nu avslutas tornet istället med en plattform omgiven av ett järnstaket. Greven spenderar nog själv mer tid uppe på plattformen, och spejar efter omen och spådomar i himlen, än vad eleverna gör. Det är här Joen fick gå ett helt halvår och traggla in verser, texter, ekvationer och allt vad det var.

Mellan de kala gravstenarna står skuggor långa i det svaga månljuset.

Kom igen Elin. Varför tar det så lång tid?

Tankarna snurrar. Peders och Eriks konversation i köket sitter fortfarande kvar i huvudet och viskar mellan spelandet av syrsorna i gräset.

Svin. De förtjänar att brinna i helvetet.

Men där finns också en flamma av hopp som nu vägrar släckas. Jag tar ett djupt andetag. Det kan inte vara långt kvar till midnatt.

"Anna?"

Jag vänder mig tvärt mot änden av kyrkogården och blir helt varmt när jag äntligen ser Elin komma springandes mot mig med koftan och lockarna fladdrande bakom henne. Jag hinner knappt slänga av mig säcken bredvid en sliten gravsten, ta fyra stora kliv och slå ut armarna innan vi når fram till varandra i en omfamning som får mig att glömma både Peder och hamnen för ett ögonblick. Hon lyfter upp mig på tå och trycker mig mot bröstet. Det ömmar i armarna men jag kramar henne ändå lika hårt tillbaka.

"Elin." Jag begraver mitt ansikte i hennes bruna, rökelsedoftande lockar och salt från lättade tårar svider i ögonen när hon virar armarna ännu hårdare kring min rygg och borrar in ansiktet i min axel. Sen sträcker hon ut armarna och håller om mina armbågar för att granska mig uppifrån och ner.

"Du är ju blåslagen…" Jag nickar.

"Men du är okej?" Jag nickar igen. Hon blir alldeles suddig och jag blinkar intensivt för att få bort tårarna.

"Ja?" Nu nickar hon också. "Du är okej." Hon kramar om mig igen. "Du är okej."

Om hon säger det några gånger till kanske även jag tror henne.

"Jag är okej." Lovar jag henne och ler stort. "Och du?"

Ännu en gång nickar hon.

"Jag började nästan tro att du tynat bort nere i trumpetartorpet."

"Jag lever," försäkrar jag henne med ett litet, oväntat skratt som letar sig upp i halsen. "Så lätt blir ni inte av med mig." Hon ler snett och matchar mitt skratt. Jag torkar ögonvrårna med baksidan av handen och släpper henne ur omfamningen. En rynka smyger sig in mellan mina ögonbryn.

"Men jag måste gå."

"Va? Varför?" Hennes egna bryn skjuts ihop och hon tittar flackande mellan mina ögon.

"Joen har rätt ut det. Skepparen väntar nog i hamnen redan nu. Jag måste gå, vi lämnar hamnen vid midnatt."

Det slår mig att jag inte har någon aning om vad klockan är. Jag sneglar upp på kyrkans vita torn. Uret där slutade fungera för många år sedan. En obekväm stress kryper sig in under huden.

"Elin… jag måste gå." Hennes lättade blick blandas med sorgtyngda rynkor och hon kramar om mig igen. Ännu hårdare.

"Du är fri. Du är okej. Du kommer bli okej."

Hon upprepar orden in i min axel om och om igen. Och så står vi, länge, lugnt insvepta i varandras armar och är riktigt stressade.

18

Benen är fjäderlätta, som om jag krampat fram två vingar ur min ryggmärg. Jag känner knappt de sylvassa stenarna på marken under mina bara sulor. Men jag kanske skulle dragit på mig ett par skor innan jag stack… lätt att vara efterklok.

Adrenalinet pumpar varmt ut från hjärtat och driver mig framåt. Elin stod länge kvar i farstun till prästgården, insvept i sin kofta och tittade efter mig tills min skugga helt hade försvunnit i mörkret. Något litet, irriterat gnager i bröstet. Kommer hon klara sig?

Gud, jag frågade inte ens… När ska hon flytta in till slottskaplanen på Visingsborg? Har han fortfarande inte rört henne? Snälla Gud, låt han inte ha rört henne.

Skuldkänslor… Det är det som gnager.

Jag springer förbi tingshuset, en gulspacklad och tyst byggnad som står som en symbol för rättvisa och ordning. De kan ta sin rättvisa och stoppa upp den där solen aldrig skiner.

Jag fortsätter förbi ekskogen där träden står täta och mörka, deras grenar sträcker sig som klor mot natthimlen och ramar in den kritvita månen. Möter jag någon nu hoppas jag vid Gud att det är en lyktgubbe och inte någon annan, det hade varit lättare att bortförklara det här för

146

en *vålnad* än att riskera att hamna tillbaka hos påfågeln. Ljudet av mitt eget flås och snabba fotsteg är det enda som bryter tystnaden. Hjärtat slår hårt mot revbenen, men det är inte av rädsla längre. Det är hopp.

Jag passerar Brahestenen, ett stort, grått minnesmärke Per Brahe själv låtit resa. Jag kan inte låta bli att spotta mot stenen när jag springer förbi. Han och hela hans fisfina hov kan ruttna i fiskrens. Kvarnen dyker upp framför mig, sedan slottets trädgårdar, där blommor, fruktträd och buskar står i prydliga, långa, färgglada rader. Dofter av äpple, körsbär och lavendel fyller flämtningarna om vartannat.

Vägen slutar och jag står flåsandes vid den norra kanten av hamnen, med utsikt över Vättern och Visingsborg som reser sig ovanför. Daggen i gräset runt mina bara fötter är kall och fuktig, och jag kan känna smaken av salt när jag drar tungan över läpparna.

Någon har delat både hjärtat och hjärnan mitt itu. Ena halvan är förkrossad över att behöva lämna Joen och Elin, men samtidigt är jag så fylld av en nästan manisk glädje över att äntligen vara fri från Peder. Och far. Minnet av mors ryggtavla vid baljan flimrar förbi framför mig och en orolig klump landar i magen. På den förkrossade sidan. Hon kommer bli fars nya slagpåse… Jag trycker undan tanken. Just nu råkar jag värdera mitt eget liv högre för en gång skull.

Fiskebåtar gungar sakta i vattnet. Någonstans där ute, på andra sidan sjön, finns Gabriell. Gud, snälla, hjälp mig hitta honom. Jag rullar på axlarna, tar ett djupt andetag och börjar gå ner mot båtbodarna i hamnen. Det är en lång väg kvar, men nu vet jag i alla fall att jag är påväg åt rätt håll. Jag kommer hitta honom. Det finns *inget* annat.

Piren ligger öde, tyst och stilla. Till och med vinden som alltid blåser vild över den stora sjön verkar ha avtagit.

Bara jag inte har missat tolvslaget...

Mina andetag bildar små vita moln i den råa nattluften och huden prickas när jag smyger fram på tå. Gabriells fars båthus är en liten träbyggnad som ligger inklämd mellan fyra andra vid andra sidan av hamnen. Eller, det är väl egentligen Gabriells nu, både hans far och mor gick tragiskt bort i feber förra vintern. Jag sträcker mig efter det stora handtaget.

Dörren är olåst? Visst låste han den, den där kvällen? Den där kvällen som känns som en evighet sedan, och samtidigt som igår kväll, när allt fortfarande var... annorlunda.

Jag får ont i bröstkorgen. När jag försiktigt skjuter upp dörren och kliver in slår en unken doft av alger, tjära och fisk emot mig. Det luktar som Gabriell efter en lång dag ute till sjöss. Jag sluter ögonen för en sekund och andas djupt in. Det är doften av varma sommardagar jag och Elin väntat på Gabriells hemkomst efter kyrkan, trygga omfamningar, skratt och ömhet. Trycket i bröstkorgen mildrar något.

Båthuset är enkelt, med bara tre väggar och ett tak. Den fjärde sidan är öppen mot sjön, så att man lätt kan ro in och ut båten. Direkt innanför dörren finns en plattform som står på pelare under vattenytan. Golvet är av grovt trä, slitet och grått, och genom springorna kan jag se vattnet glittra i månskenet under mina fötter. Jag går ut på plattformen och känner hur den gungar lätt under mig. Tre meter in slutar plattformen, och golvet öppnar sig ner mot vattnet. Där ligger Gabriells snipa, med seglet hopsnört av vantlinor runt masten i botten, och årorna längs med sidorna. Det var här vi brukade sitta. *Tillsammans.*

Hur fan kunde han lämna mig i hamnen?

Blundar jag kan jag se seglet ute på sjön, hur vinden fyller det och hur båten bildar små vågor i vattnet. Hur kunde allt bli ett helvete så fort?

Jag går fram till kanten av plattformen och tittar ner på båten. Det är ungefär en halvmeter ner.

Plötsligt hörs tunga, beslutsamma steg utanför båthuset. Jag snurrar runt och hjärtat börjar genast slå som en trumma mot revbenen. En skugga fyller dörröppningen. En stor, bredaxlad man med ett väderbitet, allvarligt ansikte och genomträngande blå ögon stiger in i båthuset. Han har en slittålig jacka, halvlånga byxor i ull, kortskaftade stövlar och på huvudet bär han en slokhatt av tjockt ylletyg. Hans stora och knogiga händer hänger slappt vid hans sidor. I den ena handen håller han en stor nyckelknippa som skramlar lätt när han rör sig. Gabriells nycklar.

Snälla låt han vara skepparen. Jag har fan inte kommit så här långt för att bli tillbakadragen nu.

"Är det… Gabriells nycklar?" Frågar jag anklagande.

"Ja." Mannen tittar ner på ringen, och hans ansikte får irriterade rynkor i pannan.

"Vart fick du dem ifrån?" Min uppkäftiga sida kommer bli min död.

"Mannen gav dem till mig. Sa att han inte behövde dem längre."

Jag lägger armarna i kors över bröstet, vickar över min vikt till ena höften och höjer frågande på ett ögonbryn.

Varför skulle Gabriell ge bort sina nycklar? Känner jag honom rätt så hade han aldrig lämnat ifrån sig nycklarna till det enda han har kvar från sin far till en okänd, storaxlad man. Nått känns… fel.

”Sätt dig i båten,” säger han barskt men med en antydan till oro i rösten. ”Jag vill inte veta *varför* Joen bad mig skjutsa över dig *mitt i natten*, så tig, och klättra ner i båten innan någon ser.”

Okej, så det är i alla fall skepparen.

Jag drar ner luft i lungorna igen och släpper den anklagande tonen. Joen påstod ju att skepparen var en bra man, att jag kunde lita på honom. Att det var den här mannen som skjutsade över Gabriell till fastlandet. Jag drar remmarna på säcken över huvudet, kastar ner min packning i båten och klättrar efter. Jag sätter mig på bänken i fören, och lutar mig tillbaka med handflatorna mot bänkytan. Den bredaxlade mannen följer efter, och kölet gungar tungt när han sätter ner fötterna i skrovet och tar tag i årorna. Han tittar upp ett ögonblick, hans blåa ögon är allvarliga när de möter mina gröna.

”Håll i dig.” Han tar ett kraftigt årtag och vi glider ut ur båthuset.

Vattnet är svart och stilla, och månen reflekteras förvrängt i dess yta. Snipan gungar lätt när årorna skär genom vattnet. Jag nyper mig diskret i huden på underarmen för att försäkra mig om att jag inte tappade fattningen helt ute på farstun i eftermiddags, och att min hjärna bara bestämde sig för att hitta på att jag nu är påväg mot frihet. Jag håller andan. Men vi fortsätter glida över vattnet, längre och längre bort från ön. Eufori. Ingenting har någonsin känts så befriande, klart, lätt och *eldande*. Det brinner i hela min kropp. Jag kan äntligen *andas*. Pulsen slår stadigt och starkt i takt med årorna som skär genom vattnet.

Äntligen. Äntligen är jag fri.

Ironiskt nog behövde jag bli bortgift, utnyttjad och blåslagen för att bli fri. Snacka om en omväg… men jag är *fri*.

Jag måste hålla i mig i relingen och ler fånigt upp till öronen. Skepparens ansikte är upplyst i månskenet, de stora axlarna rör sig i vågor när han ror med kraftiga tag. Jag måste fråga honom. Någon liten ledtråd kanske han har att erbjuda.

"Känner du Gabriell?"

Skepparen kniper igen läpparna till ett tunt streck och fortsätter att ro. Något vemodigt rör sig mellan hans rynkor i mungiporna.

"Tog du honom över sjön för ett par veckor sedan?" Jag försöker låta nonchalant. Misslyckas totalt faktiskt.

"Ja."

"Vet du… vet du vart han tog vägen sen?" Han skakar på huvudet.

"Det vet jag inte. Han sa inte mycket."

Jag sjunker ihop på bänken, besviken. Jag hade hoppats att skepparen skulle kunna ge mig *något* användbart, men han är ju mer tystlåten än mor. Jag vänder blicken och stirrar ner i vattnet istället. Något glimrar till på vattenytan. I månljuset reflekteras spegelbilden av min hand som håller om relingen. Och vigselringen. Jag sträcker ut fingrarna och studerar den. Den är ganska ful, inte bara i utseendet, utan också för att den känns som en tvåkilos järnkula med kätting för en besvärlig och rymningsbenägen fånge. Jag drar av den från fingret. Den glider lätt över mina kotor, jag har nog blivit lite tunnare än vanligt efter de senaste veckorna… Ringen är kall och tung i min hand. Jag stirrar på den ett ögonblick och kastar den sedan så långt jag kan ut i vattnet. Den landar med ett mesigt litet plask, och bildar ringar som sprider sig över ytan.

Jag håller kvar blicken på punkten som nyss svalt min vigselring. Månens spegelbild ovanför står nästan still i vattnet.

Har vi… saktat ner?

Båtens fart har definitivt avtagit något. Det gungar till och sedan ligger vi helt stilla. Vi har inte ens kommit tjugo meter ifrån ön.

Vafan?

Skepparen har slutat ro. Jag vänder mig om och möter hans blick. Han sitter bara rakryggad och stirrar, hans ansikte en förvirrande blandning av beslutsamhet och… ängslan?

"Jag är ledsen." Skepparen skakar på huvudet. Han öppnar munnen för att säga något, men inga ord kommer ut. I nästa ögonblick kastar han sig fram mot mig.

Kan vatten *lukta?* Nej, förlåt, det var bara kallsupen jag nyss drog in genom näsborrarna.

Iskallt vatten biter i mitt ansikte. Det finns inget ljus, ingen yta, ingenting förutom iskallt vatten och ett enormt tryck i öronen.

Det är såhär jag dör.

Jag tog nyss mitt sista andetag och det var en jävla kallsup.

Jag dras ner mot en död så permanent att varje centimeter av mig vrålar i panik. Vattnet rusar och skummar runt mig och jag slår huvudet i något hårt och det genljuder i hela skallen.

Va. Fan. Ska jag aldrig få lite medvind? Det hade ju varit lättare att fly från en ilsken, rabiesinfekterad brunbjörn. Iklädd nystoppade korvar. I uppförsbacke. Och snöstorm. Med en fot.

En kall kraft skvalpar mot min kropp, och när den träffar, låter jag den skölja förbi mig, runt mig, låter mig omfamnas av den. Tänk hur lätt det skulle vara att bara… släppa taget.

Låta strömmen ta mig.

Luft. Jag måste få luft.

Det svarta, iskalla vattnet biter i hela min kropp. Inte kallt som en narig vintervind, eller brännandet från genomfrusen is. Utan något kallare, djupare. Som om solen försvann från universum. Helvetes kyla. Detta är det verkliga helvetet, inser jag när jag slåss mot den starka kraften som försöker dra mig djupare ner i sjön. Sant helvete. Varje ben i min kropp känns som om de håller på att krossas. Jag skriker, men det är ljudlöst. Jag är ett vimmel av armar och händer som blint kämpar för att greppa efter något fast. Gud hjälpe mig. Sen känner jag inte kylan.

Något tar eld.

Lungorna *brinner*.

Smält järn flödar i ådrorna och kokar mitt blod tills det inte är annat än ånga. Utkanten av mitt synfält börjar blinka i vita mönster när jag sträcker mig efter luft som inte finns. När smärtan delar mig itu finns det ingenting annat än en dimma av panik. Och alla nerver brinner. Sen smärtar det till som om någon borrar in en liten, rostig fickkniv mellan två revben och vrider, tills jag känner något brista, och lungorna punkteras och viker ihop sig. Jag kan känna alla muskler, ben och tänder skaka och det känns som att någon drar av huden från benen med fingernaglarna. Trycket runt kroppen känns som om någon stampar sönder kotorna i ryggraden till jag hör något knastra. Som om vartenda ben i kroppen bryts.

Benen nuddar den mjuka botten och jag borrar ner fötterna, den mörka evigheten omkring mig ger efter och jag kämpar som en fågel under en katts klor för att skjuta mig i motsatt riktning.

Jag *vägrar* dö på botten av den här sjön.

Magmusklerna bultar, skelettet värker, lungorna är konkava.

Där. Där är ytan.

Jag kastar mig mot den. Kämpar för att dra med tyngden av kläderna som fastnar runt benen. Sprattlar frenetiskt uppåt, och uppåt, och uppåt, tills jag äntligen bryter ytan, och kommer ut ur min blöta, brinnande vattengrav.

Med omänsklig kraft tar jag simtag efter simtag till jag åter kan känna sumpbotten under fotsulorna. Jag vadar upp till bröstet och faller sedan ner på alla fyra och lyckas precis hålla huvudet över ytan. Min reflektion dansar skevt på vattnet när jag krypande når stranden, gräset och träden. Jag kramar ofrivilligt händerna om mitt brinnande bröst, kippar efter andan och kräks otroliga mängder vätska.

Vatten forsar ner från mina kläder, mitt hår har slitits ur sin knut och jag skakar, och skakar, och skakar tills smärtan plötsligt upphör, och medvetslösheten ger mig sin ljuvliga välsignelse av bedövning.

19

Jag lever. Allt gör ont. Det här… händer bara inte.

En dov, ihållande smärtan pulserar genom kroppen och sprider sig från mina sargade lungor ända ut i fingertopparna. Jag öppnar ögonen och världen kommer tillbaka i fragment, suddiga och förvrängda.

Sand. Sand *överallt.*

Det klistrar fast sig på huden, blandat med sjövattnet som fortfarande rinner från mina kläder i en klibbig, kall massa. Jag försöker andas men varje andetag känns som att andas in eld. Luften kommer i hackiga, smärtsamma stötar och jag hostar upp sötvatten. Min blick fokuserar olidligt sakta. På stranden. Himlen. Slottet. Träden.

Världen känns främmande, overklig. Som en mardröm jag inte kunde vakna upp ur. Jag blev nog galen ute på farstun ändå. En skugga faller över mig. Hjärtat som just hade börjat lugna ner sig, börjar rusa igen. Jag öppnar munnen för att skrika, men innan ljudet ens lämnar läpparna hör jag en mörk röst, en röst jag till och med hade känt igen i en kakafoni av exotiska fågeltjut.

"Skrik, och du lär få ångra det bittert." Det knyter sig i magen, lufttillförseln stryps och jag fryser till is. Min kropp lydde instinktivt. Jag ligger alldeles stilla, vågar inte ens andas.

Hur..? Hur *fan* kan han vara här?

Jag har drunknat. Detta är den nionde kretsen av Dantes inferno.

Det dunkar i tinningarna, hårt och snabbt. Han drar upp mig på fötter, vänder min kropp och jag pressas bakåt mot hans bröst.

Jag är skrattretande försvarslös, igen…

"Tänk," hör jag Peders röst muttra, alldeles för nära mitt öra. "Vilken tur att jag råkade vara i närheten." Illamåendet stiger.

Råkade vara i närheten? Som om det vore en jävla slump.

Han visste. Den jäveln *visste.*

"Du gör det inte lätt för dig, Anna lilla," fortsätter han. "Men jag antar att det är det som gör det så underhållande."

Underhållande.

Ordet dånar i mitt huvud, kallt och hånfullt. Helt jävla otroligt. Smärtan försvinner i en våg av kokande ilska, en svart, frätande syra som bränner i magen. Hans röst mot mitt öra får mig att vilja simma tillbaka till botten av Vättern och stanna där med sjöfrun, sumpbotten och lungorna fyllda med brinnande vatten.

"Underhållande? Att dränka mig är *underhållande?*" Jag hackar aggressivt fram orden ur min sönderflämtade hals.

Som sagt, min uppkäftiga sida blir nog min död. Skit samma. Om han ändå ska ha ihjäl mig vill jag inte dö i underkastelse och be för mitt liv.

Han fnyser.

"Att lära dig någonting är ju som att klämma ut vatten ur en sten, så jag fick ta till en annan strategi." Han släpper mig ur sitt grepp och tar ett steg bakåt så hastigt att jag svajar till när jag måste hålla uppe min egen vikt. Men jag blir stående.

"Så det är såhär du tänker *hantera* mig?" Ett ögonblick flammar det till av nyfikenhet i hans ansikte men det försvinner lika fort, och han återgår till hans vanliga, hånfulla grin.

"Tjuvlyssnar du? Det var duktigt, jag har alltid fått uppfattningen av att du är svår att underskatta. Men jag kanske får tänka om?"

Jag har ett giftigt svar på tungspetsen men stänger munnen igen. Jag värderar tydligen mitt liv lite högre än jag trodde.

"Du testar mitt tålamod flicka," väser han. "Det kan bli fan så mycket värre."

"Nämen, jag står här och darrar av skräck." Svarar jag hostande med ett sarkastiskt leende som en *idiot*. Är det chocken? Adrenalinet? Eller är jag kanske bara helt dum i huvudet?

"Vad ska du göra? Dränka mig igen?"

Peders blick flackar till min vänstra hand, där vigselringen borde sitta. Hans ögon vidgas till tefat.

"Vart är ringen?" Fräser han.

"Den passade inte längre," svarar jag nonchalant och rycker på axlarna. "Lite för… begränsande, du förstår?"

Japp. Dum i huvudet.

Innan jag hinner reagera tar Peder ett omänskligt snabbt steg fram och griper tag i min handled. Hans fingrar gräver sig in i huden och smärtan får mig att grimasera.

"Du tillhör mig," med en snabb rörelse drar han av sin egen ring från fingret och trycker ner den på mitt. "Kan du försöka få in det i din ynkliga hjärna?" Tillägger han hotfullt. "Du. Är. Min. Till den dagen du dör."

Raseriet väller upp i mig. Han är sjuk. Helt jävla sinnessjuk.

"Tills den efterlängtande dagen äntligen kommer, dra åt *helvete*."

"Hur vågar du tala till mig på det sättet?!" Han greppar tag i mitt ansikte med den andra handen. Mina egna flyger upp och klämmer om hans handled.

"Åh, jag ber verkligen om ursäkt. Dra åt helvete, *älskade make*."

"Gå hem," spottar han och släpper sitt grepp. "Du ser förjävlig ut." Han vänder sig om och går bort mot vägen, hans siluett mörk och hotande mot den ljusnande himlen.

"Få det överstökat då! Döda mig!" Skriker jag efter honom, rösten skrovlig av sand och ursinne.

Där försvann den självbevarelsedriften.

Peder stannar upp, men vänder sig inte om.

"Inte inatt," svarar han över axeln. "Vi ska fortsätta ha kul ett tag, och dessutom är det inte lika *underhållande* om du förväntar dig det." Sedan försvinner han in i mörkret och jag faller ner på knä och går *sönder*. Tillbaka till där jag började.

Men med ett hetare, djupare, frätande hat.

Sönderrivna lungor.

Och en liten större längtan av att få stampa sönder Peders skalle.

DEL TVÅ

Vintergrönan bildar rötter efter bara några veckor. Växten sprider sig kraftigt i täta mattor av elliptiska, läderartade blad i mörkgrönt och behåller sitt bladverk även på vintern. Den blommar på våren med små, stjärnformade, blålila blommor.

Den kan även klassas som invasiv, och utgör ett hot mot plantorna runtomkring.

För att får bort den måste man dra eller gräva upp den för hand, och vara noga med att få bort alla rotdelar.

Växten kan även bekämpas genom idog nerklippning, vilket på sikt kan "svälta den".

20

Att försöka läka är… förvirrande, eller hur?

Ena dagen känns det som om du faktiskt kommer bli okej, och nästa dag går allt sönder igen. Jag har inte känt något som inte är smärta på en evighet. Har dagar då jag inte riktigt vet vart jag varit eller vad jag gjort. Det gick snabbt, och ändå droppade tiden förbi som seg trädsav.

Så gjorde också åren.

Jag somnade och hösten hade fallit.

Igen.

Och igen. *Och igen.*

Blinkade och min kropp hade blivit för tunn och svag.

Ett hjärtslag och mitt leende hade bleknat bort.

Jag tog ett andetag och mina tårar hade bränt sig permanent in på min bleka hud. Han förstörde mig fullständigt. Och han slickar förmodligen i sig giftet på sina läppar med ett känslokallt leende. Att veta att han fortfarande har mer smärta att dela ut, efter alla dessa år, *förstör* mig på alla sätt som är möjliga.

Nu, flera år senare, skakar jag fortfarande om nätterna. Jag får fortfarande mardrömmar, jag blir fortfarande förtärd av ilska, och det enda sättet att överleva är att ge mig själv helt till tomheten.

Flera år senare beter jag mig som om jag har satt ihop mig själv igen. Så gott det går. Jag lurar till och med nästan mig själv ibland. Och sedan ser jag mig själv i spegeln på vindsvåningen i torpet.

Det finns inga tecken på liv.

Jag kunde inte låta bli att låta hans ord sippra in i min själ, genom de sprickor han jobbat så hårt för att skapa. Han krossade spegeln, och nu kan jag bara plocka upp skärvorna, och blöda över bitarna av vad jag tror att jag brukade vara. Jag lär mig långsamt att även om jag reagerar på Peders skit så kommer det inte att förändra något. Det kommer inte att få folk att plötsligt öppna ögonen och hjälpa mig. Det kommer inte att få slagen att avta, eller våldtäkterna att upphöra. Ibland är det bättre att bara låta saker vara.

Jag kämpar inte längre för att få ett avslut, ber inte om förklaringar, jagar inte efter en väg ut och förväntar mig inte att folk ska förstå. Jag håller långsamt på att lära mig att livet är lättare, och mindre smärtsamt, om man inte reagerar alls.

Jag har låtit honom skära upp mig. Sträcka in sina kalla, torra händer, ta ut mitt bultande hjärta och krossa det i sina händer med blodet droppande rött längs med hans armar. Jag lät honom krossa mig och lämna min kropp livlös på marken.

Men, man vänjer sig. Smärtan, lögnerna, våldet. Man vänjer sig vid det. Och när människor frågar *varför är du så här?* Blir de ofta rätt förvånade när man bara svarar *livet.*

Livet har gjutit mig på det här sättet.

Och det finns inget att göra åt det.

"Markus! Spring inte så nära kanten är du snäll, jag är rädd att du ska slå dig fördärvad." Elins röst, aningen ansträngd, skär genom den friska höstvinden där vi står vid kanten av Näs kungaborgs-ruin, nere vid öns sydligaste spetts. Den massiva magen skjuter ut framför henne som en sköld. Blad från träden som kantar det branta stupet ner mot vattnet susar omkring oss i en orangeröd virvel och vattnet skummar upp mot stenblocken som ramlat ner från ruinen.

Tiden har satt sina spår. Hennes ungdomliga smidighet är borta, och är ersatt av en varm mjukhet som kom med den första graviditetens tyngd. Hennes ansikte som en gång var runt och fylligt, är nu markerat av fina linjer kring ögonen och munnen. De långa, mörka flätorna hon brukade bära med sådan stolthet är nu uppsatta i en slarvig knut under hättan, med några lösa testar som ramar in ansiktet.

Men, hon är… glad.

Ingenting kan få den kvinnan att rasa samman. Hon är antagligen starkare än vad jag någonsin kommer bli. Och nu *glöder* hon. Jag har aldrig träffat en människa som blir så älskad av alla hon möter.

Vilket för mig är helt ofattbart, alla jag möter är antingen något sinnesrubbade, eller antar att *jag* är sinnesrubbad.

De har väl inte fel i och för sig.

Och ännu mer otroligt är det att hennes glöd är slottskaplanens verk. Två barn har hon redan fött åt den där krokiga gubben, och nu är en tredje på väg. Helt sjukt att han snart lyckats avla fram *tre* friska pojkar.

Tacka Gud att de nästan är kopior av sin mor. Mörkbruna, svallande lockar, små, nätta näsor och runda, knipvänliga kinder. Jag suckar högt av lättnad när jag ser hennes putande mage. Jag tackar Gud, eller kanske snarare djävulen, varje morgon för att jag själv sluppit undan den förbannelsen. Antar att det finns vissa fördelar med att kroppen konstant ligger i ett ansträngt försvarsläge. Som att inte behöva avla fram ondskans fågelungar till exempel. De lär väl komma ut med hånflin, fladdermusvingar och små böjda horn i pannan.

Tänk att klämma ut en sådan varelse ur kroppen. *Aj.*

Jag grimaserar ofrivilligt och suckar igen. Vinden nere vid Näs tar tag i sucken och det blåser så vilt att jag nästan är säker på att den tar sig ända bort till där slottskaplanen står och studerar sin hustru och två små pojkar vid slutet av den lilla grusade stigen, som är allt som finns kvar av vägen till det forna kungasätet. Han har otroligt nog kärlek och ömhet i blicken. Och hur orimligt jag än må tycka att det är så tror jag faktiskt att en skev form av kärlek har vuxit mellan dem. Jag försöker vara glad för hennes skull.

Att slottskaplanen skulle följa med oss på vår lilla höstutflykt var Peders krav för att jag skulle få lämna torpet *utan tillsyn.*

Som om jag var någon jävla rymningsbenägen valp.

Vinden biter kallt i kinderna och mina nariga läppar. Elin har tjatat i två veckor på att jag måste lämna den unkna, instängda atmosfären i trumpetartorpet. Och just nu är jag glad att jag drog mig upp ur sängen.

Jag sluter ögonen och låter vinden rusa mot ansiktet, frisk, ren, öronbedövande. Jag andas djupt, fyller lungorna med den friska luften. När jag öppnar ögonen och vilar blicken på pojkarna som springer runt bland ruinerna, mjuknar det lilla skrumpna hjärtat jag har kvar. De är fortfarande insvepta i komplett, oskyldig glädje. De är fulla av entusiasm, omedvetna om hur helvetet, eller nej, förlåt... *livet,* kommer slå dem i ansiktet en vacker dag.

Speciellt en av pojkarna, Markus, har växt något enormt på mig. Han är den yngsta av de två, bara tre år gammal. Efter en pers av febrig sjukdom som nästan tog honom för två år sedan jagar en ny sorts skräck mig om nätterna. Han var så försvarslös att jag knappt kunde se på honom när han låg insvept i plädar och tyger. Det lilla ansiktet insjunket och svettigt.

Så *jävla* orättvist.

Nu är hans kinder runda och rosiga igen, till och med lilla Markus är nog starkare än jag. Jag hade bränt ner hela ön om någon hotade någon av Elins ungar. Men oavsett hur mycket lycka som kommer av att se pojkarnas livsglädje, kommer det aldrig att motsvara eller fylla hålet efter den frid som påfågeln krossade. Jag antar att han har krossat mig till den person han ville att jag skulle vara. Och när han bestämde sig för att jag inte räckte till, slog han mot tändstålet och satte eld på mig, så att ingen annan kunde hitta mig i askan.

Jag kan nog verka sarkastisk, likgiltig och elak nu för tiden, men jag tror att det är en mur jag byggt upp. En sköld. Att hålla den där muren uppe hjälper mig att inte bli överväldigad av att bry mig. Men jag tror också att jag långsamt brinner ut av det. Även om min kropp läker emellanåt, blöder mitt inre ständigt som om blodet fortfarande alltid vore färskt. Jag är så trött på att låtsas att jag är okej. Och att tiden läker alla sår.

Det gör den *inte*.

Jag blev bräcklig, svag, tom, dysfunktionell. Det gjorde mig explosiv, känslokall, elak. Trauma stärker inte människor. Det krossar dem fullständigt. Självklart ser jag arg ut hela tiden. Jag är genomdränkt av smärta och sorg. Men kvinnor verkar bara få anses som offer om de fortsätter att vara artiga och vänliga. Agerar man utåt med vrede, sorg eller illvilja, värderas inte längre ens trauma som något att ha med i beräkningen när folk dömer en.

Jag försöker lära mig att bli lycklig. Jag vill inte vara så här. Jag vill vara lycklig innan jag dör. Kanske är det här delen av mitt liv där jag tvingas att lära mig att vakna upp mitt i natten, i tystnaden, i smärtan, och ta hand om mig själv. Kanske är det här delen där jag tvingas att vara min egen frälsare.

I ögonvrån vinglar en tunn, grå gestalt fram borta på vägen bakom slottskaplanen. Far kommer gåendes bakom oss, han ser uråldrig ut nu. Han ställer sig bredvid slottskaplanen och betraktar pojkarna som springer runt och leker vid kanten. Jag hade nog inte hört männen om inte vinden vänt och blåst åt vårt håll, och studsar mot stenväggarna av ruinen. Far skakar misströstande på huvudet.

”Du borde verkligen inte låta dem hållas sådär.” Jag ser far räcka ut ett knotigt finger åt vårt håll.

Rör han ungarna kommer helvetet braka lös. Jag lovar, jag tuggar av fingret och tvingar honom äta upp det. Jag har tappat det tillräckligt för att inte ens skämmas, jag skulle inte ens tveka.

Slottskaplanen ger far en blick som också lovar något i stil med mina tankar.

”Vet du vad Sune, jag behöver inte råd kring barnuppfostran från dig,” svarar han med en torr röst. ”Jag har sett resultatet av din uppfostran, och det är inget jag strävar efter för mina barn.”

Nämen. Kunde inte sagt det bättre själv faktiskt.

Far verkar inte ens ha registrerat att slottskaplanen öppnat munnen. Båda männen stirrar bort mot oss. Nej, på mig. Jag vänder mig helt om och möter fars blick. Ett smuggt leende spelar kring hans rynkiga läppar. Han ser verkligen grånad ut, som om åren av bitterhet och ilska äntligen har tagit ut sin rätt. Varje hostning, varje svajande steg, värmer en liten bit av mig. Jag hoppas innerligt på att han snart ska sluta andas.

Brutalt? Ja. Sant? Oja.

Ilskan börjar pyra svagt inom mig och knyter ihop mitt bröst, men som vanligt håller jag den i schack. Inte värt besväret.

"Det får räcka nu," fräser far. "Peder vill ha Anna hem." Jag lyckas hålla mig från att himla med ögonen. Det är märkligt hur fort man anpassar sig till ett liv i fångenskap, och hur man nästan kan vara *tillfreds* med allt fruktansvärt som har hänt en. Min blick möter Elins. Hon ger mig ett tyst hejdå, sträcker sig efter min hand och klämmer den i sin.

Jag måste spänna varje muskel i min kropp för att inte slänga mig ner för stupet och krossas mot stenblocken. Men jag tror inte att Markus och hans bror Björn hade blivit så glada över att förlora deras bästa kurragömma-konkurrens. Så jag klämmer Elins hand och släpper på musklerna i benen något för att de ska kunna ta mig bort mot männen.

Utan henne, barnen och Joen hade jag dränkt mig för längesedan. Men i slutet av dagen är det bara jag. Det är jag som måste hålla ihop mig själv. Det är jag som måste bestämma mig för att fortsätta. Jag måste hålla ut och fortsätta försöka leva.

Och jag har ju klarat mig så här långt.

Någorlunda.

21

Senare samma kväll gömmer jag mig återigen under lakanet uppe på vindsvåningen i torpet. Det kalla höstregnet smattrar mot det lilla fönstret borta i andra änden av rummet. Smattrandet matchar mina hjärtslag så tydligt att jag kan räkna dropparna. Det går knakande åskknallar genom virket i taket när vinden viner runt knuten. Jag är tillbaka under vattenytan. Jag känner igen henne, panikångesten. Och hon känner sig hemma i mig.

Är det så här mitt liv ska vara? En oändlig loop av smärta och tomhet?

Det känns som att någon har hällt isvatten i mina ådror. Som vanligt. Kylan sprider sig knottrande till halspulsådern. Som vanligt. Där bildas en klump av ångest som mitt hjärtas blodcirkulerande, pulserande sprider ner till magen och sen ut i hela kroppen. Som vanligt.

Paniken kommer smygande på tå, som om hon inte vill störa, utan bara titta in och se till att jag fortfarande minns henne. Jag kramar om mitt bröst och drar efter andan, men luften fastnar i halsen. Det känns som att jag kvävs. Som vanligt.

Jag drar av mig täcket, reser mig mödosamt upp ur sängen och går fram till den stora spegeln som står på skrivbordet. Fortfarande med mig själv i en kramande omfamning. Mitt ansikte är blekt i månljuset.

170

Kinderna är magra, jag har blåsvarta, mörka ringar under ögonen och håret hänger i slitna floder runt mina axlar. Allt är groteskt komplett av det silverfärgade ärret på underläppen från en väl placerad lavett. Jag är en spöklik varelse.

Känner jag ens igen mig själv längre?

I spegelbilden faller min blick på Gabriells sjal som ligger slarvigt inklämd i garderoben bakom mig. Det grova, vita tyget är skrynkligt och blekt. Ett spöke från ett annat liv som inte längre existerar. Jag vet att jag borde göra mig av med den. Den är bara en smärtsam påminnelse om allt jag inte längre når. Men jag kan inte. En flisa av mig klamrar sig fortfarande fast vid det bleknande minnet av honom. Det finns en löjlig, naiv känsla om att han en dag ska komma tillbaka till ön. Om han nu fortfarande andas samma luft som jag. Om han fortfarande ser samma himmel som jag. Om han fortfarande ber till samma Gud. Om han fortfarande lever.

Dumt, jag vet. Men hoppet är det enda jag har kvar.

Det är smärtsamt det med, men på ett helt annat sätt. Jag kan hålla den smärtan i handen och stå upprätt, jag kan drunkna i den och fortfarande vara över ytan.

Elin, hon är okej. Hon har hittat någon som faktiskt älskar henne. De är faktiskt en familj. Och inte den dysfunktionella typen likt den jag kallar min egen. Utan en där *hemma* är en varm känsla av… ja, vad nu det känns som. Hon förtjänar det. Hon förtjänar att vara lycklig.

Gabriell... vart är han nu? Glömde han mig lika fort som han lämnade mig? Det svider till i bröstet vid minnet av hans namn, hans närvaro, hans röst. Jag vet inte om det är sorg, längtan, ilska, eller hat.

Det är… komplext.

Varför var jag inte värd att rädda? Varför valde han att gå? Jag ser honom suddigt i solen, förvrängt i regnet, hör honom dovt i vinden och i lövens prassel när de faller.

Hur fan kan det inte finnas någon jävla årstid när han inte är smärtsamt frånvarande?

Jag målar upp hans ansikte i luften bredvid min rastlösa kropp om och om igen. Eller… *försöker*. Idag glömde jag hur hans skratt lät. Igår hur han luktade. Jag längtar efter honom som en fotsoldat längtar efter ett slut på kriget. Även om jag inte ser honom klart längre, så ser jag honom överallt. Jag försökte glömma honom, stunderna vi hade, och till och med hans hela existens. För längtan jag har efter honom bränner mig levande. Men när jag blundar, om jag koncentrerar mig tillräckligt mycket, kan jag svagt minnas känslan av hans handflata i min.

En dov, ihålig känsla knorrar sig fram i magen mellan isklumparna och dubbelknutarna. Ett gnagande tomrum. Jag kommer inte ihåg när jag åt senast.

Eller vad. Mat?

Vem behöver mat när man har en ständig dos av ångest och förtvivlan att livnära sig på? Hungern river i mig som råttorna i väggarna. Först är det bara ett svagt kurrande. En artig påminnelse om att kroppen faktiskt behöver näring för att fungera. Men den artigheten varar inte länge. Snart förvandlas det till en skärande smärta.

Ironiskt, eller hur? Att jag, som har blivit berövad allt annat, min frihet, min kärlek, min värdighet, nu ska plågas av något så banalt som hunger. Som om universum inte redan har jävlats tillräckligt med mig.

Eller så är det bara ett bevis på att jag fortfarande lever. Att min kropp, trots allt jag har utsatt den för, fortfarande kämpar för att överleva.

Kanske finns det en liten gnista av hopp för kroppen ändå?

Nej, sluta. Hoppet är en förrädisk jävel. Hungern är bara ännu en vakt som ser till att jag inte glömmer min plats.

Varför ska jag äta? Vad är poängen? Bara för att vakna upp till ännu en dag av tomhet och smärta?

Nej tack.

Jag föredrar att svälta. Att låta hungern förbruka mig, precis som allt annat. Och ändå…

Kurrandet i magen blir alltmer ihärdigt, det är som ett barn som skriker efter uppmärksamhet som jag inte kan ignorera. *Fan också.* Jag antar att jag måste äta. Om inte för min egen skull, så för Elins. För Joens. Pojkarnas. För dem som fortfarande tror att jag är värd mer än fiskrens.

Jag smyger ut ur rummet, mitt nya favoritsätt att ta mig fram på, och ner för trappan. Röster och klirrande flyter ut från köket. *Helvete.* Det här känns bekant. Och om jag minns rätt så slutade det inte precis i en festmåltid sist. Mer som ett blött, kallt, brinnande, blodigt slagfält.

Vad har han hittat på nu? En ny form av tortyr? Eller har han bara druckit för mycket och behöver ett nytt offer för sin vrede?

Jag har varit duktig. Tyst. Lydig. Jag har spelat rollen perfekt. Jag har en riktig talang för teater. Varför räcker det aldrig?

Hungern gnager i magen, men den bleknar i jämförelse med den rullande bollen av rädsla som snurrar sig i bröstkorgen. Ljuden från köket blir starkare. En manlig, skrockande röst.

Vem fan har han släpat hit nu? Någon att imponera på? Någon att pina mig tillsammans med?

"Hahha, tursamma sate!" Skrattar någon. Slottsfogden Erik?

Samma röst fortsätter.

"Måste vara underhållande att stirra in i hennes lilla, bleka ansikte när du tar henne. Lipar hon? Jag har alltid föreställt mig att hon skulle lipa. Jag hade så många fantasier i kyrkan om att få trycka ner henne på en bänk och tränga mig in medan hon ligger där och snyftar."

Min hud kryper och jag drar min kofta hårdare omkring mig. Ilskan kommer exploderande, kokar, men jag tvingar ner den. Jag vet bättre än att visa mina känslor.

"Har inte hört ett ord vad prästnötet sagt på åratal." Det går ett hånfullt skratt genom rummet. Och dör långsamt ut.

"Jag har inte varit tillräckligt uppmärksam för att märka," svarar Peder med en irriterad ton. "Det finns inte mycket hos henne som håller mitt intresse längre."

Tack detsamma, vidriga påfågel.

Jag står där ett ögonblick, handflatan mot den kalla väggen. Andas.

Ett. Två. Tre.

Jag tvingar mig själv att ta ett steg. Sedan ett till. Golvplankorna knarrar under mina fötter, som om de varnar mig för faran som väntar. Eller kanske är det bara mitt eget hjärta som slår så hårt. Jag tar ett djupt andetag till och rundar hörnet, in i köket. Det är som att kliva in i en annan värld. En värld av värme och ljus.

Vid bordet sitter Peder, och mycket riktigt, slottsfogde-idioten Erik. De dricker ur överfyllda, skummande stop och skrattar högt.

Maten på bordet ser... inbjudande ut. Ett fat torkad fisk, nybakat bröd, en skål med saftiga, röda höstäpplen. Jag känner en skarp stickande känsla i bukhålan.

Avsky? Hat? Eller bara hunger?

Peder tittar upp mot dörröppningen och flinar mot mig. Hans ögon glittrar av skadeglädje.

"Där är du ju," säger han. "Kom och ät."

Kom och ät. Som om jag är en välkommen gäst i mitt eget helvete. Jag stirrar på honom. Jag hatar honom. Jag hatar dem båda.

Peder tar upp ett äpple och leker med det i handen. Kastar det upp i luften och det tvingas genast tillbaka ner i hans grova handflata av gravitationen.

"Ät. Du har blivit skinn och ben, det finns inte en enda man på den här ön som hade varit nöjd över att vara gift med en vålnad."

Skratten är borta. Han kastar äpplet mot mig och till min förvåning fångar jag det. Reflexer jag inte visste att jag hade, tacka Gud för dem.

Äpplet är kallt och hårt i min hand. Det luktar sött. Men synen av den saftiga, röda frukten väcker ingen aptit. Inte längre. Det är som att hungern, som nyss var en gnagande råtta i min mage, plötsligt har försvunnit. Utslagen av en våg av äckel. Männen återgår till sitt samtal. Men som tur är verkar jag inte längre vara det valda samtalsämnet. Deras röster är ett avlägset mummel och jag blir genomskinlig. Jag existerar bara när de behöver mig. När ett behov ska tillfredsställas.

Fy *fan* vad jag hatar dem.

Jag vänder mig långsamt om och går ut ur köket, noga med att välja plankor som inte borde knarra denna gången.

Ute på gårdsplanen kastar jag äpplet mot den höga häcken som sträcker sig längs gårdsplanens ena flank. Det landar med en dov duns i det tjocka bladverket och försvinner helt, och blir väl liggandes där tills det ruttnar.

Konstigt, jag är inte längre hungrig. Aptiten är borta. Ersatt av en tomhet som är djupare än något jag någonsin har känt. I alla fall idag. Det är som att Peder, med ett jävla *äpple* den här gången, har tagit ifrån mig mer än bara min hunger. Han har tagit ifrån mig min sista gnutta vilja. Jag är trött. Så *fruktansvärt* trött. Kanske borde jag bara lägga mig ner i häcken och låta jorden svälja mig hel tillsammans med äpplet. Låta mörkret omsluta mig. Låta allt ta slut.

Jag styr stegen mot häcken. Går vankande längs med den och drar fingrarna genom den gröna, täta väggen av grenar. Det pirrar längs med fingrarna.

Jag är… tom. Ett ekande muller är allt som fyller kroppen. Jag stannar upp och stirrar ut i mörkret. Länge.

Tills min tomhet bryts av ett par knastrande steg.

”Vem visste att det skulle göra mig så lyckligt lottad att halka iväg för att pissa?”

Detta är *inte* bra.

Slottsfogden ger mig en tillgjord förvånad grimas när han närmar sig.

”Så hårt som Peder håller i dig var jag rädd att jag aldrig skulle få chansen. Har han fått dig i välsignat tillstånd än månntro?” Han kommer närmare. Jag backar i motsatt riktning tills min rygg träffar torpets fasad.

Fan. Han är för nära.

Han tar tag i mina axlar och trycker mig mot den hårda ytan.

Allt andrum försvinner.

Så in i *helvete* för nära.

Han drar vidrigt sakta isär min kofta, och sliter den sedan av från mina axlar. Den blir hängande i armvecken.

"Mm. Du börjar ju växa till dig. Lite tunn dock, tycker du inte?" Han tar tag i min nacke och klämmer hårt när han lutar sig fram så att våra kroppar nästan pressas mot varandra, gräver ner näsan i mitt hår och andas in. Han luktar surt av öl. Full som ett as.

Jag vill bort. Vill inte tänka.

Jag vill inte bli våldtagen på ett nytt sätt.

Vafan är mitt problem? I vilken värld är en kvinna glad över att bli våldtagen på ett *välbekant* sätt?

"Du kunde varit min, du vet." Fortsätter han. Hans fingrar gräver in i köttet i slutet av min nacke. Om jag hade kunnat röra en enda muskel hade jag flämtat av smärta. Med det går inte. Jag skriker inombords men inget ljud kommer ut. Jag skakar.

"Jävla Peder tar allt, men han är ju inte här nu. Jag har fantiserat om det här så länge," hans röst dryper av avund och besatthet. Han ler mot mig och lägger handflatan mot min mun. "Vi vill väl inte att Peder ska komma ut och avbryta vårt nöje?"

Jag trycks upp mot väggen och tyget i mitt liv slits upp med ett rappt ljud.

Kall.

Jag är så kall. *Tom.*

Jag känner tänder *gnaga* mot min hals. Det gör ont.

Jag får armarna att röra på sig av ren förvåning och försöker trycka undan Erik, men mina händer slås hårt åt sidan och pressas in i fasaden. Fastnaglade. Kjolen korvar sig plötsligt uppe i ljumsken samtidigt som tänder dras ner mot mitt bröst innan de biter ner. *Hårt.* Huden spricker.

Jag tror jag gråter.

Plötsligt hugger en hand med iskalla fingrar in mellan mina ben i våldsamma stötar. Jag försöker pressa ihop låren. Det går inte.

Torpets ojämna virke kliar mot min rygg.

Fingrar fortsätter att gräva inuti mig och tänder fortsätter bita i mina axlar, nacke och bröst.

Sen ligger jag på marken med ett bultande i bakhuvudet. Jag känner gruset och den fuktiga jorden under mina händer. Kalla, små stenar.

Jag pressar ihop ögonlocken så hårt jag förmår. Det står någon på knä mellan mina ben. Alla sinnen skriker så högt att jag inte längre hör dem och mina fingrar rycker som klor på en drunknade råtta genom gruset. Han lutar sig ner mot mig och trycker sin mun mot min. Jag kväljer. Ölsmaken sprider sig i hela munhålan. Och… järn?

Hans spinderlika, alldeles för långa fingrar drar längs med mina bröst, min midja, och jag kväljer igen, kämpar mot ett okontrollerat hulkande, hans grin kolliderar med mina tänder.

Tom, tom, tom, tom.

Nästan sekund är Erik plötsligt inte längre där och någonstans hörs ett högt, stumt dunsande ljud. Jag pressar upp ögonen, vänder huvudet och hittar honom på marken någon meter ifrån mig. Peder sparkar honom så häftigt att det hörs ett knäckande ljud från hans kropp. Han drar upp mannen med ett krossande grepp om hans hals och pressar upp honom mot husväggen där jag nyss var fastnaglad.

"Hur vågar du?! Trodde du på fullaste allvar att du skulle kunna komma undan med det här?" Fräser Peder så fanatiskt att saliv blöter Eriks rödflammiga ansikte.

"Peder… snälla… jag antog…" Han kippar desperat efter luft. "Att du inte hade något emot…" De sista orden dör ut i andnöden.

Peder slår ett rappt slag i magen på Erik. Det bildas en blöt, mörk fläck vid hans innerlår. Han skriker. Peders röst sjunker till ett dödligt lugn när han lutar sig närmare Erik.

"Rör du henne igen, *lovar* jag att jag ska strypa dig tills dina ögon ploppar ur sina hålor." Han släpper ner Erik som snubblar iväg. Gnällandes och flämtandes. Peder vänder sig tillbaka mot mig på marken. Lugnet själv.

"Din idiot, varför gick du ut?"

Jag är full av grus och smuts som klibbar sig fast i blodet från bett.

Jag kan inte röra mig. Kan inte tänka. Jag kan inte längre känna hur mitt blod kokar. Istället börjar min hud ruttna, som om varje bra känsla jag någonsin haft har skrapats bort. Jag föraktar de båda från djupet av spillrorna av det hjärta som jag tror fortfarande slår i bröstet. Föraktar *honom*. Om mitt liv var en bok skulle jag riva ut varenda jävla sida som han rört vid. Han får den djupaste delen av mig att koka.

Men inte nu. Nu är det svart.

Jag lämnar knappt min säng de kommande dagarna. Veckorna…

När jag möter Gud, så kommer han att få be om *min* förlåtelse.

Om jag möter honom.

22

Osen från löken svider så ögonen tåras. Jag lägger ifrån mig kniven på bordet och föser ner de minimalt hackade lökkuberna från bordskanten ner i en djup skål.

"Ta det försiktigt med löken, de får en alltid att gråta." Kastar Elin över axeln från sitt rörande i kitteln vid spishällen.

"Inte om jag får dem att lipa först." Jag hugger aggressivt ner kniven mitt i en av de oskalade lökarna framför mig och håller upp den demonstrativt i luften så att löksaft rinner ner längs med eggen. Hon himlar med ögonen när hon lämnar sitt rörande och kommer över till mig. Jag skickar skålen med lök över bordet mot henne, och hon torkar av händerna mot förklädet innan hon lyfter upp den. Torpet får en helt annan värme när påfågel-aset är på trumpetblåsande uppdrag. Det luktar fortfarande bränt trä och sot, med en svag underton av dödslängtan, men *lite* mindre ångest och hopplöshet ligger i luften.

Jag tittar upp och ler åt synen av Joen som springer runt och desperat försöker få pojkarna att släppa ner den livrädda bondkatten. Det är första gången på tre år som mina närmaste vänner har föreslagit att vi ska äta kvällsmaten ihop, och första gången pojkarna fått följa med till torpet, till bondkattens förskräckelse. Stackarn har mist tre hårtussar och

180

de har inte ens varit här två timmar. Men jag är oerhört lättad att de är här, att ligga ensam som en apatisk klump uppe på vindsvåningen började ta knäcken på mig. Igen. Jag kan inte säga att jag var särskilt entusiastisk över idén när de stod utanför dörren, men jag har inte tänkt på att ha ihjäl Peder på hela två timmar, och det är väl alltid något. Jag har till och med lyckats vara någorlunda hövlig.

"Öppna fönstret lite är du snäll, det osar ju värre än Joen efter han har haft drängtjänst." Retas Elin med ett spänt leende bort mot kattens jamande.

"Så illa är det väl ändå inte?" Flåsar Joen samtidigt som han håller pojkarna i ena handen och katten i den andra, så långt bort från varandra som hans armar når. Markus avbryter sin jakt på katten och tittar upp på sin mor.

"Nä, så illa är det väl inte mamma?" Pojken skakar på huvudet men återgår snabbt till att fokusera på det livrädda, svarta pälsknytet i andra änden, med pannan rynkad i koncentration. En äkta smilgrop bildas på min insjunkna kind och jag skjuter mig upp från stolen och puttar ut det lilla fönstret vid min sida. Det vimlar ner lite torra höstlövsflagor som någon gång fastnat i fönsterkarmen.

"Nu får ni ge er pojkar, ser ni inte att katten är vettskrämd?" Elin lägger armarna i kors och använder den där stränga mamma-rösten som till och med får mig att räta på ryggen och knipa ihop käften. Pojkarna muttrar besviket men lyder sin mor och börjar jaga varandra istället.

Joen pustar ut och släpper ner det stackars djuret som genast flyger ut från köket, han sätter sig sedan på stolen mitt emot mig och sjunker ihop med en suck.

”Du som nästan hade fått kontroll på situationen.” Jag ger honom ett retsamt flin och lutar mig bakåt mot stolens ryggstöd.

”Klaga inte på honom.” Uppmanar Elin och går bort till spisen med lökskålen.

”Men jag är ju så bra på det.” Jag rycker på axlarna och vänder huvudet mot henne med en arm slängd över ryggstödet.

”Men Gud, Anna. Vad har du gjort på halsen?” Frågar Joen från sin stol på andra sidan bordet. Jag tar ett stadigt andetag och drar obekvämt upp kragen på blusen lite högre om halsen. Elins blick vänds mot oss.

”Det är gammalt.” Svarar jag efter några sekunders tystnad. Det sätter sig en tjock klump i strupen.

”Är det där… bitmärken?” Joens vanliga orosrynkor skrynklar hans panna.

”Var inte dum, jag vandrade in i ett lite för tätt snår i skogen här bakom torpet för två veckor sedan. Jag trodde faktiskt att rivmärkena skulle vara borta vid det här laget.”

Jag har inte orkat med att studera halvmånarna av intorkat blod närmare i spegeln, har försökt att glömma det helt och hållet. Joen släpper blicken från min hals med en liten skakning, tittar förbi mig ut genom fönstret och trummar med fingrarna mot bordet. Jag vänder mig mot Elin igen och ser henne höja ett ögonbryn mot mig.

”Det är sant! Jag är okej.” Ljuger jag och försöker rycka på axlarna. Elin klappar sleven mot kittels kant och sätter sig sedan på den lediga stolen bredvid mig vid bordet.

”Mm, och det är väl därför du har isolerat dig utan ett ord de senaste veckorna också antar jag? För att du är så himla okej.” Jag tvingar mig själv att räta på mig och möta hennes oroliga bruna ögon.

"Det är okej," upprepar jag. "Dessutom ville jag inte att ni skulle oroa er, som ni gör nu. Det finns liksom inget jag kan göra, vi har försökt, och det slutade i att jag nästan drunknade, som ni kanske minns."

De ska *inte* bli inblandade i mitt helvete, jag *kan* ta hand om mig själv. Det värsta jag vet är när deras ansikten granskar mig efter nya sår, eller höra deras darrande monologer om att det kommer bli bättre, följdfrågorna när jag motvilligt ger dem små korn av hur min tillvaro faktiskt ser ut. Om det hade hjälp hade jag inte suttit här. Jag vill inte visa, berätta, be om hjälp eller känna. Alla plågsamma stunder går ju över förr eller senare i tomhet, det ska inte gå ut över någon annan. Klumpen i halsen sprider sig till en varm, äcklig känsla bak i nacken, ner genom ryggraden och ut i magen.

"Att vara okej är inte samma sak som att genomlida smärta och tvinga dig själv att vara tillsfred med det." Fortsätter Elin och Joen nickar instämmande.

"Jag *är* okej, vissa dagar är det bara lite extra svårt att fortsätta existera."

"Vissa dagar är det okej att bara finnas till. Vi vill bara att du ska veta att vi finns här Anna, vi vill vara till hjälp." Säger Joen och lägger en hand över Elins på bordet, men hennes blick är fortfarande fastnaglad i mig.

"Att bry sig är en fantastisk egenskap. Det är också det som gör att det gör så jävla ont när man råkar bry sig om fel person." Varnar jag uppmanande och drar demonstrativt handen över mig själv.

Elin lägger huvudet på sned och tar ett djupt andetag.

"Du ger inte dig själv tillräckligt med respekt. Se på dig, varje dag hanterar du saker som de flesta skulle ha gett upp över för länge sedan. Jag är otroligt tacksam över att du fortfarande försöker, även under de svåraste dagarna. Men dina ögon har aldrig varit så bleka som nu, och nu med din hals... Jag menar inte att du är svag, långt ifrån, bara... sårbar."

"Eftersom jag är så bräcklig, blek och okontaktbar?" Muttrar jag och vrider irriterat på vigselringen. Jag är fullt medveten om hur pinsamt liten och skör jag blivit, men att få höra det från mina närmaste får det att vända sig i magen. Elin släpper sitt moderliga lugn för ett ögonblick och slår ut med armarna, men håller ändå rösten sänkt för att pojkarna inte ska höra.

"Ja? Vi är oroliga? Och jag tvivlar på att din situation kommer förbättras." Borta vid spisen kokar löksoppan skummande och det fräser vilt när soppan skvalpar över kanten på kitteln och ner mot de brinnande vedträna under.

"Du är för envis för ditt eget bästa Anna." Tillägger Joen och gnuggar sig i pannan. Jag fnyser hårt och lägger armarna i kors.

"Så vi radar upp mina svagheter? Jag har några att addera till listan om ni börjar få slut på förslag." Jag trycker mig bort från bordet så att stolen skrapar mot träplankorna och en oskalad lök åker i backen, och går bort till skafferiet för att leta fram Peders lerkrus med det sura brännvinet. För fjärde gången den här *mysiga* kvällen.

Jag har hållit mig till mitt löfte om att aldrig mer dricka vin. Men just brännvin lugnar nerverna varmt och dimmar hjärnan när saker blir för mycket att hantera. Som nu.

”En till Anna? Du vet att sånt där kan ta kål på en.” Påpekar Joen bakom min rygg.

”Det är det som är poängen.” Jag rycker på axlarna, vänder mig om och tittar ut över köket där pojkarna nu är i full brottningsmatch.

”Björn, Markus, ingen brottning i Annas kök.” Suckar Elin och sätter armbågarna mot bordet med huvudet mot handflatorna.

En snubblande, hög duns genljuder från farstun och följs av ett vrålande svärande.

Tydligen färdig-trumpetat, hoppas han bröt ett ben.

Eller fem.

Björn och Markus stannar upp och allas blickar dras mot ljudet. Förutom min. Jag gräver ner ansiktet i den ljuvliga dimman inuti lerkruset och tar en stor, brännande klunk.

”Jag tror din make ylar i smärta ute på trappan Anna.” Anmärker Joen och vinkar till sig pojkarna. Jag sväljer brännvinet och tittar upp.

”Jasså?” Jag tar ännu en klunk.

”Ska du inte göra något?” Frågar Joen med barnen i famnen.

”Jo, du har nog rätt, han låter ju som en stucken gris där ute.” Svarar jag bittert, går tillbaka till bordet, och stänger fönstret.

23

Gabriell

Plötsligt blir höst vinter, med isande snövindar. Plötsligt är jag inte nitton längre. Och jag har inte varit nitton på väldigt länge. Jag har lärt mig att jag kan överleva nästan vad som helst. Så länge jag då och då tillåts några lugna stunder. Tid att återhämta mig, att läka mina sår, att samla mig, och jag kan hantera allt som Gud skickar i min väg.

Ringkragen av förgyllt silver, med sin krona och namnchiffer i emalj, känns tung och obekväm runt halsen när jag andas genom huttringarna. Symbolen för min nya status, för min framgång, men just nu är den bara en påminnelse om allt jag har tvingats ge upp. Mitt sinne är grumlat av självtvivel när jag granskar varje tanke. Varje misstag, varje brist.

Jag känner mig så… rå.

Alla sinnen känns dova av allt jag inte kan ändra på. Och jag lämnas med ett bultande självhat att försöka fortsätta leva med. Det finns en självisk del av mig som är desperat över att få veta om min frånvaro har sårat henne som den har gjort mig. Att det finns en möjlighet att hon också upplevt långa, rastlösa nätter på grund av tankarna på mig. Att hennes hjärta är krossat på samma ställen som mitt. Jag vill veta att jag inte är den enda som lider av det här. Jag vill veta att jag faktiskt betydde något för henne. Jag är så trött på att vakna upp varenda jävla dag i mitt liv och vilja ha henne så mycket att mina ben skakar som om de ska gå av. Jag är trött på att vänta på ett tecken från Gud som aldrig kommer.

Jag har gjort allt i min makt för att stiga i rang i armén, för att bli stark och viktig nog att få återvända hem, för att kunna ta tillbaka Anna. Och jag har *fanimej* lyckats. Jag har vunnit segrar, erövrat rikedom, men ingenting av det betyder ett skit utan Anna. Och nu, när jag äntligen är fri att återvända, när jag sitter stelfrusen i båten som ska ta mig över till den ö jag lämnade mitt allt på, så känner jag bara en blodisande rädsla.

Snö absorberar ljud. Så när höst blir vinter, och snöstorm efter snöstorm rusar in, är det som att ljudisolera hela ön. Allt blir tyst.

Ibland önskar jag att det aldrig skulle sluta snöa.

Båten skrapar mot den frusna kajkanten och jag hoppar iland. Snön knarrar under mina stövlar, ett skarpt, rent ljud som skär genom vinterkylan. Luften är bitande kall och frisk, med en svag doft av tjära och… nej, fiskdoften är bortfrusen. Jag andas djupt, fyller lungorna till bredden. Det luktar hemma. Men det känns inte som hemma. Jag är så nervös att jag skakar. För fryser det gör jag *inte*. Jag brinner. Det här kan antingen bli den bästa dagen i mitt liv, eller så dödar hon mig.

Båda alternativen känns helt okej.

Jag ser mig omkring. Hamnen är öde och tyst, insvept i ett täcke av gnistrande, kritvit snö. Båtarna ligger infrusna vid kajen, deras master sträcker sig upp mot den gråa himlen som spöklika fingrar. Mitt i all denna stillhet står min fars gamla båthus vid utkanten av hamnen, en mörk träbyggnad som hukar sig under snötyngden på dess skruttiga tak. Det var här vi brukade sitta, Anna och jag. Det var här vi delade våra drömmar, våra förhoppningar, vår kärlek. Jag går fram till båthuset och lägger handen på den frusna dörren. Minnena sköljer över mig som en flodvåg. Annas skratt. Hennes doft. Hennes gröna ögon. Hennes varma hand i min. En smärta skär mig mitt itu, skarp och intensiv.

Var det här jag förlorade henne? Var det här jag svek henne?

Jag trycker undan smärtan. Det finns ingen tid för ånger. Inte nu. Jag måste hitta henne. Jag måste få veta att hon är okej.

Plötsligt hör jag barnskratt studsa mot snödrivorna. Jag tittar upp och ser två små pojkar som springer runt vid den frusna strandkanten. De kastar moln av snö runt sig, deras röda kinder lyser varmt i den vita vintern. På en bänk en bit bort sitter en kvinna och en man och iakttar dem. Kvinnan är kraftigt gravid, hennes mage skjuter ut framför henne under alla lager av tyg och den värmande rocken. Mannen är tunn och tanig, med en krökt rygg. De är djupt inne i sitt samtal, men kvinnans ögon glider över mot mig. Och spärras upp. Hon kastar sig upp från bänken. Det ser jobbigt ut, nästan smärtsamt. Mannen blir förskräckt och tar tag i hennes armbåge för att stötta henne, men hon skakar av sig honom och kommer springandes mot mig, magen först.

Jag hinner bara ta två steg innan hon kastar sina armar runt min hals och hennes runda mage dunsar mot min hårda. En blandning av glädje och förvirring sköljer över mig.

Elin? Herregud, är det verkligen hon? Hon är här. Och enorm!

Hennes ansikte är något kantigare, markerat av små linjer. Men hennes lilla näsa är den samma, hon lyser fortfarande, och håret är den samma mörka, hasselbruna färgen. Är det samma Elin som jag en gång kände? Den varma, trygga, kärleksfulla Elin? Eller har livet förvandlat henne till något annat? Kärlek verkar hon ju i alla fall ha lyckats finna på den här gudsförgätna ön. En del av mig vill skrika, gråta. En annan del av mig vill bara smälta in i hennes famn, glömma allt annat. Men mest av allt är jag rädd.

Alltså riktig sådan där *jag kommer skita på mig rädd.*

"Elin," viskar jag. "Det är du."

"Gabriell," flåsar hon andfått. "Jag trodde aldrig att jag skulle se dig igen."

"Inte jag heller," svarar jag. "Men jag var tvungen att träffa henne igen. Att få veta att hon är okej…" Jag släpper mitt grepp om Elin, sträcker ut henne på en armlängds avstånd och tittar menande på hennes bula.

"Är du okej?"

"Jag är okej," försäkrar hon med ett litet fniss som är så mycket Elin att jag skrattar till långt nere i magen. "Jag har… jag har hittat någon. Som tar hand om mig."

"Jag ser det," svarar jag. "Han ser ut att vara en… bra man?" Jag tittar bort mot den kråkliknande mannen som fortfarande står borta vid pojkarna med vidöppen mun. Det kommer små rökmoln ur hålet när han andas.

"Det är han," påstår hon. "Vi ska snart få vår tredje." Hon klappar sig på magen.

"Grattis, Elin." Jag nickar bort mot kråkan och ler stort. Han stänger munnen och ger mig en lite långsammare nick tillbaka. Han måste ju undra varför en främmande man står med armarna runt hans höggravida hustru. Han måste ha tålamodet av ett helgon. Jag hade nog redan stått med hans strupe under min sula om rollerna var ombytta.

Jag flyttar blicken tillbaka till Elin som tittar ner i marken.

"Jag… jag måste gå. Anton väntar."

"Vänta," jag tar ett fastare grepp om hennes armbågar. "Jag… jag vill prata med dig. Om allt, om henne."

"Det finns inget att prata om," svarar hon kraxigt. "Det är för sent." Hon drar sig bort från mina händer, som jag nu märker kanske har klämt lite väl hårt, och hon vänder sig om för att börja gå tillbaka mot bänken. Jag står kvar, handfallen. Hon har rätt.

Det är för sent. Jag har förlorat henne. Och jag förtjänar det.

I *helvete* heller.

Jag har inte kommit såhär långt för att vända tillbaka utan att ens träffa henne. Ljudet av mina egna snabba fotsteg krasar i snön. Mitt hjärta bultar hårt mot bröstbenet. Jag måste i alla fall försöka. Annars kan jag lika gärna… ja, något som inte hade passat sig inför två små pojkar. Jag är snabbt ikapp Elins korta, nedtyngda steg och tar tag i hennes arm.

"Vänta, vad menar du? Vad är det som är för sent?" Min blick flackar maniskt över hennes ansikte. Elin rycker till och tittar upp. Hon öppnar munnen för att säga något, men inget ljud kommer ut. Kråk-mannen närmar sig, med ett öga på barnen i snön. Han är lång och skev, med ett långt ansikte och ett kort, gråsprängt skägg. Han är klädd i en varm fårskinnskappa och en stickad mössa. Hans blick är varm när han ser ner på Elin, men den hårdnar omedelbart när han fäster ögonen i mina. Kråk-mannen ställer sig bredvid Elin och lägger armen om hennes axlar. Hon lägger ena handen över hans, som vilar vid hennes nyckelben.

”Är du okej Elin?” Frågar han, utan att ta blicken från mig. Hans röst är lugn, men det finns en underton av spänning.

”Ja,” viskar hon fram. ”Jag är okej.”

Tack. Det var övertygande…

Mannen tittar misstänksamt på mig. Hans ögon är kalla, granskande.

Vem fan är den där gubben? Är det verkligen han som… Nej. Det är inte möjligt. Han är ju dubbel så gammal och lika sned som mitt båthus.

Elin lutar sig in i hans famn och klappar honom på handen. Jofan, där på båda deras ringfingrar, sitter matchande vigselringar.

Helt otroligt.

Jag sliter min förvånade blick från deras händer och skakar lätt på huvudet. Bara hon är nöjd med honom, så är jag nöjd, antar jag.

”Elin, jag behöver prata med dig. *Ensam.*” Jag sneglar mot mannens spända blick.

”Gabriell, snälla. Inte nu.”

Hon ser ju panikslagen ut?

”Vem är du?” Frågar kärleks-kråkan hårt.

”Det angår inte dig,” svarar jag kort och vänder tillbaka blicken till nervvraket som står i hans famn. ”Det här är mellan mig och Elin. Och Anna.”

”Anton, det är okej. Han… är en gammal vän.”

”En gammal vän? Som dyker upp och slänger armarna runt en havande kvinna mitt framför näsan på hennes make? Jag tror inte det.”

Där var det saliga tålamodet tydligen slut.

"Du borde gå. Nu." Fortsätter han strängt.

"Elin, snälla. Ge mig fem minuter. Bara fem minuter." Jag är nog mer panikslagen än hon nu. Elin tvekar. Hon tittar upp på Anton, sedan på mig.

"Okej," hon nickar bort mot barnen och ger sin make en menande blick. "Gå och se om pojkarna är okej, jag tror att Björn har tappat sin vante och… japp, Markus har den i munnen."

"Om du är säker så, ropa om det är något. Jag är inte långt bort." Han ger mig en sista varnande blinkning och struttar sedan bort mot barnen med händerna i luften. Elin väntar tills hennes make är utom hörhåll och ser sig nervöst omkring.

"Gabriell… jag… jag vet inte vad jag ska säga. Det har hänt så mycket."

"Jotack jag märker det. Han verkar… ta hand om dig."

"Det gör han. Han är en bra man." Hon tittar drömmande bort mot den lilla familjen.

Så hon är definitivt okej med kråkan.

"Jag är glad för din skull Elin," jag tar ett djupt andetag. "Men jag måste få fråga… vart är hon?"

"Hennes far… han…"

"Hennes far? Vad har han med det här att göra?"

Elin tvekar. Hon ser sig omkring, som om hon är rädd att bli överhörd. Hon tar ett ljudligt andetag.

"Jag vet att det låter… hon älskade dig också, Gabriell. Mer än du någonsin kan förstå," tårar rinner nerför hennes kinder nu. "Men det spelade ingen roll. Hon hade ingen chans. Inte då, inte efter att du lämnade ön."

"Vi har en chans nu, Elin. Snälla bara ta mig till henne."

Jag har aldrig bett på mina bara knän förut men nu är jag fan villig att göra vad som helst. Jag hade stått på huvudet och bett henne om det hade hjälpt. Elin skakar på huvudet.

"Det går inte. Hon kan inte lämna Peder. Han är…" Hennes röst dör ut i ett ängsligt, darrande snyftande. "Gabriell, snälla…" Hon ser på mig med blöta ögon.

"Men jag älskar henne fortfarande, Elin. Snälla, snälla säg vart hon är. Jag måste få träffa henne."

Elin tystnar i ett ögonblick. Hennes ögon skiftar till medlidande. Till slut drar hon in luft genom näsan och rullar bak axlarna.

"Okej… men inte här. Möt henne vid… vid båthuset. Om en timme."

"Båthuset?"

"Ja. Du vet vilket jag menar."

Båthuset. Varför vill hon att vi ska träffas där? Vad är det hon inte säger? Och vafan har den är där Peder gjort nu? Han verkar ju ha skrämt livet ur stackars Elin.

Hon vänder sig om och går bort mot pojkarna och kråkan.

<h1 style="text-align:center">24</h1>

En timme senare står jag inne i båthuset. Eller står, jag har inte stått stilla en minut sedan Elin gick. Snön faller fortfarande utanför den öppna dörren. Det är knäpptyst. Jag drar upp kragen på rocken och trycker ner händerna djupt i fickorna. Värmen från Elins famn är borta, ersatt av en gnagande kyla som sprider sig in i märgen. Nu skakar jag av både frysningar och nervositet. Allt är stilla, tyst. Frågorna snurrar i skallen, utan svar. Jag skakar hårt på huvudet, försöker få ordning på tankarna. Men det är som om min hjärna fortfarande är insvept i krigsdimman, tjock och ogenomtränglig.

Inne i båthuset är det mörkt och dragit. Den gamla doften av… fisk! Den hänger kvar, äntligen något bekant. Det finns något mer. Jag spärrar upp mina frusna näsborrar i min röda näsa. Fisken blandas med en obekant, svag, söt doft som orimligt nog får mitt hjärta att slå snabbare. Jag famlar efter flintan som jag bär runt på i fickan på rocken och tänder en av lyktorna som hänger på väggen. Det tar några försök, men det gamla ljuset i lyktan flackar till liv och sprider ett gyllene sken över det lilla utrymmet. Båthuset ser precis likadant ut som jag minns det. Träväggarna är mörka och fläckiga av åratal av hårt arbete. En enkel träbänk står längs ena väggen. På bänken ligger en ihopsjunken

194

gammal säck jag inte känner igen, men jag drar mig från att inspektera innehållet, den är mycket troligt fylld med flera år gammalt, möglande fiskrens som jag varit för lat för att slänga bort. Så jag låter blicken istället fortsätta vandra mot snipan som ligger fastfrusen nedanför plattformen, över nät och rep som hänger från takbjälkarna, fiskeredskapen som ligger staplade i hörnen.

Jag tillbringade otaliga timmar med far här inne, lagade nät, rensade fisk, lyssnade på historier om Vättern och om livet. Men det är inte far som fyller mitt huvud nu. Det är Anna. Jag ser henne framför mig i de dansande ljusen från lyktan mot väggen.

Det här är galenskap.

Åh Gud, vad ska ens jag säga? Vad ska jag göra?

Vafan, den här väntan kommer att flå mig levande. Har hon förändrats? Känner hon fortfarande för mig? Hatar hon mig?

Nästa ögonblick faller inte snön utanför dörren längre. Jag tittar upp och ser en tunn gestalt stå ihopsjunken i dörröppningen. Mina andetag fastnar någonstans mellan lungorna och halsen.

Jag stirrar på henne, oförmögen att röra mig, eller tala.

Fan jag drömmer.

Hade jag inte frusit så smärtsamt hade jag nog hoppat i vattnet för att väcka mig själv. En våg av känslor sköljer över mig, glädje, lättnad, smärta, längtan, ånger. Sen går de alla helt och hållet över i total, hjärtskärande skräck.

"Anna."

Det är en viskning mellan mina kippande andetag. Det kommer knappt över läpparna, hest och brutet.

Hon står i dörröppningen, stelfrusen.

Hon står i dörren, skräckslagen.

Hon står i den jävla dörren. *På riktigt.*

Hennes ansikte är blekt och magert, hennes läppar torra och spruckna. På underläppen glänser ett silverfärgat ärr i ljuset från lyktan.

Och… är det där *bitmärken?* Små halvmånar av ingrott blod dekorerar hennes smala hals. De gröna ögonen, som en gång glittrade av liv, är helt matta och sömndruckna. Hennes kropp är insvept i en tjock kappa av mörk ull, men jag kan ändå se hur tunn hon är, hur skör.

Hon är för tunn.

Så in i helvete för tunn.

Det skär i hjärtat på ett sätt jag inte ens visste var möjligt. Hon är bruten. Helt jävla förlorad. Och det är *mitt* fel. Hon rycker till, som om hon vaknar ur en svettig mardröm, och lyfter blicken och möter min. I ett ögonblick står tiden stilla. Snön faller inte utanför, vinden viner inte in i öppningen bakom oss. Vi är inte ens kvar i båthuset. Allt jag ser är hennes bröstkorg som höjs och sänks. Hon lever.

"Gabriell."

Hennes röst är knappt en viskning, men hennes nariga läppar rör sig. Det låter som om någon ryckt ut stämbanden ur halsen på henne. Jag släpper inte hennes bröstkorg med blicken en sekund, bara för att försäkra mig själv om att hon fortsätter andas. Hon har aldrig varit svag, inte skör, inte sårbar. Inte förrän nu. Livet har helt runnit ur henne.

Jag är en jävla idiot. Det här är mitt fel. Jag har orsakat ringarna under ögonen, jag har orsakat hennes blåspräckliga händer, jag har orsakat såren, rösten, förtvivlan, smärtan, livlösheten. Skuldkänslorna förtär mig. Jag tar ett steg mot henne, men stannar, osäker på om jag ska röra vid henne, om hon vill bli rörd.

"Anna," upprepar jag tyst. Och sen några gånger till i huvudet för att övertyga mig själv om att hon verkligen är här. "Vad... Vad *fan* har Peder gjort?" Hon skakar bara på huvudet och vänder bort blicken bakom mig. Det rinner för i helvete tårar nerför hennes kinder. Hon ser så uttorkad ut att jag inte ens hade trott att det var möjligt. Hon måste vilja halshugga mig. Jag tar ett steg till. Hon ryggar tillbaka som om jag skulle äta upp henne levande. *Fan.*

Någonting förändras i hennes ansikte. Det får en sten... nej, ett helt jävla isberg, att sjunka ner i magen. Jag vågar mig på att blinka för första gången på flera minuter och rynkar pannan. Hennes ögon vidgas, men de är fortfarande lika blanka.

"Det... det är för sent."

Nej. Nej. Nej. Nej.

Mina egna tårar fryser i ögonvrårna av den kalla luften. Men pressar sig ändå ut i små kristaller.

"För sent? För sent för vad?" Jag tar ett steg till mot henne. Jag måste hålla henne. Jag ska fan aldrig mer släppa henne.

"För sent för... för allt," hon stirrar ner på sina händer, knutna hårt i kappans fickor. "Mitt liv... det är inte mitt eget längre."

Jag är tyst i några sekunder och försöker hitta rätt ord. Mitt hjärta är så trasigt att det inte kan finnas kvar någonting alls bakom revbenen längre. Jag är en bottenlös avgrund. Djupare och mörkare än Vättern.

Våra blickar möts igen och jag måste låsa varje muskel i hela kroppen för att inte springa fram och hålla henne intill mig igen, älska henne som innan allt gick skepp rätt åt helvete. Jag vet inte ens vart jag skulle hålla, det ser ut som att hon hade krasat sönder om jag så mycket som andades i hennes riktning.

"Han… han har tagit allt ifrån mig," hon tar ett djupt andetag. Det ser smärtsamt ut. "Han… han har brutit mig, Gabriell. Jag är inte längre den du en gång kände." Någonting vitalt går sönder i bröstet.

Hon berättar allt. Om sin fars tvång till giftermål, om Peders brutalitet och vansinne, hennes fångenskap, hennes försök till flykt, om åren av misshandel, Eriks övergrepp, om mörkret som omsluter henne, allt. Hon talar i en monoton röst, utan känslor, som om hon läser en lista över varor i en handelsbod. Men hennes ord skär genom mig som knivar och lämnar djupa, gapande sår i hela mitt jag. Jag lyssnar, stum av skräck.

Jag hade nog anat att hon skulle lida känslomässigt ett tag, men jag hade inte förstått hur mycket, hur länge, hur fysiskt, hur grovt. *Jag* har orsakat djupet av hennes smärta, av hennes förtvivlan.

När hon är färdig har hennes monotona röst bytts ut mot en besatt ilska. Inte för att hennes stämband fungerar… Men det flammar rött runt hennes hals och hennes ögon är uppsprängda av raseri. Hennes ansiktsuttryck har gått från storartad chock, till isande skräck, till tom likgiltighet, till sammanpressad ilska under loppet av tio minuter. Skräcken som fladdrar i hennes ögon skyms nu av ren vrede.

Det blir tyst i båthuset. Det hörs bara en grumlig blandning av snön som faller utanför, vinden som viner, och ljudet av hennes hjärta som slår, hårt och oregelbundet. Men det slår.

Hon tittar upp på mig, hennes gröna, vackra ögon fulla av en fråga jag inte kan besvara.

Eller jo, jag är rätt säker på att det är något i stil med *kan du dra åt helvete är du snäll?* Absolut, bara hon fortsätter andas.

Aldrig någonsin igen ska den här kvinnan behöva utstå smärtor som jag orsakat. Jag ska ägna varenda sekund i mitt liv till att gottgöra det här. Hon är den starkaste människan jag någonsin träffat. Inget slagfält i världen är jämförbart med vad hon har gått igenom. Och ändå står hon här, stirrar rakt på mig.

Blänger. *Ajdå.*

"Vet du hur många jävla gånger jag har gråtit för dig? Genom att förälska mig i dig, har jag tvingats bli *djupt* bekant med förödelse och smärta, efter smärta, efter smärta. Du lämnade ett sår som dröjer sig kvar i varje cell i min kropp."

Helvete...

"Du kändes som hemma, men hemma var aldrig en säker plats, eller hur? Du lämnade mig ensam att städa upp mina krossade glasskärvor till liv med mina bara händer. Och du sa aldrig ens varför. *Vad är det du vill att jag ska göra?* Det var allt du kunde komma på? Jag ville så gärna hata dig för att du inte sa något till mig. Men jag *älskar* dig. Så istället för vrede gick jag sönder totalt."

Hon älskar mig. Mitt hjärta *skuttar.*

Anna förtjänade inte det hon gått igenom, och det gjorde väl kanske inte jag heller, men hon borde aldrig ha fått lida för att jag är en idiot och litade på Peders skitsnack om bättre framtid och status för henne. Jag minns att jag bad om att hon skulle vara lycklig varenda jävla kväll ute i fält, för om hon var lycklig så skulle allt bli bra. Hon får skrika och slå och kasta vad som helst på mig, bara hon fortsätter andas. Jag är hennes, helt och hållet. Eller, jag var hennes, tills jag stack och lämnade henne ensam att ta hand om sig själv. Jag tänker inte sluta andas innan jag är hennes och hon är min igen, sen får döden och Gud säga vad de vill.

Hon kramar armarna hårt om sig själv och det kommer små puffar av kall rök ur munnen när hon spottar ut orden mot mig.

"Jag har krampaktigt hållit mig kvar i hoppet om att du skulle komma tillbaka i *flera år*, men jag är redo att ge upp, Gabriell. Jag vet inte ens hur mycket av mig själv som finns kvar innanför huden…"

Jag lyckas inte hindra mig från att rycka obekvämt. Jag sväljer *hårt*, och smyger långsamt fram som för att inte skrämma iväg en vacker fågel. En så otrolig vacker, nedbruten fågel.

Denna gången ryggar hon inte tillbaka. Men jag stannar ändå några centimetrar ifrån henne. Rör henne inte.

"För sex månader sedan, eller tolv månader sedan, eller fem år sedan, tänkte du säkert likadant. Du trodde inte att du skulle överleva. Men det gjorde du. Du vaknade på morgonen. Du kämpade dig igenom kaoset, grävde dig upp ur leran, höll fast vid det ljus som inte fanns. Du kämpade dig ut ur mörkret. Du är helt *jävla* otrolig. Du hade styrkan att rädda dig själv. Det har du alltid haft."

Hon lyfter hakan och stirrar in i mina ögon. Hon måste förstå. Hon kanske inte kommer lita på mig igen, men jag tänker inte lämna det här båthuset innan jag har sagt hur jag känner. Sen är det upp till henne att bestämma om hon vill ha mig.

Snälla Gud, låt henne vilja ha mig.

"Jag vill vara den enda som har ditt hjärta, på det mest självviska sättet du kan tänka dig. Jag vill vara den som förstår dig helt och hållet. Den som håller dig nära. Jag vill inte att någon annan ska känna din beröring. Eller värmen av att du bara är nära mig. Jag vill vara den som kysser dig god natt och vaknar upp till dig varje morgon. Jag vill vara anledningen till att du ler, att fånga skimret i dina ögon från de minsta sakerna som gör dig lycklig. Jag vill vara den som ger dig lycka, som får dig att skratta tills du gråter. Jag vill vara ditt sista allt. Jag vill ha dig för alltid. Jag ska ägna resten av mitt liv till att ställa allt till rätta igen. Alla dessa år senare och jag älskar dig fortfarande lika mycket som jag gjorde då."

Jag älskar henne. Mer än skuldkänslorna, mer än vreden för Peder, hennes far, mor, mer än sorgen, mer än *allt*.

Hon skakar långsamt på huvudet, kramar om sig själv och tittar in i mina ögon med en blick som jag inte riktigt kan sätta fingret på.

Hon måste förstå.

"Varje sekund utan dig är som en evighet till mitt nästa andetag. Att leva i en värld där du existerar och jag inte kan få dig är för fan ren tortyr." Snälla säg något nu…

Jag står med händerna längs med sidorna och famlar nervöst för att inte ge in och röra vid henne. Hon spänner käken och sträcker trotsigt på sig.

"Var inte en idiot… Jag har hört bättre ursäkter ifrån Kristin när hon råkar trampa på sina gäss."

Sarkasm. *Äntligen.*

Hon ler svagt. Hon *ler*.

Jag kan se en flisa av den kärleken vi hade, gömd bakom all smärta.

"Jag har bara precis *börjat* vara en idiot."

25

Anna

Jag kan inte känna mina fingrar. Gabriell tystnar. Att inte slänga armarna om honom kräver all kraft jag har kvar i kroppen, och det känns som att jag slungas tillbaka under vattenytan. Han är här.

Han är *verkligen* här.

Jag skakar långsamt på huvudet som om det skulle få bort det brinnande begäret av att omfamna honom och aldrig släppa. Skelettet känns som att det vrider sig i köttet när jag gör det förbannade misstaget att titta på honom och jag tappar nästan kontrollen.

Hur ska jag kunna stå här, se på honom, och inte röra honom?

Vid Gud, jag vill tro på vart enda ord han säger. Men det förändrar inte att jag är så jävla förbannad att jag till och med glömt min tomhet. Hålet i mig har sakta fyllts av ett äckligt tvivel. Det här känns så smärtsamt bekant. Han lämnade mig. Det är vad som hände. Logiskt sätt borde jag vilja slita av honom huvudet.

Han har åldrats… Men han är fortfarande vacker, bara lite större, bredare över axlarna, och hans skarpa käkben täcks av en skimrande, blond skäggstubb. Över hans högra bryn sträcker sig ett tre centimeter långt, vitt ärr. Undra när han fick det. Hur han fick det...

Hans mun rycker något när han studerar mina ögon. Hans ansiktsdrag är fan perfekta. När han långsamt tog de där sista stegen fram förut, stannade han så nära att jag nu kan känna hans doft. Den gången ryckte jag i alla fall inte ifrån som en rädd harunge.

Så det var så han luktade. Jag tar ett djupt andetag och spänner käken. Mörkt, jordigt, sött. Som innan, fast utan sjövatten, dagens fångst och svett. *Vafan*, sluta tänka på vad han luktar.

Jag skyller på vreden för min uppenbara brist på omdöme, spänner varenda muskel och försöker sträcka på mig trotsigt. Det blir mer en knäckig ryckning. När han nervöst knyter och öppnar händerna vid hans sidor rör sig musklerna på ett sätt som får mig att ofrivilligt svälja. Hans ögon är inte blåa som Vättern längre. De är mörkare. Djupare. Som en bottenlös brunn.

Jag lyckas ta ett andetag. Sedan två. Hur kan jag fortfarande älska honom såhär mycket, efter allt som hänt? Efter att han övergav mig?

Helvete, jag älskar honom verkligen.

Hur ont det än gör. Jag vill så gärna hata honom, det hade gjort allt så mycket lättare. Mitt korkade hjärta hoppar vilt och jag kramar armarna hårdare om sig själv för att det ska stanna i bröstkorgen. Det kommer små puffar av vit rök ur munnen. Det måste vara kallt, men jag brinner under huden. En brinnande, varm plåga som sätter varenda ådra i brand bara för att jag möter blicken från den man som står framför mig. Han står *framför* mig, och ändå har jag nog aldrig saknat honom så mycket som nu. Det pirrar ända upp i hårbotten. Jag vill röra varenda centimeter av hans kropp, lägga huvudet mot hans stora bröst och lyssna på hans hjärtslag som en försäkring om att han faktiskt är här, ha honom så nära som fysiskt är möjligt.

Det hettar irriterat i kinderna. I hela mig faktiskt.

"Var inte en idiot… Jag har hört bättre ursäkter ifrån Kristin när hon råkar trampa på sina gäss."

Det där lät alldeles för sarkastiskt. Skit också. Där tappade jag kontrollen. Jag kan inte låta bli att le svagt när han lättat släpper ut andetaget han hållit nere i lungorna.

"Jag har bara precis *börjat* vara en idiot." Det rycker i hans ena mungipa och ögonen lyser upp. Jag gör mitt bästa för att stå stilla men marken börjar vingla under mina fötter. Det måste vara den där härliga blandningen av smärta och stress som jag har blivit så familjär med som börjar krypa tillbaka in i mitt medvetande. Det svartnar i utkanten av mitt synfält och Gabriell smälter ihop till en suddig boll framför mig. Benen slutar samarbeta när golvet rusar mot mig. Han fångar mig med ena armen runt min midja och den andra mot korsryggen. Jag hatar att hans beröring får min puls att öka.

Jag är så in i helvete körd.

När han börjar bli en fast massa och jag blinkat bort prickarna i ögonen känner jag hur hans armmuskler spänns. Jag tittar upp mot honom, han stirrar på det intorkade blodet som antagligen fortfarande måste sitta kvar runt min hals. Det hugger till i magen när jag ser hans ögon. Han skyller på sig själv.

Men just den smärtan är fan inte hans fel.

"Du kom ändå." Mitt leende får Gabriells stela kropp att sjunka ihop och han drar snabbt efter andan som för att hejda snyftande hulkningar.

"Jag är din, det fanns inget annat alternativ." Han håller i mig som om han är rädd att jag ska gå sönder i hans famn och sänker huvudet och låter sina läppar nudda min panna. Sen lyfter han huvudet igen, lägger min kind försiktigt mot sitt bröst, med ena handen om min nacke och kysser mig ömt på kronan av mitt huvud. Det är så mjukt.

En varm, främmande trygghet sprider sig i hela bröstet. Det är här jag vill vara. Jag vill känna lättnaden av att få höra hans hjärtslag som får mina egna att sakta ner. Tårarna svider i ögonen, smälter in i hans bröst och lämnar små blöta fläckar på hans grova rock. Jag ler så stort att ett jack i mungipan spricker och jag får blodsmak i munnen.

Men jag hade inte kunnat bry mig mindre.

Hans ena hand spänner sig bakom min rygg och tummen på den andra smeker löst mot huden precis under örat.

"Du har sett piggare ut Anna, men jag är glad att du lever." Hans bröst hoppar när han hackar sig igenom hulkningar och små, lättade skrattningar.

"Jag också." Svarar jag genast.

För just nu är jag det.

Det är en skum, ny känsla.

Jag lyfter blicken och ser honom hackigt och vått genom hulkningar och tårar. Jag stirrar på hans ansikte, och stirrar och stirrar. Jag vill lägga varje muskel, varje linje, varje min på minnet. Ifall han skulle släppa, ifall han skulle gå. Eller om detta bara är ännu en sjuk dröm som min hjärna har kokat ihop för att tortera mig lite extra. Strupen snörs ihop och det är som att hans blick stjäl allt syre i hela världen.

Och vad i helvete… gör vi nu?

"Du lever. Spelar ingen roll vad som har hänt, du lever och det är det enda som betyder något. Och den här gången lovar jag dig att jag aldrig kommer släppa. Det är vi, bara vi." Han kramar om mig hårdare ett ögonblick och mina revben pressas mot hans rock. Det går en pulserande smärta ut i fingertopparna och mitt ansikte skrynklas ihop. Han måste ha märkt att jag skakade till för orosrynkor veckar området mellan hans bryn och han släpper mig ur sin varma omfamning.

Varje cell i mig skriker i protest, men jag släpper efter och låter honom hålla mig stadig med var sin hand om mina överarmar medan jag andas igenom illamåendet som uppstod av smärtan i bröstkorgen.

Fan, jag är bräckligare än jag trott. In genom näsan, ut genom munnen. Rökmolnen bolmar sig runt hans ansikte.

"Jag kan stå. Tror jag." Säger jag, men han släpper inte greppet om mina armar, tacka Gud. Hade jag kunnat hade jag krupit in i hans skinn och lagt mig tillrätta, så nära vill jag ha honom.

"Jag är okej." Det är jag inte, allt gör ont. Jag måste andas i ytliga, korta inandningar för att det inte ska spänna i hela bröstkorgen.

"Ljug inte."

Han ser tydligen fortfarande igenom varje gång jag väljer selektiva sanningar. Eller som i detta fallet, blåljuger.

Han ger mig en orolig och misstänksam blick, släpper en av sina händer och lägger tummen och pekfingret om min haka. Han granskar mitt ansikte, min hals och vidare ner… till andra ställen som får min andning att bli ytlig av helt andra anledningar än smärtan.

"Din andning är ansträngd, så jag gissar på revbenen?" Jag är tydligen sämre på att dölja smärta än vad jag hoppats på efter alla dessa år, i alla fall inför honom. Han tittar upp på mig igen och hans tumme drar över ärret på min underläpp.

"Jag ska döda honom för det här." Den intensiva tonen i hans röst säger mig att han verkligen menar det. Han släpper mig försiktigt och jag lutar mig bak mot den kalla träväggen i båthuset. Han backar ett steg och pressar samman läpparna i en rak linje.

"Låt mig se revbenen."

Jag blinkar och lägger huvudet på sned. Det ömmar lite stelt från halvmånarna när jag vrider huvudet.

"Jag vill se om kräket har brutit dina revben, vänd dig om."

Jag hörde inga ben knäckas när Peder drog upp mig ifrån golvet och dunkade ner min överkropp i spisens stenhäll i förrgår, efter att han haltandes kastat ut mina kära kvällsmatsgäster, så jag är antagligen bara lite mörbultad. Men Gabriells blick säger att det inte finns något utrymme för diskussion kring det här, så jag nickar och vänder mig om och lyfter fingrarna till den översta häktan som håller ihop min kappa. Sedan snörar jag upp livet och låter båda plaggen falla till marken.

Jag borde vara iskall, men när jag hör hur han tar steget tillbaka nära, och lägger mitt utsläppta hår över min vänstra axel flaxar det till långt nere i magen och jag blir varm från tåspetsen upp till ansiktet. Han famlar med rosetten på särken som sitter i nacken. När han knutit upp den låter han tyget glida över mina axlar så ryggen blottas ända ner till svanskotan, och låter särken vila i mina böjda armveck. Hans blick värmer på min högra sida och huden knottrar sig när hans fingertoppar försiktigt smeker mig från sidan bakåt ända till ryggkotorna.

Men jag skyller på kylan, som jag absolut känner. *Absolut.*

Han svär tyst och lägger handen platt mot mina revben. Jag kan känna varenda valk som har bildats under alla år av den krigstjänst han fått uthärda. Och som han tydligen lyckats ganska bra med, med tanke på alla hans förgyllda utmärkelser som stoltserar över ringkragen.

"Du har ett enormt, svart blåmärke men jag tror inte att något är brutet."

"Vad var det jag sa, jag är okej." Jag försöker mig på ett leende och huden i mungipan spricker igen. Hans fingrar dansar löst mot min hud. Jag vrider lite till på huvudet och möter hans blick över axeln. Han ser så ömt på mig att hjärtat stannar. Jag lutar mig mot hans värme, med särken tryckt mot bröstet.

"Jag lovar dig Anna, han ska få lida tusen gånger om. Om jag så ska dö på kuppen." Försäkrar han mot mitt öra.

"Jag tror verkligen att jag älskar dig." Erkänner jag. Min röst brister.

"Jag är glad att du kommer ihåg det." Han flyttar handen från min sida till vänstra kinden och låter tummen smeka över den. Jag svär att jag ser hans blick glida ner till mina läppar en sekund innan han återgår till ett kontrollerat, granskande ansiktsuttryck.

"Men jag tror inte det blir så lätt. Peders grepp om mig hårdnar för varje dag, han har bestämt sig för att göra mitt liv till ett helvete, för nöjes skull antar jag. Jag vet aldrig vad hans förväntningar är förrän jag misslyckas med att möta dem. Han får mig att ifrågasätta *allt* gång på gång tills jag inte längre hittar styrkan att hålla tillbaka min dödslängtan där jag har lyckats gömma undan den." Säger jag uppgivet.

"Anna, snälla säg att du förstår att inget av det här är ditt fel, det är han som är helt jävla sinnessjuk. Att han någonsin har lagt händerna på dig är det största misstag han gjort. Gör han det igen ska jag personligen hugga av dem båda två och slå ihjäl honom med hans egna händer. Så att han får känna hur förödande konsekvenserna kan vara av hans vidriga fingrar." Jag himlar med ögonen till svar.

I de tankebanorna har jag virrat runt i flera år, men det är vansinne. Jag är inte ens tung nog att kämpa emot hans vanliga övergrepp längre, och jag tror tyvärr inte mina odds ser bättre ut även om han skulle sakna händer.

"Vad ska vi göra då? Du kan ju inte precis mörda honom mitt på borggården. Kristin hade blitt fly förbannad om gässens välputsade fjädrar blev nedblodade. Och dessutom finns det inte en möjlighet i världen att du inte hamnar under bilan direkt efter."

Han drar fingrarna genom håret med den handen som inte vilar ömt mot min nacke, och pustar irriterat.

"Det skiter jag i. Vi ordnar upp det när vi väl kommer dit. Mitt hjärta slår bara så länge ditt gör det. Och jag är rädd att han ska gå för långt en dag och..." Hans ord dör ut och han harklar sig. Han tittar upp i taket som för att försöka blinka bort tårar.

"Snälla, jag kan inte riskera att förlora dig när jag precis fått tillbaka dig. Du skulle bara våga dö innan mig och lämna mig igen."

"Jag skulle föredragit en strid mellan hjärnor, men han verkar ju helt obeväpnad. Föddes han så där korkad eller har han tagit lektioner?"

"*Kul*, Gabriell," jag ger honom en sträng blick över axeln. "Men vi måste vara smartare. Det måste finnas ett sätt att få honom att betala för vad han har gjort utan att själva stryka med."

Men vafan, jag låter ju som Joen.

"Gärna ett långt, plågsamt sätt så att han vet att han förtjänar döden
när hon kommer."

Sådär ja, det kändes mer som mig själv.

Gabriell tystnar en stund, låter tummen återgå till att smeka rastlöst
mot min nacke. Sen möter han min blick igen. De där ofattbart vackra
ögonen lyser. Han ser ut som om han har kommit på lösningen till
universum.

"Jag hoppas att hans änka tar med sig en brudgum till hans
begravning." Han ger mig ett skadeglatt leende.

Jag vågar inte riktigt hoppas, men en liten strimma av något som
liknar hopp klämmer till nere i magen. Jag är fortfarande helt varm i
hans famn och lägger en hand mot hans som vilar mot min nacke, och
klämmer lätt. Han vänder försiktigt mitt huvud mot sitt.

"Du är otrolig, vet du det?" Hans blick glider över mitt ansikte, som
om han också försöker lägga varenda detalj på minnet. Hans andning
blir lika ytlig som min. Och vad jag vet så har han inte en halvt
punkterad lunga att skylla på.

Hans ögon stannar vid mina läppar när jag särar lätt på dem. Han
låter blicken vila där i en sekund, två, tre, sedan vänder han mig om så
att min rygg ligger mot den kalla väggen, och jag är tryggt inklämd
mellan hans kropp och träplankorna. Såhär hade jag kunnat spendera
varenda sekund som är kvar av mitt trasiga liv.

Han låter handen om nacken sakta glida längs med min bara axel,
ner för armen och tar ett mjukt grepp om min handled. Mitt hjärta slår
så friskt att han måste känna min skenande puls under huden. Han
sänker huvudet mot mitt och stannar precis framför mina läppar.

”Du är otrolig.” Viskar han tyst, så nära mina läppar att hans snuddar lätt vid mina när de rör sig. Den vädjande tonen får hela kroppen att rysa skönt. Smärtan är plötsligt obefintlig. Alla sinnen verkar fungera igen, känsel, lukt, syn, smak.

Gud, jag vill känna hans smak.

”Säg om jag ska sluta.” Han lägger pannan mot min och blundar.

”Du skulle bara våga.” Varnar jag. Jag vill drunkna i den här känslan, i honom. Sjunka under en helt annan vattenyta och låta ilskan och hopplösheten ersättas av *honom*. Jag hade glömt hur bra närhet kan kännas. Att närhet kan vara komplett trygg, varm njutning.

Jag lutar mig närmare honom tills mitt bröst pressas mot hans kropp. Han håller andan ett ögonblick och öppnar ögonen. Jag vänder upp mitt huvud mot hans och kysser honom lätt.

Det verkar vara försäkring nog för honom och han slår våra läppar ihop i en ivrig och besatt kyss. Som om kyssen är viktigare än hans nästa andetag. Jag smälter in i honom, och han i mig, och jag ångrar genast varje sekund av de senaste åren som jag har tillbringat utan att kyssa honom. Det finns ingenting annat än hans mjuka läppar mot mina spruckna. Jag har inte känt mig levande på det här sättet sedan… Gud, jag kan inte ens minnas när.

”Du är otrolig, Anna Sunesdotter.” Mumlar han mellan mina läppar på ett sätt som får mig att le rakt in i kyssarna.

Fan vad jag har saknat smaken av den här mannen.

26

Om jag inte fortfarande hade känt en dov, behaglig känsla av Gabriell i mina läppar så hade jag varit säker på att det var en dröm att han kom tillbaka till ön igår kväll. En snöfylld vind piskar mig i ansiktet när jag marscherar upp mot torpet med en energi och motivation jag inte känt på flera år. Mitt nästa andetag bildar ett rökmoln i den frusna luften. Men vinterkylan är borta, hela jag fylls fortfarande av värme som en öppen, brinnande spis när jag målar upp bilden ifrån inatt framför mig. Snöflingorna dunstar bort och smälter in i huden när de landar på mina rödflammiga kinder.

Han är verkligen här. Hela jag *pirrar*.

Mina sköra ben dallrar av febrig spänning. En euforisk lycka sprider sig så kraftigt i hela bröstkorgen att det nästan gör ont. Det här är för bra för att vara sant. Jag måste se till att vara någorlunda vid medvetande på adventsmässan på söndag, för det här är ett rent mirakel.

Jag hade glömt hur bra det kan kännas, att vara nära honom, höra hans raspiga röst, att känna hans hud mot min, hans andetag i mitt hår.

Glömt att närhet kan kännas… bra.

Jag trodde att jag visste vad jag saknade men det här.

Jag ryser igen.

Och dessutom kan hans idé om hur vi kan *hantera det lilla problemet* faktiskt funka. Jag ler med hela ansiktet som en idiot och lägger händerna mot pannan när jag tänker på det. Något stort och tungt som har funnits där ända sedan min bröllopsnatt, har lättat från mitt bröst.

Men allt är också så oerhört bräckligt, det är mycket som måste gå rätt innan jag äntligen ska få ta kål på gubbaset.

Det måste funka, annars… Nej, det ska funka. Punkt.

Vi måste bara se till att hålla Peder borta ifrån vetskapen om Gabriells hemkomst så länge det går, ingenting blir bättre av att den jäveln får reda på att den man han fick utskickad i krigstjänst kommit tillbaka, och har för avsikt att ta hans favoritleksak ifrån honom. Han kommer få reda på det på ett eller annat sätt, men ju längre tid jag får jobba i tysthet desto bättre.

Så nu marscherar jag med raska steg tillbaka till torpet för att väcka så lite misstankar som möjligt. Peder sov redan med tunga snarkningar när Elin kom och hämtade mig igår kväll, stressad som en kolibri med andnöd. Och då var det inga problem att smita ut, så det borde inte vara några större konstigheter att lura den snarkande påfågeln, men stressen och adrenalinet får ändå hjärtat att slå lite fortare.

Gabriell kysste mig på hjässan och lindande ihop mig i alla kläder igen innan solen gick upp i öppningen till båthuset. Det visar sig att han fått inbjudan att husera i ett gemak på slottet under två månader för hans tjänstgöring och rangstigning i fält. Det passade sig tydligen inte att en överste skulle bo i en liten, gammal stuga i Vrixlösa. Vilket är en jävla tur eftersom hans stuga inte ligger långt ifrån trumpetartorpet, och det hade blivit oerhört svårt att smida planer rätt under näbben på påfågeln.

När jag svänger av från grusvägen, som fortsätter upp mot norr, in mot torpets framsida stannar jag vid gärsgårdsstaketet och försöker lugna pulsen från mitt halvspringande från hamnen. Den kalla luften sticker nere i lungorna, och jag lyfter ena handen till grindens påle och vilar min vikt framåt för att hämta andan.

Ömmandet i sidan blev inte precis bättre efter inatt. Värt det.

Vid mina fötter sticker det upp små gröna blad ur den vita drivan som mörka gräsfläckar på en vit duk. Vintergrönan är fortfarande skör och sårbar, och dess blommor må vara borta sedan länge, men det finns en livskraft som vägrar att ge upp även under den hårda vintern.

En stark liten sak det där.

Jag lyfter huvudet och får, tyvärr, syn på Peder stå lutad mot dörrkarmen till farstun. När mitt bröst äntligen slutar att hävas börjar jag gradvis bli medveten om hur plågsamt kall jag är. Eller så är det bara själva åsynen av honom som släcker varenda liten uns av livslust i min kropp. Jag drar med tungan över min torra överläpp, vinterns bitande är fruktansvärd när man dessutom är uttorkad, och nykysst.

Jag stannar tvekandes vid grinden. Det blåser en skarp vind som skär igenom fibrerna i kläderna och jag tittar ner på mina händer. Vita.

Kinderna och nässpetsen börjar värka molande.

Mina rörelser fångar Peders uppmärksamhet och han tittar upp, rycker på ett grått ögonbryn och ler slugt.

"Jag ser att du tagit ditt förnuft till fånga," han skrattar svagt ett ögonblick innan hans ansiktsuttryck blir hårt igen. "Men låt oss för en gång skull fastställa hur saker och ting fungerar. Jag kommer alltid få reda på vad du gör, när du gör det och vart du är. Jag kommer alltid kunna hitta dig. Om du nu inte skulle lyckas hitta ett sätt att fly igen. Det skulle jag verkligen vilja se din lilla, späda kropp klara av."

Han skrattar långt nere i halsen.

"Du kanske kan börja med att förföra mig." Föreslår han med ett roat gli och slår ut med händerna.

Usch.

Jag vill skrika hans namn tills hela världen hatar honom, som jag *borde* ha gjort den där första natten i biblioteket. Jag vill skrika så högt att ön skakar och sjön delar sig. Jag vill skrika tills *någon* Gud lyssnar och plockar upp hans lilla patetiska själ från jordens yta och sväljer honom hel. Dör jag innan vår plan går i lås så svär jag på att jag ska komma tillbaka från min grav för att hemsöka honom. Jag hoppas att han ruttnar i helvetet.

Han lutar sig tillbaka mot farstuväggen igen och granskar mig uppifrån och ner med en skeptisk min.

"Stjäl mitt hjärta med din ömhet och charm." Sarkasmen rinner ut ur munnen på honom. En isande känsla i mina tår strålar upp i benen när snöslasket tränger sig in i mina skor och upp i mina strumpor. Jag himlar med ögonen och ger honom en blick som lovar en långsam, plågsam död, och matchar hans sarkastiska ton.

"Jasså, du har ett hjärta. Det hade jag missat." Sen fortsätter jag förbi honom in i farstun med sikte mot köket. Nu, nu är jag utsvulten.

Så Peder förväntar sig tydligen inte att jag ska försöka fly ännu en gång. Han verkar inte ens vara *lite* bekymrad över det.

Jag klandrar honom inte.

Jag förväntar mig inte heller att kunna fly.

Jag har andra planer.

Efter en snabb visit i skafferiet där jag hittade både bröd, torkat nötkött och en värmande sup går jag upp på vindsvåningen i det lilla röda torpet. Det är nästan lika kallt i rummet som ute, och en svag doft av fukt tränger in genom timret i väggarna. Peder bryr sig inte om att hålla torpet särskilt varmt.

Han är för upptagen med att… ja, vara Peder.

Så jag behåller alla ytterkläderna på och stannar framför spegeln. Hon som tittar tillbaka börjar få lite svaga konturer igen. Jag kan nästan pussla ihop skärvorna och den förvrängda bilden börjar få en helhet. Jag är fortfarande ett spöke som hemsöker min egen galgbacke. Men ett spöke med rosiga kinder och en glimt av något som faktiskt börjar likna livsglädje. Och den här gengångaren är fast besluten om att få sin hämnd och ta tillbaka sitt liv.

Genom det lilla, frostiga fönstret smiter ljudet från klapper mot snötäcke in. Jag lutar mig fram och använder kappans långa ärm för att gnugga ut en liten tittglugg på rutan. En mycket liten, svart häst skrittar fram längs vägen från norr, det vimlar snömoln runt hovarna och upp på stackaren som sitter med tyglarna i ett fast grepp i sina vantar.

Stackars Joen. Han ser alltid så bekymrad ut. Som en liten rädd mus. Men den där lilla musen kan faktiskt vara till hjälp.

Jag sliter blicken ifrån tittgluggen och drar upp grovt skrivpapper och en vässad kolstump ur skrivbordslådan.

Ja, jag har faktiskt lärt mig både läsa och skriva, nästan. Det tog en evighet med tragglande utav Joens gamla, malätna skrivblock och anteckningsböcker men efter ett år så satt i alla fall grunderna. Joen tjatade om att det var viktigt att kunna uttrycka sig i text. Och att kunna läsa och skriva meddelanden. Det hade han rätt i.

Sen dess läser jag allt jag kommer åt, det går inte fort, men det är skönt att få försvinna iväg i sagoböckerna som Elin letat fram åt pojkarna ur slottets enorma bibliotek. Men jag tror definitivt att jag uppskattar mina knyckliga, stackande lässtunder mer än pojkarna, de få gånger jag besöker dem i slottskaplanens gemak på slottet och envisas med att sätta pojkarna framför en eldstad och tvinga dem att lyssna.

Det finns bara en liten, oansenlig, brun bok med guldinskriptioner på bokryggen i slottets bibliotek som jag undviker som pesten.

Jag lägger till ett par oskyldiga, simpla varor på lappen för att undvika misstankar om min hemliga plan. Tre eller fyra borde räcka, sen ger jag upp, jag vet ens om jag stavat rätt till kryddnejlika. Eller stjärnanis.

Kolet smetas ut en aning när jag viker ihop lappen, försiktigt stoppar ner den i fickan på kappan, och springer ner för trappan. När jag småspringer förbi köket luktar det bränt trä och sot. Peder har bekvämt lagt sig på bänken vid bordet med hatten över ögonen och det ryker ur ett varmt stop bredvid honom.

Jag fortsätter förbi ut i snövimlet, det svider i ögonen av det bländande vita landskapet utanför dörren. Snön ligger tjock på marken, himlen smälter nästan ihop med snödrivorna och små, gråa puffar av rök stiger från skorsten bakom mig. Jag slänger upp en handflata över ögonbrynen och kisar, med den andra armen i luften för att försöka få Joens uppmärksamhet. Han lyser upp i hela ansiktet som ett litet barn.

Jag har inte sett det förrän nu men han är faktiskt ganska lik Elins lilla Björn när han ler sådär. Det ångar kraftigt runt den lilla hästen när Joen drar i tyglarna och stannar vagnen mjukt i snön.

”Kul att se att du lever Anna, är du okej?” Det har blivit hans nya normala sätt att hälsa när vi ses, och jag tror bara det är halvt på skämt.

Han tittar förundransvärt mot mina kinder som fortfarande måste vara rosiga och mina läppar som faktiskt nästan går uppåt idag. Jag stannar andfått vid sidan av vagnen och tittar upp på honom.

”Jodå, så lätt blir ni inte av med mig,” det har blivit mitt nya normala svar. ”Kan du göra mig en tjänst nästa gång du far till fastlandet?”

Han nickar.

”Fråga knallen i Gränna om han kan fixa fram det här.” Jag drar upp det tillknycklade pappret ur kappfickan och sträcker det mot honom, samtidigt som jag stampar nervöst med mina blöta fötter i snön. Hans ögon smalnar när de glider över min knackliga handstil. Sen tittar han långsamt, snett över till mig utan att röra huvudet.

”Vad är det här?” Frågar han tyst. ”Vad håller du på med?”

Fan. Tänk fort.

”Jag var nere i båthusen igår kväll,” svarar jag ärligt och harklar mig. ”Och… Gabriells fars snipa ser förjävlig ut…”

”Språket Anna, snälla…” Avbryter han bedjande.

Fromma jäkel. Han har spenderat för mycket tid med Elin. Hon har alldeles för bra inflytande på honom.

”Fan förlåt, eller ehm, *förlåt*,” jag skakar lite snabbt på huvudet. ”Hur som helst tänkte jag att jag vill försöka rädda plankorna.” Joen ger mig en lång, skeptisk min. Hans vante slår besvärat mot pappret.

”Varför?” Frågar han. ”Vad ska du med en gammal snipa till?” Han kliar sig i nacken med vanten så att den lilla knoppen på hans mössa guppar fånigt, och snöflingor dinglar ner över hans röda, frusna näsa.

"Snälla Joen, du kan väl fråga knallen?" Ber jag. "Jag får ju inte precis lämna ön för ett litet ärende, och… båten påminner mig så mycket om Gabriell." Jag ljuger ju faktiskt inte *helt*. Han får veta tids nog.

Joen ger mig en sista blick under ögonbrynen och suckar.

"Visst," han tar lappen och viker ihop den, och lägger den i fickan på sin tjocka rock. "Ses på mässan."

"Tack, Joen."

Han är en klippa.

En liten, ynklig, snäll mus, men en klippa ändå.

27

De kommande dagarna går i ilfart. Jag väver, spinner och skottar snö tills ryggen värker på dagarna, undviker Peder som pesten på kvällarna och spenderar alla nätter med Gabriell på slottet. Och nätterna verkar aldrig kunna skymma fort nog, för jag hinner bli rastlös och sakna honom tills jag går runt på helspänn, och låter fantasin om en eventuell, mer och mer verklig, lycklig framtid flöda fritt. Hittills har jag inte blivit påkommen när jag smyger ut ifrån sovrummet så fort jag hör Peders snarkningar och ut i vinternatten. Igår fick jag i och för sig en omgång för att jag sölade ner farstun på morgonen när jag ljög om att jag varit på en av mina vanliga, nattliga jag-vill-dö-promenader. Mitt högra ögonbryn stoltserar nu med ett bultande, litet jack ifrån Peders ringprydda hand och jag såg suddigt i några timmar på höger öga.

Men annars leker livet.

Min puls är stadig, trycket över bröstet börjar avta och jag kan *sova*. Utan mardrömmar, utan kallsvettningar, utan hjärtklappningar. Gabriell är den sista skärvan som fattades i min spegelbild. När han är nära andas jag djupt, och han har blivit grundpelarna till ett lugn som nu känns livsnödvändigt. Ett typ av lugn som kommer från att äntligen höra hemma någonstans.

Elin hann tydligen före mig med att berätta för Joen om att Gabriell har återvänt till ön, det var irriterande, men jag är glad att båda vet. Det har varit tortyr att hålla min pirrande iver i skack framför dem. De är ändå som min familj. Och Joen verkade inte koppla ihop att min lilla beställning från fastlandet har något med Peder att göra, så än så länge går allt enligt plan.

"Du har fnittrat som en kärlekskrank fyllkaja i flera dagar nu, jag börjar tro att du tappat förståndet." Knorrar Elin och sätter sig tungt bredvid mig på bänken intill murväggen vid den frusna stranden. Jag höjer frågande det bryn som inte bultar. Isen över Vättern skvalpar upp med små knallar när pojkarna springande tar satts och glider ut över isen på sina platta skor. Elin lägger sina vanttäckta händer över magen och pustar ut ett litet ångmoln.

"Jag menar, det är inte konstigt, men med tanke på det nya jacket i ögonbrynet skulle jag nog ta det lugnt med flinandet när ni är utanför slottet." Jag slänger huvudet åt hennes håll och min haka drattar ner i marken.

"Klart jag vet, ge dig, jag känner dig bättre än att tro att du skulle kunna hålla vantarna borta ifrån den karlen i mer än tre minuter."

Ajdå, jag är kanske inte så slug som jag trodde. Jag får finputsa mitt smygande. En rodnad sprider sig över kinderna och jag stänger munnen med en smäll.

"Tänkte att jag kunde njuta lite innan helvetet bryter lös när Peder får reda på att han är tillbaka." Förklarar jag och tar ett djupt andetag, och grimaserar genast åt smärtan som väcks i revbenen.

"Anna." Elin har vänt huvudet åt mitt håll. Snön på marken

reflekterar solens ljus och lyser upp hennes rynkade ansikte. Jag lutar mig tillbaka mot ryggstödet på bänken, låter huvudet falla bakåt mot den kalla murväggen och sluter ögonen.

Jag hade hoppats på att vi skulle skita i den här konversationen.

Men tydligen inte.

"Du vet att det här inte ändrar något. Vi är oroliga, jag och Joen, det måste du veta. Gabriell må vara tillbaka på ön, men du har fortfarande en ring på ditt finger. Snälla lova mig att du är försiktig." Jag tvingar upp ögonlocken och möter hennes blick. Hon försöker le.

"Jag vet. Tack för påminnelsen." Jag rynkar näsan och rullar skulderbladen igen. Ömheten över revbenen tillsammans med de värmande aktiviteterna på nätterna har resulterat i att hela jag är en knuta av värk. Både härliga och smärtsamma.

"Jag dömer dig inte, tvärt om. Den mannen ser ut att veta precis vad han håller på med," det gör han *verkligen*. "Men jag har tappat räkningen på alla gånger du försökt gömma nya sår och blåmärken Anna. Ärligt talat tror jag att något sånt här skulle kunna driva Peder över gränsen," hon biter sig i läppen. "Jag vägrar stå och titta på när du blir ihjälslagen innan du ens hinner bli anklagad för äktenskapsbrott."

Det knyter sig i bröstkorgen, inte bara av hennes oro för min framtid som ett hopknycklat, blåslaget benrangel, utan för att jag vet att hon har rätt. Det här är en otroligt farlig lek vi leker. Inte bara för min del utan för Gabriells. Den som bedriver hor med någon annan mans hustru, den ska döden dö, både horkarlen och horkonan. Kyrkoherden har predikat otaliga gånger om första Moseboken där det berättas om hur Onans bror Er, dödades av Gud, som blivit arg på honom. Och hur Onans far då befallde honom att ligga med sin döde brors hustru, så att hon skulle bli med barn. Men han visste att det barnet inte skulle räknas som hans eget, och lät därför sin säd spillas på jorden och det blev inga barn. Då blev Gud arg även på Onan och dödade honom också.

Gud är verkligen en dubbelmoralisk typ.

Och det är inte första gången förbjuden kärlek skulle leda till att horpiskaren piskar en upphängd kvinnas rygg blodig med ris vid spöpålen. Gabriell kanske skulle få löpa gatulopp. Femtio män, försedda med käppar eller spön som ställs upp i två rader, vända mot varandra. Den dömde ska sedan springa med bar rygg mellan raderna och slås med så många slag som möjligt. Jag har hört historier om dömda som inte överlever gatloppen. Inte ifrån ön, men ändå.

En rysning kryper sig längs med ryggraden mellan blåmärkena. Jag kastar en blick över Elins axel bort mot båthusen, och tackar Gud för det kalla vädret som kräver flera lager kläder, när jag ser att Gabriell och en lång, mörkhårig man hjälps åt att bära nysågade, tunga plankor och ställer upp dem mot hans fars båthusvägg vid andra sidan av hamnen. De måste vara i farten att rusta upp det eländiga kyffet. Båda männen har rullat upp både rock- och skjortärmarna långt över armbågarna och jag måste dra efter andan när de hjälps åt med ännu en tung ekplanka och musklerna spänns i väldefinierade vågor som bara kan ha skapats av år av slitigt arbete.

Finns det något hetare än en hårt arbetande, muskulös överste?

Skulle inte tro det.

Jag måste låsa varje muskel i kroppen för att inte springa fram och hoppa på honom. Inte här. Inte nu.

Männen pustar stönande och drar upp plankan över var sin axel och låser den med händerna i ett fast grepp.

Hans händer… fingrar…

Det klappar till framför näsan.

"Hallå? Vart tog du… nämen." Elin vänder sig om och följer min blick mot männen, som ser ut att ånga av ansträngning när de sätter ner plankan mot väggen och slänger av sig rockarna över en intilliggande vagn full av mer virke. Hon ser definitivt vad jag ser.

Den mörkhåriga mannen är lite längre än Gabriell och hans armar hänger lite längre längs sidorna. Men han är inte lika bredaxlad. Det känns som att jag sett honom innan. På slottet? Gabriell tar av sig hatten och drar med fingrarna genom hans blonda lockar och torkar svetten i pannan med den andra handen. Den mörkhåriga mannen klappar honom på axeln och slänger sin egen hatt över rockarna.

"Nämen." Mumlar Elin igen bredvid mig.

"Visst." Instämmer jag.

"Sluta dregla över översten och drängfogden." Pikar Joen bakom oss när han kommer gåendes längs grusgången ner från borggårdens håll.

"Vi kanske bara är intresserade av snickartekniken?" Svarar jag utan att vända huvudet åt hans håll. Det går inte att titta bort. Gabriells skjorta har snörat upp sig framtill och hans muskelberg till bröstkorg tittar fram, och jag tvingas svälja när jag faktiskt dreglar lite i mungipan.

"Ellerhur," nickar Elin. "Plankorna ser… tunga ut." Hon lägger huvudet på sned. Joen fnyser till svar.

Plötsligt är det lite för varmt för både rock och yllekofta, och det kliar i fingrarna i vantarna.

"Om mina damer hade kunnat torka munnarna och fokusera hitåt en sekund?" Jag grymtar och tvingar halsen röra sig åt Joens håll. Han har blicken fäst på Elin bredvid mig på bänken, men i ena handen håller han en brun, mycket liten glasflaska med kork, och räcker den till mig.

"Resten ifrån listan ligger kvar i båten. Jag kör upp det med vagnen innan adventsmässan."

"Vad är det där?" Undrar Elin bredvid mig.

"Mitt nya projekt." Jag tar flaskan från Joens hand och stoppar snabbt ner den i fickan på rocken. I den andra fickan fiskar jag upp åtta daler kopparmynt som jag fräckt snodde från Peders innerbröstficka i förrgårnatt. Jag lägger dem varsamt i Joens öppna hand. Han pressar samman läpparna.

"Tack, behåll om det blir något över."

"Herr överste kan väl betala sin egen träindränkning, så gott som han måste tjäna?" Han blänger bort mot Gabriell och den mörkhåriga mannen. Han verkar nästan ha svårare att släppa Gabriells övergivning och plötsliga återkomst än jag.

Jag klandrar honom inte, han får ju inte ta del utav försoningen.

"Sluta blänga, du kommer få en planka i huvudet." Retas jag.

Joen bara muttrar lågt till svar och rullar med ögonen. Han flyttar sig bort till Elins sida och skymmer både min och hennes sikt bort mot konstverken som återigen svettas och stånkar borta vid båthusen, och lutar sig fram för att stryka en hårtest som lossnat ifrån Elins hätta in bakom örat på henne. Något som är mycket likt svartsjuka i hans blick får mig att lägga huvudet på sned innan han blixtsnabbt återgår till sitt vanliga ömma, mjuka leende.

Nämen.

Joen drar blicken från Elin och tittar ner på mig med huvudet på sned.

"Jag hörde att herr Gustavsson såg dig springa över slottsgården tidigt i morse. Vad gör du egentligen om nätterna Anna?"

"Det va väldigt vad slottskaplanen verkar vara intresserad av mina nattliga promenader," jag ger Elin en sträng blick. "Inget särskilt."

Elin ler slugt och pekar rakt åt männen borta vid båthusen och fnyser. Jag blänger snäsigt åt hennes håll.

"Han frågade vad jag gör, inte vem."

"Är det verkligen så smart Anna?" Frågar Joen anklagande.

"Jag har aldrig påstått att jag är smart Joen."

"Hon har tydligen mer dödslängtan än vi trott." Elin skakar på huvudet och viftar med vanten i luften. Joen öppnar munnen för att säga något men blir avbruten av ett vrålande.

"Är du så desperat efter stryk att du söker dig till fiskrensaren första chansen du får?!" Peders gormande spräcker nästan ljudvallen när han kommer dundrandes mot oss bakom Joen.

Ajdå, inte bra.

Han är framme på mindre än ett ögonblick och puttar undan Joen så att han flyger som en vante åt sidan. Elin drar ett häftigt andetag och flyger instinktivt upp, och springer vaggandes bort mot Markus och Björn som har stannat upp vid strandkanten.

Fan, *verkligen* inte bra.

Peder måste ha listat ut att Gabriell är tillbaka. I några sekunder stirrar jag chockat på den långa mannen som tornar upp sig framför mig vid bänken.

"Låt henne vara, hon har inte gjort någonting." Flämtar Joen från marken, stackarn måste ha tappat andan när han slog i backen. Mitt hjärta dunkar i jacket i brynet.

"Värderar du ditt liv så håller du dig utanför det här." Fräser Peder över axeln och tar tag i mina taniga överarmar och drämmer upp mig mot väggen bredvid bänken så att luften går ur mig när jag slår i stenen.

"Anna!" Skriker Elin bakom Peders rygg där hon krampaktigt trycker pojkarna mot sitt bröst. Sen lägger Peder ena handen om min hals och klämmer åt. Hårt.

Han stirrar intensivt med blodsprängda ögon samtidigt som jag kämpar för att få luft, och drar upp händerna kring hans handleder för att försöka få bort skruvstädet som täpper igen mina luftvägar. Hade jag haft ett uns av armmuskler hade det kanske hjälpt. Men de försvann för några år sedan. Jag är inklämd mellan den orubbliga murväggen och Peders långa kropp.

Markus och Björns gälla skrik hörs någonstans bakom den massiva klump av vrede som står framför mig, jag hoppas vid Gud att Elin har vänt dem bort från oss. Jag försöker fokusera blicken på en blodådra som pulserar obehagligt på Peders hals medan mina lungor slåss för att dra ner luft och det pirrar skumt i fingrarna som jag krampaktigt håller om hans handleder.

"Vad är det som är så svårt att begripa? Va!? Du är *min*. Du håller dig så långt bort från pojkvaskern som fysiskt är möjligt om du föredrar att andas." Snäser han rasande mellan hopbitna tänder.

Jag kippar efter luft men hans grepp om halsen bara hårdnar.

Det känns som den kommer knäckas.

Han har aldrig tappat kontrollen såhär förut, inte när vi är utanför torpet, där han kan krossa mig i enskildhet. Och han vet inte ens om att jag redan har träffat *pojkvaskern*. Varje natt.

Joen hade nog rätt, smart är jag inte.

Elin ropar något bakom Peder men det drunknar bort i tjutandet i öronen och min syn börjar bli suddig när tårar fyller mina ögon.

”Vad i helvete håller du på med!?” Skriker en röst närmare och närmare, och bryter sig igenom ringandet i öronen. Plötsligt flyger Peders huvud åt sidan med ett knastrande ifrån näsbenet när en stor näve träffar honom i ansiktet. Han släpper sitt grepp om min hals och backar flera steg med händerna kring näsan. Rött blod rinner ner längs med hans fingrar. Jag faller till knäna där snön dämpar mitt fall och gräver ner vantarna i drivan samtidigt som den *fantastiska* luften sugs ner i mina brinnande lungor igen. Det rasslar smärtsamt i halsen när jag andas in genom min vidöppna mun.

Nu snackar vi riktig dregling.

Joen smiter emellan Gabriell och Peder som fortfarande står och håller sig om näsryggen, och sjunker ner på knä bredvid mig i snön. Han lägger händerna stöttande om mina axlar. Gabriell stampar som besatt mot Peders ynkliga grymtanden, men hinner inte längre än tre steg innan den mörkhåriga mannens gestalt dyker upp bakom honom och drar bort honom från Peder så gott han kan.

”Nils släpp mig för fan, ynkryggen ska få stryk.” Gabriell viftar som en vanvetting i mannens famn. Jag lyckas ta ett andetag, sedan två. Och när jag äntligen kan andas någorlunda igen kravlar jag mig upp på fötter och greppar Joens arm med ena handen.

”Du håller händerna borta från Anna så ska jag *försöka* göra samma sak.” Ryter Gabriell ifrån greppet av mannen, som tydligen heter Nils.

”Men för fan, Gabriell, du måste bort härifrån.” Nils börjar dra Gabriell bakåt samtidigt som han blänger bort mot Peder.

”Du borde gå härifrån när du fortfarande har huvudet på axlarna herr Jacobsson.” Varnar Nils Peder och nickar mot grusgången, och sliter sedan med sig en flaxande Gabriell mot båthusen. Jag hinner precis ge honom en nick och ett litet leende, som jag hoppas säger att jag är okej, innan Nils pustande puttar iväg honom ur mitt synfält.

Peder tittar sig nervöst omkring, som om han räknar hur många som faktiskt såg hans utbrott, och stirrar sedan tillbaka mot oss.

”Vi ses hemma efter adventsmässan, *hustru*.” Säger han med ett täppt kraxande, med den röda handflatan om näsan, och vänder äntligen upp mot grusgången till slottet.

Hela min kropp vibrerar av ilska och syrebrist. Jag önskar att Gabriell hade slagit honom sönder och samman, men tvingar min hjärna att tänka så logiskt det går i vredesdimman.

Inte än. Tacka Gud för Nils.

Vi får fan inte riskera planen över lite andnöd.

Jag klappar frenetiskt mot rockfickan för att känna efter så att flaskan hållit i turbulensen. Den är hel.

”Hur är det med dig?” Joens röst darrar. Jag drar in några smärtsamma andetag till. Det snurrar i huvudet och små stjärnor dansar framför ögonen. Men jag lever i alla fall. Jag nickar långsamt och lutar mig mot honom.

”Det är lugnt.” Får jag fram genom flammorna i halsen.

”Det är inte lugnt, du blev just strypt.” Påpekar han.

”Det var inte första gången, och jag svimmade ju inte så det kunde varit värre.” Jag ger honom ett klent leende som inte ens hade övertygat mig själv.

”Han är ju helt rubbad.” Joen skakar på huvudet och stirrar bort mot platsen där små röda droppar i snön nu markerar vart Peder precis stod och grymtade.

”Jotack, jag hade listat ut det vid det här laget.” Rosslar jag fram mellan flämtningarna.

Elin och barnen lämnar strandkanten och kommer mot oss.

”Anna, är du okej?” Hon håller fortfarande om pojkarna i ett järngrepp.

Helvete, det där skulle de inte behövt se.

Joen borstar bort lite snö från Elins hår, lägger en fri arm runt henne och de möter varandras bekymrade blickar. Jag rullar bak axlarna och försöker sträcka på mig, och svarar mer till pojkarna än till Elin.

”Jag är okej, det såg värre ut än vad det var.”

”Vet han om..?” Joen tittar bort mot båthusen. Gabriell och Nils är borta, allt som är kvar är ett hasande spår i snön.

”Bara att han är tillbaka, inte mer.” Tacka Gud för det, annars hade jag nog inte haft någon hals kvar att flämta ur.

”Jag hoppas drängfogden kan lugna ner Gabriell, det såg ut som om han skulle slå Peder sönder och samman.” Säger Elin oroligt.

”Det hade ju varit *otroligt* synd.” Svarar jag bittert. Elin blänger på mig och tittar sedan menande ner mot barnen i hennes famn. Jag mimar ett ljudlöst förlåt och hon suckar tungt.

Markus stora, bruna ögon möter mina ifrån Elins famn.

"Han där är inte så smart va?" Han pekar på sin näsa för att visa vem han talar om. Jag skrattar till, rufsar om hans lockar på hjässan och försöker le mig igenom smärtan i lungorna och revbenen.

"Hurså?"

Pojken tänker en lång stund och biter sig i läppen som för att leta efter rätt ord. Sen ler han ett stort, nöjt leende.

"Han tror ju att du är klen som en blomma. Men jag vet att du är giftigare än en sprängört."

28

Arsenik är ett naturligt förekommande ämne i olika mineraler och finns i varierande halter i berggrunden och grundvatten. Ett vitfärgat pulver kan används som ett slags universalmedel i jordbruket, har visat sig vara ett fungerande medel mot syfilis, kolera och andra åkommor, samt för att skydda båtars träplankor från angrepp.

Arseniken är också dödlig. Till en början känns endast ett lätt illamående, efter några timmar uppstår frossbrytningar, kräkning av galla och blod, kraftig diarré, svag puls, blåfärgning av slemhinnor och försvårad andning. Efter tjugofyra timmar följs det av långsam förlamning, kraftiga hallucinationer, dödsångest och till sist död.

Vit arsenik är behändigt lukt- och smaklöst.

29

Snön faller i blöta tunga drivor utanför fönstret. Peder har fortfarande inte kommit tillbaka hem efter adventsmässan och nu börjar det mörkna.

Halsen gör skitont. Revbenen gör skitont. Allt gör skitont.

Ögonen känns torra och ögonlocken är tunga, jag måste blinka för att gruset ska försvinna. De kala väggarna tycks suga upp det lilla ljus som sipprar in genom fönstret i köket. Jag borde nog tända de fyra, röda ljusen på det gamla vagnshjulet som är upphissat i taket ovanför bordet, men jag är för trött för att resa på mig. Inte så konstigt kanske, jag har inte sovit en hel natt sedan kvällen i båthuset.

Jag är så in i helskotta trött.

Träet i stolen biter in hårt i mina sätesben och det knäpper i vedträna jag tänt fyr på i spisen till vänster. Den sprider en svag värme, men räcker inte för att värma upp rummet helt. Jag lutar mig framåt, mitt huvud sjunker ner i armarna på bordet så att mitt ljusa hår faller ner över ansiktet som en skyddande ridå och jag sluter ögonen.

Bara en liten stund. Bara några minuter.

Plötsligt slås ytterdörren upp med en smäll, och ett rop skär genom tystnaden vilket får mig att rycka upp huvudet och torka mina ögon med baksidan av handen.

"Anna!"

Jag hoppar till. Hjärtslagen börjar tränga genom dimman av trötthet. Han är tillbaka. Han står i dörröppningen insvept i ett moln av blöta snöflingor, hans andedräkt ryker i den kalla luften. Bredvid honom står två långa kvinnor i tjocka, bruna kappor, med huvudena täckta av sjalar och blöt snö. Båda med varsin liten uppåtnäsa vädrandes i luften.

"Anna, detta är mina systrar, de har rest ända från Stockholm och de stannar över julen och håller oss sällskap. Nig nu som en snäll tös och hälsa på dina svägerskor." Hans systrar? Har han syskon?

De har definitivt lika sura och ogästvänliga minspel som deras bror.

Härligt. En hel flock påfåglar på en och samma gång.

Det adderar ju ytterligare en dimension att ta med i planen. Men Peder kanske håller nävarna lite närmare sin egen kropp inför hans syskon. Kanske.

De är alla genomblöta, snön smälter på deras kläder och bildar små pölar på golvet. De skakar av sig snön från hatten och hättorna, och deras röster fyller det lilla torpet med ett irriterande sorl. Jag reser mig och niger djupt, trots knakandet och värken i knälederna från när dem slog i blötsnön i förmiddags, när sällskapet stampar in i köket.

"Se till att värma upp lite öl," beordrar Peder. "Och skynda dig!" Hans röst är vass och skarp, som en pisksnärt. Jag studerar honom med en kall blick. Hans näsa är röd och svullen, men han har torkat bort blodet under borrarna.

Näsapa.

Hans ögon glider över mitt ansikte, mot jacket som fortfarande syns på mitt bryn och hans mungipor vrids uppåt i ett skadeglatt flin som får mig att må illa. Sen övergår flinet i en iskall stirrtävling mellan oss båda som jag är fast besluten om att vinna.

"Vad är det?" Fräser han till slut. "Har katten fått din tunga?"

"Snöar det ute?" Hinner jag säga innan jag tyglar tungan. Min röst dryper av sarkasm och förakt. Men jag ger han ett oskuldsfullt leende och lägger huvudet på sned. Peder blänger irriterat och hans ögon smalnar till smala springor.

Hur kan det vara så underhållande att reta upp den labila apan? Det bästa jag vet är när hans ansikte blir schalakansrött och hans halspulsåder börjar darra, så fort han mister lite kontroll.

"Gör som jag säger!" Ryter han. "Och se till att det är varmt!" Han höjer handflatan i luften i en hotande gest om en örfil, men den stannar i luften. Jag suckar med hela kroppen, vänder mig om och går mot spisen med tunga steg.

Vid spisen tar jag ner tre stålstop från spishällen och vänder mig sedan om mot skafferiet för att fylla en kanna med öl ifrån tunnan och häller det i kitteln i spisen. Ölet fräser och sprakar mot det varma stålet.

Ibland behöver man bara tio sekunders vansinnigt mod. Bara bokstavligen tio sekunder av pinsamt övermod.

Gör jag det inte nu så när?

Jag plockar upp den lilla bruna glasflaskan ur förklädsfickan. Mina fingrar darrar svagt när jag korkar upp den. Bakom min rygg sätter sig Peder och hans systrar vid bordet och börjar prata om den isade kylan när jag skvalpar ner det ångande ölet i de tre stopen på spisen. Så diskret jag kan häller jag i *nästan* allt pulver från flaskan i ett av stopen med ett finger klickandes mot glaset. Inte hela, det måste i alla fall se ut som en naturlig död, inte för abrupt. Kryddnejlikan och anisen kommer dölja smaken om den mot förmodan skulle förändras. Hoppas jag.

Pulvret har en distinkt, nästan metallisk, vit färg som skär genom vätskan och de söta kryddorna jag dumpar ner i stopet. När pulvret blandas med det varma ölet löser det sig långsamt upp. Färgen på ölet mörknar något, och en tunn hinna av skum bildas på ytan, men det är inget som jag tror att apan kommer lägga märke till.

Nu gäller det att hålla koll på vilket stop som är vilket.

Jag går fram till bordet och sätter ner två vanliga stop framför mina svägerskor. Sedan hämtar jag det sista stopet och sträcker det över bordet till Peder. Hans fingrar nuddar mina när han tar emot det. En iskall ström går genom mig vid beröringen. *Äckel.*

Jag håller andan och väntar. Drick. Drick bara.

Peder tar en klunk och rynkar lite på näsan.

Helvete. Känner han smaken?

Han tar en klunk till. Ett illvilligt leende sprider sig över mina läppar. Bra. En klunk till. Det suger i hela magen. Jag tvingar ner blicken i golvet för att dölja mitt flin, och går bort till spisen för att hälla upp ett eget ångande stop öl. Det doftar starkt av kryddorna, och det rykande stopet värmer behagligt mina frusna händer. Peder harklar sig borta vid bordet.

"Det här ölet skummar… annorlunda. Är det nytt?"

Skit också.

Jag tittar upp och möter hans blick.

"Samma som alltid. Kanske tunnan börjar bli dålig." Jag rycker på axlarna så nonchalant jag kan och sätter mig på en låg pall vid kanten av bordet. Peders syster tittar upp ur sitt stop under ett par mörka ögonbryn.

"Ja, det smakar lite… beskt."

Det har hon rätt i. Ölet är inte gott. Men det har ingenting med mitt fuffens att göra. Hans andra syster möter den förstes blick.

"Jag tycker det smakar gott. Starkt och kryddigt. Precis som det ska vara." Hon vänder huvudet åt mitt håll och ler ett stort tandlöst leende. Tandvård verkar inte vara något för den där familjen.

"Jag vet inte, det skummar lite konstigt." Peder rynkar pannan och svajar stopet runt i en liten cirkel. Jag ler stort inombords.

Konstigt? *Vänta bara.*

Peder tar ytterligare en klunk.

"Äsch, jag får ta och hämta hem en ny tunna innan julhelgen."

Efter tjugo minuter, eller tre år, jag är inte helt hundra, sitter jag fortfarande på den låga pallen i änden av bordet med händerna hårt knutna runt det varma stopet. Jag är så nervös att jag skulle kunna spy och min fot slår rastlöst mot golvplankorna under bordet. Svägerskornas röster är en monoton bakgrundsmusik till mina egna tankar, som en svärm av getingar som surrar runt i huvudet. Meningslösa saker. Vädret, skvaller från Vadstena, hur fina kläder de har med sig till julottan.

Surrsurr.

Jag tittar ner i stopet där de små kryddorna virvlar runt i mitt halvt uppdruckna öl. Min oroliga mage har i alla fall ingenting med ölet att göra, tror jag.

Hur jäkla lång tid ska det ta att ta kål på en enda liten påfågel?

Jag skulle ha använt hela flaskan med pulver…

Jag vågar inte ens titta åt Peders håll av ängslan för att min förväntansfulla blick ska avslöja mitt lilla påhitt.

”Det var allt bra kallt att åka släde hit. Jag höll på att förfrysa mina fingrar!” Peders ena syster håller demonstrativt upp fingrarna framför näsan på mig och fladdrar med dem i luften.

”Ja, och den här snön, den bara vräker ner! Tur att vi kom hit innan det blev allt för svårt att ta sig fram.” Fortsätter syster nummer två.

Peder harklar sig medan han betraktar sitt tomma stop.

Sitt *andra* tomma stop.

Hoppas inte den späder ut den första i magen.

”Jaja, det är ju vinter. Vad hade ni förväntat er? Gassande sol och värme?” Han låter uttråkad och flyttar blicken ut i snöstormen bakom rutan vid hans sida.

”Nej, men *lite* mer mänskligt väder hade ju inte skadat!” Klagar systern igen. Han suckar högljutt och blänger på sin syster framför honom som ställer ner sitt eget, nu tomma, stålstop. Peder pekar med hela handen mot vår sida utav bordet.

”Ni kvinnfolk klagar alltid. Ni är aldrig nöjda.” Peders syster svarar med ett varmt skratt. Den andre ler fräckt åt sin bror.

”Åh, kom igen Peder, du vet att vi bara narras.” De båda systrarna skrattar i kör.

Hur i helskotta kan de båda vara så blinda för den ondska som genomsyrar deras bror. Jag slår nervöst med nageln mot kanten av mitt stop.

Första timmen släpar sig fram och jag har så otroligt svårt att fokusera på systrarnas surrande att jag flera gånger måste ursäkta mig och be dem upprepa sina formella frågor om hur bröllopet såg ut och när de kan tänkas få brorsbarn. Det sistnämnda får ölet i magen att koagulera.

Det sticker av besvikelse i ögonen. Han kanske har hårdare stålmage än jag trodde. Men Peders axlar har *äntligen* börjat höjas och sänkas i ryckiga rörelser och han har en aningen grön nyans i ansiktet som får mig att le. Han ställer ner stopet mot träytan med en smäll och puttar sig bort från bordet.

"Jag ska… gå och pissa." Hans systrar ignorerar honom och fortsätter surra med livliga rörelser. Han tar ett steg mot hallen men hans fotarbete är långsamt och han måste ta stöd mot dörrkarmen till köket. Hans axlar höjs i ett djupt andetag och han ruskar på fjäderdräkten. När han vänder sig om är han illgrön i hela ansiktet och svettdroppar glänser i pannan. Han stänger och öppnar ögonen som för att blinka bort svetten som rinner över de buskiga bryna. Jag släpper honom inte med blicken och det slår mig att surrandet bredvid mig runt bordet har tystnat. Jag måste kämpa med all muskulatur i hela ansiktet för att inte le. Det går en våg genom hans långa kropp och han kväljer högljutt när han slänger kroppen framåt och kramar om sin buk med båda armarna.

"Peder?" Gnäller en av hans systrar. "Att du var så dålig på att hålla din dryck hade jag aldrig trott." Han faller ner på knä som en jävla ek och håller ena handen för munnen.

Starka grejer det här ölet.

Hans systrar flyger skrikandes upp från stolarna. Peders kropp skälver i en skev båge och han hulkar fyra gånger innan han kaskadkräks ut på golvet framför honom så att både middagen och frukosten skvätter upp på spiskanten. *Blä.*

”Men herregud!” Utbrister någon utav systrarna bakom mig genom en hand för munnen. Jag vet inte vilken, jag är för upptagen med den fantastiska underhållningen på golvet. Han skakar så kraftigt att stopen på bordet darrar.

”Min make verkar inte må så bra,” säger jag med en så lugn röst att jag kommer på mig själv att jag kanske borde låta lite mer orolig. Jag förvränger rösten till en hetsig andning. ”Skulle en av mina svägerskor kunna springa efter medicine doktor på slottet? Han måste ha något medikament som hjälper mot *orolig mage.*”

Fan, där log jag. Ner med mungiporna igen idiot.

Peder spyr igen och denna gången har maginnehållet en något lilarosa ton. En av systrarna svär tyst och kliver runt bordet, noga med att inte trampa i spyan, och försvinner ut i hallen. Den andra sjunker ner på knä bredvid Peder och klappar honom hyssjande på ryggen.

<h1 style="text-align:center">30</h1>

Det är ingen trevlig syn att se en människa vrida sig i plågor med kroppsvätskor sprutandes åt alla håll. Om man är äcklad av en person innan det så snackar vi total, jäkla, föraktfull vämjelse efter den synen.

Jag hade nästan tyckt synd om kräket om jag inte avskydde honom mer är satan själv. Jag och Peders ena syster fick, efter en herrans massa försök, upp Peder för trapporna. Nu ligger han svettig och nersörjad i vår säng på vindsvåningen med kroppen vriden i en obekväm ställning. Riktigt äckligt.

Jag var extremt noga med att skölja ur och skrubba våra stop när jag sprang ner för att hämta kalla trasor. Det här är inte över än, om läkaren känner igen symtom på arsenikförgiftning är vi körda. Jag får inte lämna några spår, då riskerar jag både mitt eget och Gabriells liv. Jag har klappat mig frenetiskt flera gånger över fickan på förklädet där jag har den nästan tomma flaskan. Efter varje klapp måste jag nypa mig själv i armen för att bli av med det svaga hånflin som sprider ut sig när jag låter förhoppningarna om hans död ta över mitt förnuft. Det är inte över än. Det kan ta någon dag eller två, och jag har huvudrollen som förskräckt hustru i den här scenen. Jag har hört att kärleken gör folk mjuka, men jag har aldrig känt mig mer upphetsande brutal.

Hans ansikte är gråblekt och täckt av en kallsvettig hinna som hans syster ömt baddar med en blöt trasa där hon sitter bredvid honom på sängkanten. Hans läppar är blåaktiga och darrar, och runt munnen syns spår av uppkastningen och blod. Jag sitter på den lilla pallen vid skrivbordet och river i nagelbandet på höger hand. Ögonen i Peders huvud är vidöppna, stirrande, som om han ser något fasansfullt som ingen annan kan se. Jag antar att han vann stirrtävlingen.

Lukten i rummet är outhärdlig. En kväljande blandning av sjuklig sötma, sur öl, frätande galla och avföring sprider sig i rummet varje gång han öppnar sin käft eller vänder sig i sängen. Lakanen under honom är nedfläckade av otaliga mängder kroppsvätskor i olika kulörer.

Synd på så fina lakan.

Peders syster sitter förskräckt och hjälplöst på sängkanten med den lilla trasan i högsta hugg. Hennes ansikte matchar Peders i blekhet när hennes händer darrande försöker torka Peders panna. Min hud nopprar sig i en blandning av äckel och isande tillfredsställelse när jag ser bort på Peders klump till kropp.

Jag försöker känna lite skuldkänslor för ett ögonblick, men det finns inga. Inga alls. Ingen sorg, ingen ånger, bara en ett brinnande hat där den kalla tomheten en gång ekade.

Dörren öppnas och Peders andra syster stiger in, bakom henne svansar läkaren efter, dyngsur av snö. Han skakar av sig snön från en alldeles för tunn kappa för väderläget, och går fram till sängen, böjer sig över Peder och skakar på huvudet. Han håller sin kappärm för munnen och en enorm näsa med stora borrar. Stackarn.

"Godkväll herr Jacobsson, er syster bad mig titta till er," han ger

Peder ett vagt leende och vrider på huvudet. ”Skulle jag kunna få ta er puls?”

Peder spyr rakt ut över sitt bröst vilket får hans syster på sängkanten att gny i en skarp inandning och kasta sig åt sidan. Läkaren hoppar bakåt två steg och klämmer ihop händerna i ett nervöst knyte.

”Ajdå. Ingen fara herr Jacobsson, att purgera och rensa magen hjälper till att få kroppsvätskorna i balans, det verkar som att du behöver utrensa både slem och galla.” Läkaren går fram till sängen igen och känner på Peders puls med ett nypande grepp om hans handled, han ser ut att känna lika mycket äckel över att behöva röra vid min make som jag känner inför hela Peders uppenbarelse.

”Jag skulle tro att det är en salig blandning av vattensjuka och kolera. Det är såklart svårt att avgöra utan en ordentlig undersökning av urinen.” Han släpper Peders hand och torkar av fingrarna mot bröstet.

”Hur är avföringen?” Läkaren vänder sig till mig. Jag blinkar förvånat och öppnar munnen.

Vad ska jag svara på det? På golvet i köket?

”Utom kontroll.” Slår jag till med och försöker att spela den oroliga hustru-rollen så gott jag kan. Läkaren nickar långsamt med sin stora näsa i vädret och sätter ett finger på hakan.

”Vi vill inte störa magens digestion i onödan, så jag skulle vilja att ni tar sviskon, blåkål och fläderblad och blöter det i brännvin. Gör sedan en soppa på blandningen och försök få honom att behålla så mycket som möjligt. Behåller han inget av det får vi kanske gå vidare med åderlåtning.” Han slår med fingret mot hakan, rynkar sin stora näsa som en kanin och slänger en blick på Peder när ett blött och ansträngt ljud flyter ut under det tunna täcket. Läkarens ögonbryn sitter ihop till ett stort, när han går runt sängen och lutar sig närmare mig på pallen.

"Ni kan ge honom en blandning av sex skedar färsk kodynga och nymjölkad mjölk och sila blandningen genom en tät duk. Det ska drickas en gång om dagen, och om jag var ni skulle jag undvika att berätta för sjuklingen om tillverkningen, av erfarenhet brukar blandningen komma tillbaka upp om den sjuke vet vad han dricker."

Peders syster snyftar i små flämtningar nere på golvet där hon blev kvar efter Peders senaste kaskadspya. Hon är helt röd i ansiktet och stirrar elakt mot läkaren.

"Men kan ni inte göra något mer? Ni måste rädda honom!" Tårar rinner i små strimmor ner för hennes smala kinder. Läkaren sträcker sig till sin fulla längd och tittar tillbaka på Peder.

"Jag är ledsen. Det är inte mycket att göra, han är väldigt sjuk. Det ligger i Guds händer, ni kan inte göra mer än så, och be."

Jag sitter tyst kvar och observerar scenen med en känslolös blick. Hur mycket jag än försöker kan jag inte förmå mig själv att känna medlidande med vare sig Peder eller hans systrar. De får skylla sig själva. De borde ha insett vad han var för en man. Läkaren vänder tillbaka huvudet mot mig.

"Frun, jag beklagar, men ge inte upp hoppet." Jag nickar kort. Det börjar bli otroligt svårt att inte visa min lättnad över hela situationen. Han kan ligga där i sin egen avföring och svettas tills döden tar honom. Men jag ska kosta på mig ett sista litet skådespel.

"Jag klarar inte av att se min make i sådan pina," klämmer jag fram med en dämpad röst och slänger handen över munnen. Jag hoppas det ser ut som om jag försöker hejda snyftningar. "Ursäkta mig, doktorn, svägerskor." Jag smyger fram till andra sidan sängen som är fri från snyftande systrar, böjer mig fram, extremt noga med att inte nudda någon sorts kroppsvätska, och stannar några centimetrar ifrån Peders öra. Det är nära att jag själv kastar upp av hans lukt. Jag andas genom munnen, sänker rösten till en viskning och väntar tills jag är säker på att han är medveten om min närvaro.

"Jag hoppas att du fann frid, medan du krossade min." Det är så svagt att jag inte är säker på om han ens hör. Men hans kropp blir stel i sängen och han fladdrar med ögonlocken. Hans läppar rör sig svagt. Ett litet ansträngt gny är det enda som slingrar sig ut från Peders munhåla. Jag ler in i hans svettiga lockar.

"Jag gjorde det av kärlek."

Han drar häftigt efter andan.

Jag kysser honom på pannan, vänder mig om och går ut ur rummet. Jag drar baksidan av handen över läpparna, och lämnar läkaren, Peder och hans systrar ensamma med odören och låter det störta hånflin jag någonsin känt sprida sig fritt i ansiktet.

Jag hoppas verkligen att han dör, för om han inte gör det kommer jag ha slösat mina sista, snodda slantar på en rejäl rännskita.

31

Jag har aldrig tagit mig ner till slottet snabbare. Inte ens när far jagade mig med vedträt den där gången förmådde jag fötterna att röra sig så fort. Och nu rusar snön i stora virvlar runt mina fötter och jag får spänna vaderna för att inte anklarna ska vika sig när fötterna glider över isiga, gömda fläckar i blötsnön. Jag sneddar över borggården. Den kalla luften river bort hettan från kinderna och den sista strimman solljus som lyckas klämma sig igenom duntäcket av moln försvinner när jag springer in under valvet mot den undermåligt skottade inre borggården.

Kullerstenarnas ojämna former har blivit välbekanta små hinder och fötterna hittar själva fram i snön. Vid den lilla trappan som sträcker sig upp på innergårdens södra längas fasad skymtar jag Nils, fogdedrängen som drog bort Gabriell när han skulle ha ihjäl Peder i förmiddags. Han ropar något och slänger upp en vinkande hand, men jag har inte tid för hans dumheter. Jag är spänd som bågen på ett armborst av elektriskt adrenalin.

Jag gjorde det.

Jag gjorde det verkligen.

Eller i alla fall så startade jag något som förhoppningsvis leder till att jag äntligen blir fri att andas och känna den där känslan av lycka som blivit så avlägsen. Slippa blåmärken, hot, förakt, vildsinta utbrott och utnyttjanden. Fri från *honom*.

Snön dämpar alla ljud, men jag hör ändå ett litet eko av mina egna snabba steg mot kullerstenarna. Väggarna är höga, frostiga och kalla, fönsternischerna djupa och skuggiga, och de få lyktor som sitter i ojämna mönster längs med slottets vitputsade fasad flimrar svagt i den fuktiga luften och får min omgivning att skimra när ljuset bryts genom snöflingorna. Jag når den västra flygelns inre port och försvinner in i dess dunkla mörker. Nu gäller det att vara tyst.

Jag håller andan tills jag letat mig fram till den mörka tjänstetrappan som jag brukar föredra att ta mig in och ut ifrån slottet genom. Två våningar, en huvudkorridor, förbi våningens salong och sen tredje dörren till vänster. Där är Gabriells gemak.

Jag tar ivrigt två steg i taget i den branta spiraltrappan. Stegen knarrar svagt under mina fötter, men ljudet försvinner snabbt mot de stumma träväggarna som omger mig. Små fjärilar dansar runt i magen och mitt huvud snurrar av alla cirklar i trappan, men på det bästa sett man kan tänka sig. Lungorna skickar små, taggiga hackningar i bröstkorgen och en smak av järn sprider sig i min öppna, flämtande mun.

Men inget har någonsin känts så bra.

Lyktorna kastar ett flackande ljus på väggarna i den översta delen av trappan när jag når andra våningen och står framför en tung trädörr med järndekorationer runt gångjärnen. Jag stannar och lägger ena handen mot handtaget i mässing, och försöker hejda andningen något innan jag öppnar dörren på glänt och kikar ut efter eventuella nyfikna ögon. Huvudkorridoren utanför är tyst och mörk, så jag kliver ut och stänger dörren försiktigt bakom mig. Rocken har åkt isär efter min vilda språngmarsch i ovädret och fladdrar bakom mig som en mantel när jag snabbt tassar fram på tå genom korridoren. Jag passerar porträtten av grevens förfäder, deras högdragna blickar bränner dömande i nacken.

Har de aldrig sett en kvinna springa från ett mordförsök förut?

Tredje dörren till vänster, minns jag. Gabriells rum. Mitt hjärta slår i takt med mina andfådda små kippningar när jag passerar salongen där en svag ljusstrimma smiter ut och lägger sig raklång i öppningen ut i korridoren. Jag kommer inte längre än två meter förbi salongen när någon plötsligt säger mitt namn. Jag saktar ner stegen, håller andan och lyssnar. Inbillade jag mig?

Inifrån salongen hörs sprakandet från en eld och ett lågt mumlande.

”Anna?” Rösten är svag, men bekant. Jag tar några djupa andetag och torkar bort små tårar som bildats i ögonvrårna av vinterkylan innan jag vänder om och försiktigt kikar in i dörröppningen.

Vid en gröngul sittgrupp med sammetskuddar och förgyllda örnfötter sitter slottskaplanen framför en stor eldstad och ler brett mot mig. I handen håller han en rykande butelj. En söt doft av fläder och kamomill sprider sig i salongen. Jag kväver en gäspning.

”Anna! Jag tyckte väl att jag kände igen de där tassande stegen.” Han håller upp buteljen och skakar lite försiktigt på huvudet. Han sitter i bara kjorteln och en lång, fluffig, gräddvit rock med stora ärmar.

”Godkväll herr Gustavsson, vad gör du uppe så sent?” Jag tar ett sista djupt andetag och sneglar längtande bort mot mitt mål i slutet av korridoren.

”Det har varit en lång dag.” Det där kan han säga två gånger.

Han pekar inbjudande med buteljen mot fåtöljen på andra sidan det lilla, vita, runda bordet framför honom, även detta dekorerat med glänsande örnfötter.

"Vill du ha lite? Det är fläder och kamomill. Bra för sömnen. Och din näsa ser ut att behöva lite uppvärmning."

Jag ger upp och smyger in i salongen, drar av mig rocken och sjunker ner i fåtöljen framför eldstaden. Värmen från elden hettar mot min kalla, högra kind. Han ställer ner buteljen på det låga bordet framför oss och sätter ner händerna i soffkudden för att häva sig upp. Jag slänger upp handflatorna innan han hinner resa sig.

"Jag står över teet dock, men tack. Jag ska faktiskt... försöka att lägga mig snart ändå." Han sjunker ner i soffan igen och slänger ett ben över det andra.

"Jasså? Skyll dig själv, det gör under för sömnen. Man sover som ett barn. Det är pojkarnas favorit." Hjärtat blir alldeles varmt när jag tänker på deras stora, bruna rådjursögon och rosiga kinder. Slottskaplanen vänder ansiktet mot eldstaden och blundar lugnt. Hans hackspettshaka sträcker sig längtansfullt mot eldstaden. En liten, grå tofs av skägg längst ut är den enda ansiktsbehåringen som mjukar upp hans kantiga ansikte.

"Pojkarna är så lika dig på många sätt, speciellt Markus. Samma kämpaglöd, du vet." Mina kinder gör nästan ont av leendet som breder ut sig över läpparna. Men det kan nog också ha lite med adrenalinkicken som fortfarande inte har lagt sig att göra.

"Björn är nog mer lik Joen i sättet. Alltid redo att hjälpa till. Jag vet inte vad jag skulle gjort utan Joen när min stackars kropp inte orkar bära bördan av uppfostran. Och han och Björn har faktiskt liknande... små ansiktsdrag." Hans röst blir svagare för varje ord.

Jag stelnar till och tittar fundersamt på honom.

"Ja, han är väldigt lik Joen." En ängslig känsla kyler ner min redan iskalla mage ytterligare.

Hur länge har jag haft huvudet nergrävt i mitt avgrundhål egentligen?

Slottkaplanen ler lugnt.

"Ja, han är en fin pojke. Det måste man erkänna," sen försvinner hans leende in i elden. "Väldigt beskyddande av Elin. Ibland mer än vad jag önskar." Något surt jag inte kan sätta fingret på sprider sig i hans ansikte och han drar handen över munnen i en irriterad gest. "Ibland mer än vad jag klarar av att se." Avslutar han och skakar lätt på huvudet, fortfarande blundandes in i eldstaden.

Min blick hårdnar. Jag klappar på fickan till förklädet. Flaskan.

"Tycker man inte att han borde ha skaffat sig ett eget fruntimmer att uppvakta vid det här laget? Sedan Björn föddes har han varit som en konstant flisa man inte lyckas pilla bort ur köttet. Och Elin verkar inte se hans trånsjuka blickar," hans ögonlock fladdrar enerverat. "Hon undviker samtalsämnet som den svarta farsoten."

"Joen har alltid haft ett för stort hjärta för hans eget bästa. Han vill nog bara försöka ta hand om Elin och pojkarna. Som om de vore hans egna." Svarar jag och hoppas vid Gud att slottskaplanen är lika naiv som jag tydligen har varit de senaste åren.

"Det är just det som är problemet." Muttrar han till svar.

Jag vet inte om det är adrenalinet, eller oro för Elin och pojkarna, eller om jag bara är så förstörd att min förmåga till tillit är helt bortbränd och alla små hintar av illvilja innebär fara i mitt huvud, men en enorm beslutsamhet tar över hela mitt jag.

Slottskaplanen blundar fortfarande in i elden med en liten rynka mellan bryna. Han tippar lätt med en toffelklädd fot i luften som han vilar över det andra knät.

Eller kanske så är jag bara rent ond, för innan jag hinner tänka en enda logisk tanke har jag fått upp flaskan, öppnat korken och strött de små korna av pulver som ligger kvar i botten, ner i hans butelj med sömndryck och stoppat tillbaka flaskan i fickan på förklädet.

För Elins skull, intalar jag mig själv.

Vad i *helvete* håller jag på med? Skit samma, nu är det för sent. Det är inte ens säkert att det räcker för att få någon effekt alls... Och vad som än händer har hon Joen. Slottskaplanen är ändå gammal och sjuk. Jag kan bara ha skyndat på det hela lite...

"Jag antar att jag borde vara tacksam för hjälpen, avund är ingen egenskap jag vill besitta, men Gud ska veta att det är svårt att inte snäsa åt hans håll när tålamodet börjar vackla." Viskar slottskaplanen och vickar lite mer frekvent på foten.

Bröstkorgen knyter sig i dubbla knutar. Jag sträcker på ryggen och rättar till förklädet innan jag harklar mig.

"Vi är bara människor herr Gustavsson, jag tror att vi glömmer av det ibland. Avund ger oss också en chans att visa oss tålmodiga."

"Ja, det har du nog rätt i." Han nickar in i elden.

"Jag måste nog bege mig, jag har någon som väntar. Men tack för pratstunden herr Gustavsson, hoppas teet hjälper med..." Jag avbryter mig själv, det kan nog vara smart att rikta så lite uppmärksamhet till buteljen som möjligt. Han kanske glömmer av det..?

Slottskaplanen öppnar långsamt ögonen och sätter ner båda fötterna i golvet igen.

"Juste, ja det hoppas jag med, jag skulle behöva en riktigt lång, djup sömn och rätta till tankarna lite." Svarar han och sträcker sig efter den rykande sömndrycken.

Skit också.

"Godnatt Anna, och hälsa hem till herr Jacobsson."

Jag drar upp rocken från fåtöljens armstöd och skyndar ut i korridoren innan jag hinner se honom föra buteljen till munnen.

Hjärtat slår hårt mot revbenen och jag känner min egen puls i halsen. Jag är inte stolt över det, men en kall tillfredsställelse sprider sig inom mig. En fågel mindre att jaga. Jag vrider på kroppen åt båda hållen för att försöka bli av med den irriterande knuten i magen. Den sitter kvar.

Nej... Det var kanske inte tillfredställelse förresten.

Det är skuldkänslor.

Kalla knyten av skuldkänslor.

Min hand darrar lätt när jag lägger den på dörrhandtaget på den tredje dörren till vänster. Måtte han vara vaken. Sekunden jag trycker ner handtaget och öppnar dörren känner jag den lättnande pusten som alltid lägger sig runt mig bara av att vara nära honom.

Rummet badar i det svaga skenet ifrån ett vaxljus på sängbordet. En dov värme sprider sig från den mycket lilla eldstaden mittemot den enorma sängen. En stor gobeläng med vackra blomstermönster hänger på väggen ovanför den. Luften är mild av något sött och blommigt. Lavendel kanske? I rummets bortre ände, inbäddad mellan ytterligare två gobelänger, står en stor garderob på vid gavel. Bredvid det mörka, frostiga fönstret sträcker sig en bokhylla full av röda och svarta böcker från golv till tak.

Allt känns så hemtrevligt och fridfullt. Varmt.

Jag suckar högt av lättnad när jag ser Gabriell sitta lutad mot sängkarmen med benen hopvikta framför sig. Boken i hans händer är liten och brun, inbunden i något som ser ut som läder, med ingraverade motiv av rankor och drakar. Sidan han har uppslagen visar en färgglatt målad, blågrön skog med en vit fläck i en form som liknar en häst. Jag hade aldrig trott att jag skulle få se Gabriell läsandes, än mindre en sagobok.

Det förvånade flinet jag ger hinner knappt visas innan jag känner av knytet i magen igen. Gabriell tittar upp ur sagovärlden och tiden står stilla i några sekunder, innan han slänger ifrån sig boken på överkastet. Den landar med en dov duns. Mitt hjärta börjar genast slå i rätt takt och jag kan börja trassla upp knuten i magen när han slänger benen över sängkanten och reser sig upp. Med långa, nästan desperata steg minskar han avståndet mellan oss tills det nästan är obefintligt och lägger händerna mjukt om min nacke.

”Anna?” Hans fingrar är varma mot mina kinder när han tippar bak mitt huvud så att våra ögon möts. Han granskar mitt ansikte, antagligen på jakt efter nya skador, och låter sedan blicken glida till min hals och stirrande fästa sig på vad jag antar fortfarande är små halvmånar och ett rödlila halsband av stryptaget från i förmiddags. Det gör inte ont längre, men jag andas fortfarande lite ansträngt och det raspar lätt när jag pratar. Gabriells käke spänns flera gånger.

”Jag borde ha slått ihjäl han. Förlåt. Nils och Elin varnade mig att inte göra saken värre. Nils har suttit och garderat dörrarna som en jävla vakthund utanför slottet. Förlåt mig." Säger han lågt.

"Jag mår bra, bättre än bra faktiskt." Försäkrar jag honom med ett leende och håller om hans handleder, men han tar inte sin oroliga blick ifrån min hals.

"Du darrar ju? Vad har hänt?" Han blinkar, flyttar blicken för att möta min och kysser mig lätt på pannan. Jag sjunker in i hans famn.

"Jag gjorde det."

32

När jag sträcker på mig i den stora sängen, insvept i de mjuka lakanen morgonen därpå sticker det ömt i halsen och när jag vänder mig om bort från den irriterande morgonsolen som lyser in genom fönstret, och vilar blicken på Gabriell bredvid mig, drar det obehagligt i sidan av revbenen. Kakan av blåmärken som sträcker sig från min sida, bort bak mot ryggraden börjar smått blekna till en färg som mer liknar vintergrönans ljusa, blålila, vårblommor än dess mörkgröna, grova blad, men den skapar ändå ett störmoment så fort jag vrider kroppen åt fel håll.

Men jag lever, och inte bara det, det går ett vibrerande lyckorus från långt in i benmärgen ut i fingertopparna. Det är nästan över.

Jag trycker händerna mot hjässan så att det tunga täcket glider ner till under bröstkorgen. När som helst ger kräket upp, och vi kan vara tillsammans, utan pickande fåglar, utan att spendera dagarna tassandes på tå. Livet kan bara få vara en bekväm, trygg, villkorslös existens. Om nu inte mot förmodan Peder drämmer till döden när hon ska hämta honom, och kravlar sig upp ur havet av kroppsvätskor. Jag hoppas innerligt att Peders systrar varit för upptagna med att badda svett och blanda ko-skits-drycker för att märka hur länge jag varit borta.

Jag borde verkligen gå… *Snart.*

Jag släpper ner händerna på täcket och vrider huvudet från taket mot Gabriell, och känner hur lungorna fritt kan använda allt syre i hela rummet. Han sover fortfarande, liggandes på sidan, och hans bröstkorg höjs och sänks i lugna andetag. Hans vanligtvis hårda linjer i ansiktet mjuknar i en gyllene ton av morgonljuset som lyser upp hans ansikte och får ärret över hans högra bryn att glimra svagt rosa. Det är första gången vi vaknar tillsammans efter att solen gått upp, innan jag har varit tvungen att smyga tillbaka ut ur slottet. Hans arm har hållit om mig hela natten, och hans värme vyssjade in mig i den bästa sömnen jag någonsin fått. En sådan där sömn när man nästan är så utvilad att man är tröttare när man vaknar än när man gick och la sig. Jag hade kunnat beundra hans lätt särade, röda läppar, vinklarna i hans stora arm framför kroppen, det silverfärgade ärret över hans högra axel som sträcker över hans bröstkorg ner in under täcket för resten av mitt liv.

Jag höjer ena armen och följer de vita konturerna av ärret med fingertopparna. Han rynkar näsan och öppnar kisande ögonen i en stor gäspning.

"Godmorgon." Det raspar mörkt fram från hans nyvaknade hals.

"Instämmer." Jag drar tillbaka handen och han rullar lätt med axeln så att musklerna rör sig i vågor bak över skuldran och fram över bröstkorgen.

Gårdagens natt var ett vimmel av lycka, efterlängtad sömn, ren upphetsning och långa samtal om vartannat. Jag kan aldrig få nog av den här människan. Hans utforskade, nyvakna ögon och rufsiga lockar mot kudden får blodet i kroppen återigen att hettas upp i en åtråvärd längtan efter att sträcka mig närmare. Jag blir mjuk i alla leder, muskler, varenda cell. En del av mig hatar att erkänna det. Men jag är inte helt och hållet, galet besatt av honom längre. Mitt hjärta slår inte ojämna slag när han tittar på mig, det känns inte som fyrverkerier som exploderar eller stormar över sjön. Den här kärleken är lugn och tyst, den får mitt hjärta att slå långsammare, stadigt. Tillåter mig att läka. Det är inte som jag förväntade mig att kärlek skulle vara, men jag tror att det är den sortens kärlek jag behöver. Han kan hetta mitt blod och få pulsen att stiga av upphetsning, *absolut*, men när vi inte är intrasslade i varandras armar och ben flyter jag runt i en kokong av lugn och ett trivsamt, rofullt varande.

Det tjocka täcket prasslar dovt när han reser sig på armbågen, lutar sig framåt och pressar sina mjuka, varma läppar mot min kind.

"Jag tycker det är konstigt att ingen riktigt vet." Rosslar han nyvaket. Jag lägger huvudet på sned i en tyst fråga.

"Om ditt riktiga jag. Inte fullt ut. Inte de delar du begravt djupt, inte de tankar du håller för dig själv för att de är för tunga, för hemska, för mycket," han lägger en hand mot min kind. "De ser ytan, skalet, de noga utvalda orden, den sida av dig som känns trygg att visa. Men resten? Rädslorna du bär på i tysthet. Vad du har genomlidit. Hur långt du är beredd att gå av hat och orättvisa."

Min blick glider ut i luften ovanför hans axel och jag suckar när jag inser att han har rätt. Knappt han har fått höra vad jag tänkt, och gjort, under de åren som gått. Den sarkastiska, likgiltiga muren jag byggt upp för att inte brinna inne i min egen kropp har karvat sig in i vartenda ben, varenda nerv. Om någon såg mig, hela mig, skulle de ändå stanna? Eller skulle de ta ett steg tillbaka, osäkra på vad de skulle göra med allt mitt kaos. Det kanske är därför jag håller delar av mig själv dolt. Även för Elin, Joen och honom. Inte för att jag är rädd för att bli sedd, utan av rädsla för att bli missförstådd och lämnad ensam *igen*. Och ändå, någonstans gömt bakom murväggen pyr en önskan om att få riva den, sten för sten.

”Jag ser dig, hela dig, och jag är fortfarande här.” Hans hand är mjuk mot min kind när han vinklar huvudet så att hans blåa blick möter min gröna igen.

”Jag förälskade mig inte i dig för att jag var osäker eller ensam. Långt ifrån. Jag trivdes i ensamhetens tystnad efter att mina föräldrar lämnade jordelivet. Jag älskar dig för att du gav ljus till en plats som jag inte ens visste var mörk. Du gav mig den där känslan som folk letar hela livet efter. Du visade mig en sorts lycka som jag aldrig visste att jag saknade. Tysta stunder kändes trygga, som om varje sekund hade en mening som jag inte ville slösa bort en enda av.” Hans tumme stryker löst mot min kind och han låter sedan handen dras neråt och landa mjukt där nacken möter nyckelbenen. Jag sluter ögonen.

”Jag visste inte att man kunde bli beroende av någons ögon förrän jag först mötte dina gröna. Det handlade inte om att hitta rätt person vid rätt tidpunkt, utan att skapa rätt tidpunkt med dig. Jag hoppas att du vet att medan du kämpar i ditt mörker, står jag i hörnet med ett tändstål, redo att tända eld på allt och gå med dig genom lågorna. Säg *ett* ord och jag kommer att bränna ner hela ön för dig.”

”Jag är fortfarande inte hel Gabriell, jag vet inte om jag någonsin kommer bli hel.” Svarar jag svagt. Jag är livrädd att han ska inse att mina spegelskärvor riskerar att ge honom skärsår om han kommer för nära.

”Imorgon blir bättre.” Lovar han.

”Och om det inte blir det?”

”Då säger du det igen när solen går ner. Någon gång kommer imorgon att vara bättre.” Han skjuter sig uppåt i sängen så att täcket glider av oss, och lutar sig sedan fram igen och kysser den mjuka delen av halsen där nacken möter käken. I en enda rörelse tar han tag i min höft med ena armen och jag blir sittande gränsle över honom.

Ojsan. Ett leende smyger sig tillbaka över läpparna när hans ena hand smeker sig upp från min höft, över midjan och stannar så att hans fingertoppar precis vidrör kupan av mitt bröst över särken. En ilning av vällust går genom ryggraden när jag lutar mig fram och pressar läpparna mot hans med handflatorna vilandes mot hans bröstkorg. Jag fångar hans underläpp mellan mina tänder och biter försiktigt. Beroendet får mitt huvud att snurra. Jag är definitiv helt berusad av åtrå, och han verkar vara lika körd som jag.

Han flyttar min höft framåt något med den andra handen i ett fast grepp så att jag känner hela honom under mig. Den här typen av desperation är inte ens rimlig, men det här är det enda jag vill göra. Jag kan inte få nog.

I ett svep får jag av mig den långa, vita särken och sjunker ner mot honom igen. Huden prickar sig och jag drar efter andan när ett hest instämmande rymmer från hans läppar och han drar handen långsamt mellan kullarna av mina bröst och upp runt nacken.

Hur kunde ens tanken på att gå tillbaka upp mot trumpetartorpet finnas i hjärnan när jag kan sitta här?

Hans fingrar letar sig in i mitt hår och han låter blicken granska varenda centimeter av min blottade överkropp. Det borde kanske kännas utlämnande, men det gör det inte. Inte det minsta.

Musklerna i hans hals spänns när hans ögon först fastnar vid strupen och sedan vidare ner till revbenen.

"Jag vill inte göra dig illa." Viskar han bekymrat.

Han får inte sluta.

"Men vafan, Gabriell, såhär ängsligt var det inte igår?" Jag ger han ett snett flin och rynkar pannan.

"Det var mörkt, det såg inte lika… blått ut." Han lägger huvudet på sned och låter fingrarna glida ur mitt hår och landa över fläcken av ömmande hud vid min sida. Jag tar hans hand och kysser handflatan.

"Jag är inte *så* skör. Så skärp dig och ta mig, innan jag springer hem till Joen och söker värme där istället." Retas jag och trycker fram höfterna så jag känner hans magmuskler spännas till svar. Han pressar samman käken och ger mig en trött blick som säger att han inte uppskattar min fantastiska humor, och flyttar istället våra händer ner till mitt innerlår och drar retandes våra fingrar precis *bredvid* där jag vill ha dem. Och sedan sakta, sakta närmare. Det pirrar långt upp i ljumsken. Han för in handen hela vägen mellan mina lår och jag flämtar så hastigt att det smärtar i bröstkorgen. Skit samma, bara han inte slutar.

Jag trycker höfterna mot hans hand och en exploderande hetta tar över mig när han ökar friktionen med sina fingertoppar, och jag måste ta ett stöttande grepp med en hand mot hans breda axel. Kinderna hettar våldsamt när han låter två fingrarna svepa över min öppning och sedan mjukt in. Jag kastar bak huvudet och det vibrerar kittlande i nedersta delen av magen när hans fingrar känns *överallt*.

Mer, det är precis vad jag behöver nu.

Inte försäkrande, trygga ord om att imorgon blir bättre.

Mer.

Jag tror nog jag dör annars.

Mina muskler spänner sig runt honom och jag följer hans långsamt stötande, krökta fingrars rörelser med höfterna. Djupare. När han lägger handflatan mot mig och matchar fingrarnas rörelser in, ut, runt, kniper jag hårt med låren om hans hand för att inte totalt tappa förståndet av den varma, bultande friktionen. Ännu lite hårdare. Jag är så nära kanten att jag snart kommer trilla huvudstupa över den om han fortsätter. Varje smekning med handflatan, varje rörelse med fingrarna, känns som en gnista genom varje liten nerv tills jag darrar av beröringen. Det enda som håller kvar mig i verkligheten är mitt grepp om hans axel när han vrider handleden för att komma djupare och pressar upp handflatan mot mig i snävare, hårdare, snabbare drag.

Det knuffar mig så långt över kanten att orgasmens första våg skickar en darrande, *helt jävla ofattbar* njutning från mitt inre ut i hela kroppen. Det är för mycket och inte tillräckligt på samma gång. Det blixtrar små, vita kristaller i mitt synfält när jag flämtandes tar mig igenom vågorna.

När kroppen äntligen kommer ner på jorden igen måste jag blunda hårt och lutar huvudet mot hans panna.

En rå, bultande längtan väller upp i alla sinnen och jag inser plötsligt att han har alldeles för mycket kläder på sig.

Så in i *helvete* för mycket kläder.

De ska av.

Han lyfter höften så att jag blir sittandes på knä gränsle över honom, och tar tag i sin egen byxlinning och lirkar ner dem till knävecken. Han ger ifrån sig ett instämmande muller när jag låter han snudda vid min mynning, dras fram, och tillbaka, och sedan långsamt in. Han fladdrar med ögonlocken och kastar huvudet bakåt mot sängkarmen samtidigt som han juckar upp med höften, och hans grepp vid min egen höft trycks nedåt för att få *mer*, komma djupare.

Mina andetag kommer fortare och fortare för varje gång jag långsamt lyfter och sänker knäna mot madrassen. Mot honom.

Han lämnar våra gemensamma strykningar mot min mitt, lyfter sin hand till min nacke och drar mig ner mot sig mellan stötarna. Våra munnar möts återigen i ett tumult av djupa kyssar, tungor och nafsande tänder och jag måste ta spjärn med intrasslade fingrar i lakandet vid sidorna av hans huvud. Mitt hår hänger som en kittlande inramning runt våra ansikten och luften blir fuktig av flämtningar och njutning.

Det var *exakt* det här jag behövde.

Hans ena hand greppar fortfarande kring mitt höftben, hårdare, när han tar sats med höfterna och driver ut varenda logisk tanke ur mitt huvud, och börjar en djup rytm, låter fingrarna kring nacken glida in i mitt hår och klämmer åt.

Fullständig jävla *extas* sprider sig i varenda nerv.

Jag kysser honom andlös medan han stöter sig mot mig igen, och igen, och igen. Sväljer ivrigt hans stönanden som smiter över hans läppar.

Låren darrar och min andhämtning blir stötig när trycket byggs upp i mig igen och flodvågen av njutning stramar i hela kroppen.

Mitt hjärta hamrar mot revbenen när en explosion av trä mot trä kolliderar någonstans bakom min rygg.

Gabriell rycker till, hans kropp spänns som en stålfjäder och hans ögon är vidgade av en omedelbar skräck i ljudets riktning, vilket får mig att slänga runt huvudet och ser dörren till korridoren stå vidöppen.

Allt blod rinner ur skallen och syret i rummet verkar ha bytts ut mot en tjock gas. Våra kroppar kolliderar, bröstkorg mot bröstkorg, när Gabriell abrupt slänger upp överkroppen och blir sittandes i sängen med armarna omkring mig.

”Vad i helvete..?” Viskar han, rösten kvävd av panik och förvirrade flämtningar.

Tre bredaxlade män, klädda i vad jag omedelbart känner igen som Brahes blåa vaktuniformer, fyller mitt synfält, deras ansikten snöblöta och hotande. En röst skriker inom mig i en desperat, tyst protest samtidigt som en isande kyla blandas med den brännande lusten och får mig att skaka våldsamt i hans omfamning.

Gabriell reagerar nästan fortare än jag hinner registrera männen i dörren som nu kommer mot oss med klackande steg, deras högerhänder i ett kraftigt tag om varsin värja med tjocka, massiva guldhandtag vid deras sidor.

Jag blinkar och den mjuka Gabriell jag nyss omfamnat är borta, kvar finns bara en militärisk överste. Han kastar en arm över mig, griper tag i täcket bakom oss och drar det runt min blottade överkropp som en skyddande barriär mot vaktarnas blickar. Jag sträcker kroppen efter min särk, drar den över huvudet och kliver av Gabriell, fortfarande med täcket hårt tryckt mot bröstet. Mitt ansikte är blossande hett. Varje pulsslag hotar med att slå mig omkull.

Vad i *helvete* händer? De kan inte veta redan..?

Vakterna har inte hunnit mer än tre steg in i rummet innan Gabriell, snabbt och beslutsamt, dragit upp byxorna han haft vid knävecken och slängt benen över sängkanten. Hans blottade ryggtavla skymmer min sikt mot de tre männen och hans ena hand är lätt vriden bak åt mitt håll, den andra avslutas i en hårt knuten näve vid hans sida.

”Stanna bakom mig.” Hans axlar höjs och sänks i djupa andetag när han sänker röstläget till den krävande, hårda överste-röst han använder så fort vi inte är ensamma.

”Vad i helvete gör ni här?!” Hans röst är rå, på något sätt full av både panik och total kontroll. Männen stannar upp, en av dem ett steg närmare oss än de andra. Hans hår är tjockt och sitter som en brun råglimpa mitt på huvudet vilket gör att han får en enorm panna.

”Fru Jacobsson,” vaktens röst är kall, officiell. ”Ni är anhållen för misstanke om mord på er salige make, Peder Jacobsson.”

Orden slår mig i magen så jag tappar andan.

Han är död. Redan.

Hur fan kan de veta *hur* han trillade av pinnen?

Jag har ju kvar flaskan… *helvete* flaskan.

Den ligger kvar i fickan på förklädet som nu ligger i en hoptrasslad hög tillsammans med resten av både mina och Gabriells kläder, ungefär fyra steg åt höger från vakten närmast oss. Men jag är inte dum nog att rikta uppmärksamheten ditåt genom att snegla ner på klädhögen, utan fokuserar blicken på toppen av det vita ärret som syns slingra sig upp runt Gabriells axel istället. En våg av frätande illamående sköljer över mig, dränker mig, men under den kväljande känslan finns också en dov, pulserande känsla av… lättnad.

En isande, blå låga av belåtenhet. *Han är död.*

Vakten lutar sig åt sidan och studerar mig med smala ögon i sängen bakom Gabriell. Jag sliter min blick från den beskyddande rygg-muren framför mig och koncentrerar mig på de tre hoten framför Gabriell. Jag ser ingenting annat än beslutsamhet och orderföljande i vakternas sex ögon. En av dem har satt båda nävarna om värjan vid hans sida.

"Och med tanke på vad vi precis gått in på, kanske äktenskapsbrott borde adderas till anklagelserna." Vakten ler föraktfullt och jag drar täcket närmare kroppen. Gabriell tar ett steg åt sidan och blockerar vaktens skärskådande blick.

"Ni kan inte bara komma in här och anklaga någon för dråp utan bevis. Vad är det här för nonsens, vad är det ni tror att ni vet?" Gabriells röst skär genom rummet, full av auktoritet.

Jag kallsvettas. Hur kan det ha gått så fort?

"Med all respekt överste, det behöver ni inte veta. Kom med oss, fru Jacobsson. Det här behöver inte sluta i våld om ni samarbetar." Vaktens röst är bister, orubblig, när han vinkar fram de andra två vakterna som lydigt stått och väntat bakom honom. Gabriells kropp är orörligt spänd.

"Rör henne och ni dör." Lovar han hotfullt och med ett livsfarligt lugn som får det att snurra i huvudet. Trots att hans ansikte är vänt bort från mig skulle jag kunna svära på att jag ser honom bita ihop käkarna.

En av vakterna tvekar och vänder blicken till vad jag antar är den med högre rang närmast oss. Han har två utmärkelser på rockkragen till skillnad från de andra två. Han lägger huvudet på sned och drar upp sin hand i en viftande gest mot Gabriell.

Fan, Gabriell får inte ingripa, han kan inte bli inblandad mer i det här.

De är för många, och jag som är svagare än en torr grankvist kommer inte vara mycket till hjälp om det urartar.

"Flytta översten." Vakten börjar bli rödfläckig i ansiktet när han uppenbarligen börjar tappa tålamodet.

Vakterna anfaller. En virvelvind av våld exploderar i rummet. Tre mot en. Den med högre rang kommer rusandes de sista stegen och försöker ta sig förbi Gabriell, på hans högra sida, som inte tvekar när han fäller ut ett lår i det hastigt krympande avståndet mellan oss, och vakten faller ner på knä. Han tappar sin värja som han har hunnit dra upp från sidan och skriker ynkligt i smärta när han träffar marken.

Men de andra två har gått till anfall samtidigt, och de är framme på kortare än en millisekund. Gabriell hinner precis få upp en arm i deras riktning och träffar en av dem med armbågen i hans haka så att tänderna skallrar högt, vilket får honom att tappa fart. Men han stannar inte. Utan stapplar sig fram med vänsterhanden om käken och slår med höger hand efter Gabriells arm. Gabriell duckar och drar in armbågen i sidan på vakten så att ett pustande stön kommer ur munhålan på honom.

Den tredje vakten är framme vid sängkanten och tar tag i min arm vilket får mig att väckas ur min fastfrusna ställning och jag sparkar ut med benet. Det smärtar till ända upp i revbenen och jag tappar andan när jag tar sats och skjuter honom så långt bort jag kan och grimaserar mig genom den skarpa smärtan. Det blir inte en hård spark, men han släpper greppet om min överarm och slänger ut armarna för att hitta balansen.

"Grip flickan! Hur jävla svårt ska det va?!" Beordrar den första vakten andfått som nu tagit sig upp på fötter och griper återigen hårt om sin värja. Han ragglar några steg bakåt och låter de andra två hantera Gabriell med munnen vidöppen.

Jävla fegis.

En av vakterna gör ett utfall med sin värja och Gabriell måste snurra undan för att inte få den i ryggen. Vakten som greppade efter min överarm utnyttjar att Gabriell är upptagen med att inte bli uppsprättad och försöker återigen parera sig förbi honom och slänger sig efter mig. Jag kastar mig bakåt mot sängkarmen och slår i bakhuvudet så att tänderna skakar men lyckas i alla fall undkomma hans gripande händer.

Gabriell svänger runt och spärrar skräckslaget upp ögonen.

"Bakom dig!" Skriker jag när jag ser den första vaktens ansikte förvridas i ilska, och han gör ett utfall och knäar Gabriell i sidan som flämtar efter andan och böjer sig över sig själv. De andra två vakterna släpper fokuset på mig och griper efter hans armar, böjer dem bakåt i skeva vinklar mot hans rygg.

Den första vakten klickar med tungan mot gommen och kliver fram bakom Gabriell som kämpar för att dra sig ur de båda männens grepp. Hans knän sviktar. Mitt hjärtat far upp i halsgropen. Vakten höjer värjan i en rörelse som om han skulle skilja Gabriells huvud från hans axlar men vrider handleden i sista sekund och drämmer till honom hårt i bakhuvudet med det massiva handtaget på värjan. Madrassen buktar sig under hans vikt när han faller framåt, handlöst, ner i sängen.

"Gabriell!" Jag skriker rätt ut och kastar mig om honom. Men min röst är kvävd, drunknar i vakternas rop, när de lutar sig över hans kropp och griper tag i mina armar och sätter mig i ett liknande grepp som de hade honom i. Mitt utsläppta hår är det sista som nuddar honom innan vakterna sliter mig bort från Gabriell, bort från sängen, bort mot dörren. Tyget i den långa särken trasslar in sig kring mina ben när jag slår, sparkar, skriker, men deras grepp är som järnfängsel.

Fan vad jag har blivit löjligt svag.

Gabriell ligger orörlig med ansiktet mot madrassen och med armarna längs sidorna. Skräcken har tagit ett hårt grepp om strupen. Jag famlar med händerna bakom ryggen men får bara tag i min egen klädsel när jag backandes tvingas lämna rummet och vi stapplar ut i den tomma korridoren utanför.

Hur i helvete ska jag ta mig ur det här?

"Släpp mig! Vad håller ni på med?!" Något hårt träffar min tinning och världen snurrar ett ögonblick, innan allt blir svart.

33

Ett tag tänkte jag att om jag bara lät mina ögon anpassa sig, så skulle någon svag kontur bli synlig. Det finns ingen glimt av månsken, inga lyktor i korridorerna utanför cellen under slottet.

Bara mer och mer mörker. Jag kanske har blivit blind?

Jag har utforskat varje centimeter av cellen med mina fingertoppar. Unket, blött, mättat, kallt. Helt livlöst. Fuktig, sur luft sipprar in genom springorna i väggen och letar sig in under min särk. Jag drar den tätare omkring mig, men det hjälper inte mycket mot den bitande vinterkylan som genomsyrar min cell. Min rygg värker av att spendera dagarna sittandes på det råa stengolvet och mina ögon svider av salt från gamla tårar som äntligen verkar ha tagit slut.

Hur *fan* kunde mitt liv bli så här? Inspärrad, anklagad för att ha förgiftat min man. Det är ju sant, men ändå. Han förtjänade att lida mer.

Det är så mörkt i cellen att jag inte ens ser min egen hand framför mig. Ibland undrar jag om jag redan är död. Kanske detta är helvetet.

Önskan att inte existera är inte samma sak som att vilja dö. Det är en längtan efter lättnad, efter en flykt från tyngd. Ingen smärta, inget ansvar, bara lugnet i att inte finnas till. Jag längtar efter att få glida iväg, inte mot ett tragiskt slut, utan in i ett tomrum dit världen inte kan nå.

Där jag för en gång skull kan känna mig viktlös. Ibland känns tanken på att försvinna som den mest barmhärtiga önskan jag kan tänka ut i mörkret.

När det äntligen hörs ett ljud utanför cellen är det öronbedövande. Dörren öppnas och bländande, *bländande* ljus exploderar in från en svajande lykta vid någons sida. Jag fumlar tillbaka in i hörnet av cellen och täcker mina ögon med handflatorna.

"Res henne upp, låt oss se om hon fortfarande är lika tystlåten."

Grova händer drar bort mig från hörnet och försöker bända mina händer från mina ögon. Även med ögonlocken hårt sammanpressade känns smärtan från den plötsliga ljusstyrkan som knivar i hornhinnorna.

Jag kallsvettas igen. Varje cell i min kropp skriker åt mig att ta mig undan. Jag kan inte slita mig loss. Min fångvaktare verkar knappt märka att jag vrider mig i hans grepp. Jag släpas ut genom en korridor och vi stannar vid en dörr på andra sidan. Någon knackar mot trä.

"Kom in." Säger en dämpad röst och dörren öppnas.

"Sätt henne där borta."

Jag känner hur min kropp släpas in i rummet och jag faller sedan till knäna. En krossande tyngd slår plötsligt till mig i ryggen och tvingar ner mig mot det fuktiga stengolvet. Jag kan inte andas under trycket och kämpar för att dra ner syre i lungorna när min käke trycks ner mot det hårda underlaget.

"Trevligt att se dig igen Anna! Det här kommer tyvärr att göra ont. Väldigt ont."

Det känns som att min kropp flås när det första, rappa piskslaget studsar mot ryggen.

Jag vet inte hur länge det varade. En kortare oändlighet?

Jag borde ha dött flera gånger om. Smärtan sliter genom mig som eld. Särken klibbar sig i något blött på ryggen. Jag kan inte röra mig, det känns som att mitt inre vrider sig till knutar i ett försök att undkomma smärtan. Mitt huvud bultar och det ligger ett tungt, okänt tryck mot bakhuvudet. Jag slår upp ett suddigt öga och ser blurriga, blåa klumpar som måste vara vakterna. Allt är så plågsamt ljust, men jag kan urskilja vaga former, och efter ett tag gör ljuset mindre och mindre ont.

Eller rättare sagt, andra saker gör mer ont än vad mina ögon gör.

Jag står upp? En vakt på varje sida med ett fast grepp om mina armar. De måste nog hålla uppe hela min tyng. Jag prövar benen och till min förvåning bär de mig faktiskt någorlunda. Någons röst mullrar dovt i bakgrunden av mitt bultande huvud och vakternas grepp lossnar.

Mörker börjar sippra tillbaka till kanterna av den ljusa gegga som är mitt synfält. Det skärande ljuset bleknar allt mer, tills allt jag kan se är mörker och ett bekymrat, suddigt ansikte som simmar framför mig.

Mina ögon rullar tillbaka och jag faller.

Ingen fångar mig.

Mitt huvud träffar något hårt med ett äckligt knaster.

"Men *vafan*." Svär någon tyst.

Att återfå medvetandet känns som att drunkna i korngröt. Kanske är en konstig liknelse, men det var det första jag kom att tänka på.

Någonting träffar mig i ansiktet. Kraften är bedövande smärtsam, och på något sätt fortsätter smärtan bara att öka. Jag vrider mig för att försöka komma bort, för att undkomma slagen.

Skrik omger mig. Och fortsätter, och fortsätter, och fortsätter.

Jag blir sakta medveten om att skriken är mina egna och de reduceras till hesa jämranden av smärta som försöker ta sig förbi mina strimlade stämband. En stank av blött mögel och järn fyller mina näsborrar.

När jag återfår medvetandet någorlunda igen sitter jag upprätt, med handlederna och fotlederna fastspända i armstöden och stolsbenen på en trästol med högt ryggstöd, vid ett bord i ett dunkelt rum. Den blöta känslan på ryggen är ersatt av ett bedövat bultande, och mina armar och ben rycker spasmigt mot de grova repen. Ett konstant ekande, droppande fyller det fyrkantiga, lilla rummet.

"Jag gillar inte när hemligheter hålls för mig, Anna. Herr Jacobsson är död. Vad har du för förklaring? Det borde inte finnas något att dölja." Väser en röst ifrån andra sidan av bordet. Han trummar otåligt med knotiga fingrar mot bordsytan.

Är han det simmande ansiktet kanske?

"Jag... jag..." Min röst rasslar och går sönder.

Någonting varmt rinner ner för kinden och droppar ner i en prydlig cirkel på bordet. Det simmande ansiktet förändras till något som är mycket likt hat när han böjer sig fram och sänker rösten.

"Jag ska erkänna att vi inte riktigt vet vad som verkligen hände, men dina egna svägerskor svär på att herr Jacobsson inte dött en naturlig död. Och vi vill bara veta sanningen. Jag vill veta om deras anklagelser stämmer, om han dog på grund utav *dig*."

Blodet försvinner från ansiktet när jag försöker blinka mitt synfält rent från prickarna. Det är systrarna som har listat ut det, de måste ha sett flaskan när jag förberedde Peders stop. *Helvete.*

Jag vet inte ens hur jag ska börja förneka det, eller ens om mina stämband hade klarat av att ge ifrån sig något ljud alls, och vänder istället bort huvudet. Hans ögon smalnar när jag inte ger något svar och han ger mig en lång, besviken blick, slår med tungan mot gommen och skakar långsamt på huvudet.

”Du hade kunnat göra det här så mycket enklare för dig själv. Men ingen fara, jag har en hop med knep för att lirka fram sanning ur små synderskor som du, men jag tänkte att vi kunde börja med att prata.”

Japp, det är definitivt hat i hans blick.

”Om du och jag kan komma överens om att inte ljuga för varandra så kommer detta vara över innan natten blir morgon. Låt oss börja med att konstatera det faktum att du uppenbarligen inte var överlycklig över ditt äktenskap med herr Jacobsson, eller hur?” Paniken sväller i halsen så att den lilla syretillförseln jag hade nästan stoppas helt. Jag tittar upp på mannen som tyst lägger ett grovt, rektangulärt huvud på sned och lyfter ögonbrynen mot mig.

”Har du inte tillbringat de senaste nätterna med att smyga runt i slottets korridorer?” Ett snett leende kröker hans läppar uppåt. ”Och en stor del av den tiden med en viss överste?” Jag rycker smärtsamt och hjärtat, som otroligt nog fortfarande slår, hoppar över ett slag.

”Där fick du en reaktion.” Anmärker en manlig, skrovlig röst bakom mig, förmodligen min fångvaktare.

”Jag tänkte väl det.” Fortsätter den grova mannen.

Väggarna i rummet är kala och har en smutsig grå färg som suger upp allt ljus och skapar en känsla av instängdhet. En ensam lykta flimrar på väggen mittemot och stenytan ovanför är svartfläckig av rök.

”Så det stämmer alltså i alla fall?” Mannen lutar sig framåt, med hans grova händer vilandes mot bordet. ”Intressant. Mycket intressant.”

Mina handflator är kalla och fuktiga, och jag pressar dem hårt mot stolens armstöd där de är fastsurrade med grova rep som gnager sig in i handlederna. Mannen skrattar kort, ett hårt, kallt ljud, och lutar sig tillbaka i sin stol.

”Kom igen, fru Jacobsson. Vi båda vet att du inte är den typ av kvinna som nöjer sig med en trumpetblåsande, gammal, argsint man i ett förfallet torp,” han gör en paus, hans blick intensiv, road. ”Översten är en man med makt, med inflytande. En man som kunde ge dig ett liv bortom denna gudsförgätna ö. Men mörda din egen make? Det är nästan imponerande brutalt för en sån liten, ynklig varelse som du.” Hans röst är mjuk nu, nästan insmickrande.

”Tänk nu noga efter, Anna. Det här kan gå väldigt snabbt, väldigt smidigt. Du bekräftar att du har förgiftat herr Jacobsson och översten går fri. Alla anklagelser om äktenskapsbrott släpps och han kan resa från ön fortare än de hinner tända tredje adventsljuset på kvällens mässa.” Mannen ler igen, och denna gång når leendet hans gråa ögon.

Så det är söndag.

Har det redan gått två veckor…

Jag stirrar på mannen som långsamt reser sig från stolen och istället sätter sig på vänstra kanten av bordet, nära mig, med ett ben i marken. Han och vinkar nonchalant ut min fångvaktare från rummet.

Dörren öppnas och stängs.

Och låses med ett klick.

Jag sjunker längre in mot stolens ryggstöd.

Smärta exploderar i kinden och huvudet kastas åt sidan när mannen slår mig med baksidan av handen. Jag blinkar mig genom smärtan och drar med tungan längs insidan av läppen. Inget blod.

Det här är inget nytt. Mina kinder är familjära med att hettas av lavetter och jag har lärt mig att andas djupt nog för att kroppen ska förbereda sig för nästa slag av ren vana.

Han kavlar upp ärmarna på kjorteln.

Jag skiter fullständigt i vad han gör i det här rummet. Så lätt blir de inte av med mig har jag ju lovat Joen och Elin.

Mannen tar tag i mitt tunna ringfinger som ligger pressat mot det vänstra armstödet. Jag försöker slita bort handen men den är så hårt fjättrad i stolen att det istället bara går ilande smärtor genom hela armen.

Han vrider fingret i fel riktning. Ur leden.

Jag skriker ett pipande ljud och kastar huvudet bakåt mot den höga stolsryggen. Det blixtrar i vita och rosa explosioner i hela huvudet.

"Shhh, du har makten att sätta stopp för det här vännen, bara börja prata." Vreden övertrumfar smärtan.

"*Dra åt helvete.*" Det kommer ut som ett hest hostande.

"Nähä, är du säker?" Han släpper fingret och ställer sig upp, tar tag i båda armstöden och drar med både stolen och mig till mitten av rummet. Sen lutar han sig nära mitt ansikte.

"Oroa dig inte, du kommer få flera chanser, men först ska vi ha lite roligt, du och jag."

Hans hand flyger ut igen och träffar mig över andra kinden så hårt att första vågen av smärta skickar kväljningar upp från magsäcken.

Denna gången känner jag blodsmak.

34

Ett stövelsteg.

Två.

Tre.

Min andning blir svagare och jag knyter mina händer till nävar tills jag kan känna naglarna sjunka in i huden. Förutom det finger som fortfarande är helt oanvändbart på vänsterhanden. Det har svullnat upp så illa att vigselringen säkert stoppar blodflödet, men det kan nog också vara tack vare det tjocka järnbandet som fingret inte bröts helt. Smärtan i min rygg har avtagit något, men istället brinner hela mitt ansikte i en svullen, pinande plåga. Jag blinkar i ett försök att få bort de dansande svarta fläckarna som skymmer min syn.

Som om jag skulle kunna se något annat än mörker här inne ändå.

Jag är illamående. Skakar fortfarande. Jag vill sjunka djupare ner i marken och krypa ihop till en boll, men jag hittar inte kraften att klara av det, så jag sitter kvar med min upppryglade rygg lutad mot den ojämna stenväggen. Knäna ihopdragna framför kroppen.

Fyra.

Fem.

Dripp. Dropp. Dripp. Dropp.

Jag tittar ner. Det droppar blod i en liten strila från min handflata ner på golvet. Jag stirrar på dropparna tills en pöl samlas mellan mina fötter.

Jag misstänkte nog någonstans bakom min noga uppbyggda mur hur det här skulle sluta. Vad det skulle kosta oss. Men vi gjorde det ändå. Vi lekte med elden och vi blev båda brända. Det här är tydligen priset man får betala för lust och kärlek. Jag torkar bort lite blodblandat saliv som runnit ner i mungipan mot knät. Särken har redan ändrat färg ändå.

Men det var så mycket mer än lust. Känslor som inte har känts på åratal. Men de var visst inte våra att behålla.

Det värsta är den plågsamma väntan mellan förhören. Det är omöjligt att lista ut hur långt tid som går mellan slagen utan att ha skymtat ett enda fönster sen jag drogs ner till min stråhög i cellen första gången. Att inte veta om de på utsidan är okej. Om Gabriell sitter lika blå och sönderslagen i någon cell bredvid. Logiskt sätt tror jag inte att de hade rört ett hårstrå på hans huvud för något så banalt för en överste som äktenskapsbrott, speciellt inte när den han setts umgås med tydligen redan var änka. Men det är inte precis logik som får mig att fortsätta försöka vidga ut lungorna och dra mig upp från medvetslösheten gång på gång.

Dörren öppnas innan jag hinner stålsätta mig. Den trycks upp med ett öronbedövande gnissel när den dras mot stengolvet och jag kisar igenom ljuset som återigen bränner sönder mina hornhinnor.

Eller så känns det i alla fall.

Jag blinkar mot dörröppningen, men sitter kvar, stilla, jag orkar inte trycka mig in i hörnet längre.

Hon spärrar upp ögonen och hennes ansiktsuttryck gräver att stort jävla hål i magen. Elin, min kära Elin.

"Herregud…"

Elin är fortfarande *väldigt* gravid. Det hade lika gärna kunnat vara hon som glöder upp rummet och inte lyktan hon håller i handen. I den andra har hon en hink som hon genast tappar i marken så att vatten skvalpar högt. Stenarna runt vattenhinken förblir samma mörka färg, de var redan dyngsura.

"Du ser otrolig ut." Mina ord är förvånansvärt begripliga för att vara ett hest skrovlande från allt skrikande.

"Du ser… "

"Jag vet, varken röd eller blå är min färg." Leendet på mina läppar får såret på underläppen att gå upp.

"Vad i *helvete* har de gjort? Vad har du gjort? Har du tappat förståndet helt!?" Att höra Elin svära är främmande, orden slår mig i buken och det skär till i hjärtat, nästan lika smärtsamt som piskslagen.

Hon ser livrädd ut.

"Ja, ja det har jag nog." Svarar jag, för vid det här laget tror jag verkligen att jag har tappat det totalt.

Om min moral, förnuft, kropp och sinne var krossat innan…

"Du är helt vanvettig." Viskar hon anklagande.

"Rimlig bedömning." Min röst dör ut och jag hostar smärtsamma, små inandningar som får bröstkorgen att *kollapsa* i ett torrt rivande. Lungorna värker för varje litet andetag. Eller så är det hjärtat. Det är svårt att avgöra vad som är värst just nu.

Elin tar upp hinken ifrån golvet och kommer närmare. Hon sätter sig på huk och håvar upp en slev med vatten. Vattnet är klart och glittrande i ljuset från lyktan som Elin ställer ner bredvid oss. Hon för sleven till mina spruckna, blödande läppar och jag sväljer ivrigt. Det smakar svavel och surt järn. Eller så kan det vara blodet i munnen som påverkar det sistnämnda.

Elin studerar mig med en blick som får mig att krympa ihop inombords, och en hård klump växer i halsen och sitter irriterande i vägen för det *underbara*, illaluktande vattnet.

Hennes ögon är mörka, fulla av… vad är det? Besvikelse? Skräck? Sorg? Blek är hon i alla fall.

"Anna… ditt finger…"

Jag måste se förjävlig ut. Fingret står åt fel håll när jag greppar om sleven, håret är ett trassligt rede och mina läppar är så spruckna att det knappt kan räknas som läppar. Särken frasar av intorkat blod så fort jag rör mig, blåmärken täcker min kropp som en sjuklig mosaik, gula och blåa fläckar mot min bleka hud och jag är dessutom säker på att minst två revben har frakturer på precis samma ställe som där Peder dunkade in mig i spishällen. Jag sväljer smärtsamt.

"Ja, jo, jag har också funderat på om det inte är lite snett ändå."

Det står rätt ut. Pulserar varmt.

Elin blundar en lång stund och drar in ett spänt andetag.

När jag svalt två klunkar vatten till tar Elin upp en trasa ur rockfickan, doppar den i hinken och börjar försiktigt tvätta mitt ansikte. Rörelserna är lätta när den dyblöta trasan dras över kinden, pannan, under ögonen. Hon kramar ur en rosa, grumlig vätska ur trasan på golvet bakom henne.

Härligt, jag blöder tydligen inte bara över läpparna.

Förlåt, Elin.

Orden fastnar i halsen. Jag tror inte ens att jag säger dem högt.

Förlåt för att jag har dragit in alla i det här.

Förlåt för att jag är ett sådant jävla vrak.

Elin torkar av mitt ansikte igen och lutar sig tillbaka på hälarna. Hon studerar mig noga, hennes blick rör sig sakta över mina förstörda händer, de blåmärkta armarna, de spruckna läpparna, det svullna ögat.

"Anton… han talade med vakterna, sa att du skulle erkänna om vi fick prata, för din själs skull. Annars hade jag aldrig fått komma hit." Hon kastar trasan åt sidan och drar en hand upprört genom håret.

"Han har varit sängliggande i ett par veckor, men han börjar återhämta sig." Hennes röst är ängsligt låg.

Skuldkänslorna väller upp i ett tungt, klamrande ok. Smärtan i kroppen är nästan sekundär, nästan helt överröstad av den gnagande ångern. Paniken bubblar upp inom mig.

Hur *fan* ska jag förklara det här?

Jag försöker ta ett djupt andetag. Misslyckas.

"Elin, jag…" Jag hostar igen. "Jag ville bara… jag hann inte tänka."

"Att du skulle bli av med Peder?" Avbryter hon vasst. "Att du skulle få vara med Gabriell?" Jag skakar på huvudet.

"Slottkaplanen." Min röst spricker igen.

"*Anton.*" Elins viskning är knappt hörbar, ett svagt sus. Hennes ögon spärras upp i förvirring, som blandas med ett uns av… ilska?

"Jag trodde… att om du… Joen…"

Hon släpper ner armarna i knät och skakar på huvudet om och om igen. Hennes ansikte hårdnar. *Helvete.*

"Du försöker ha ihjäl min man och tänkte inte att det hade varit bra att berätta för mig?" Hennes röst är iskall, fylld av en besvikenhet som skär genom skuldkänslorna. Jag rycker till.

"Han pratade om Joen som om han tänkte... jag försökte göra dig en tjänst." Jag försöker försvara min vårdslösa idioti, men fan hon har rätt. Det var så enkelt då...

"Ditt eget liv är en sak. Men du kan inte bara ta över någon annans öde och försöka förändra hela deras liv genom att förgifta deras make. Hur fan kunde du?"

Ajdå, hon svär igen. Hon är rasande.

Jag *hatar* mig själv för det här.

"Det var ingen där för att stoppa mig eller säga åt mig att jag var korkad." Min röst är liten, förkrossad.

Det här är inte sant. Det här är inte jag. Eller det kanske det är. Jag är inte säker på hur mycket som fortfarande är jag, och hur mycket som bara är en svullen, blodig, svag klump.

"Okej, du var korkad!" Elins röst är full av besvikelse och vrede, men ett uns av sorg lurar under ytan. Hon har rätt. Jag förtjänar det här. Jag var korkad. Blind. Självisk. Jag trycker in alla känslor, all ånger i den lilla metallasken på skrivbordet i trumpetartorpet med de ruttnande blommorna från min bröllopsnatt. Alla känslor förutom en. Ilskan, den bekanta, brinnande ilskan, flammar till inom mig. Men den är inte riktad mot någon annan än mig själv den här gången. *Hon har rätt.*

"Jag ville bara inte att ni skulle hamna i samma helvete som mig Elin. Du skulle få ett så fint liv ihop med Joen, kanske till och med bättre!" Säger jag i ren förtvivlan. Det är ingen ursäkt. Men det är sanningen.

”Vet du vem du låter som nu?” Jag stirrar blint in i hennes ögon.

”Din egen far!” *Aj.* Det gjorde ont på ett helt nytt sätt.

”I alla dessa år har du velat framstå som likgiltig, som att du har varit okej med all skit, smärtan, hopplösheten. Men jag tror att du kände *allt.* Och du har blivit helt raserad av det. Och att hindra andra från att inse det verkade bli det enda som drev dig vidare. Du stängde oss ute Anna, och till slut verkade du stänga ute dig själv, tills du inte kände någonting alls. Jag förstår att du led, att du fått utstå saker vi inte ens kan föreställa oss. Sårade människor, sårar ofta andra. Men det är ingen ursäkt.”

Lika svårt som det är att uppmana ånger för Peders död, lika lätt är det för skuldkänslorna att riva sönder mitt inre över vad jag försökte göra åt slottskaplanen. Det enda som får mig att inte be henne slå ihjäl mig med sleven är lättnaden över att Anton överlevde.

”Det är mitt liv Anna, jag tar hand om det, och Joen är redan en del av det, en stor del. Du med. Men jag tror att du har blivit så fullkomligt förstörd att du inte längre vet hur du ska hantera när folk faktiskt bryr sig om dig. Vi älskar dig hur förstörd du än är, vad du än gör.”

Jag gråter igen, saltet blandar sig med järnet i munnen när jag snyftar tyst. Någon gång har jag vänt bort blicken och stirrar ut i tomma intet där synen framför mig bara är en grumlig, blöt sörja.

Att ha människor som älskar dig är en sak. Att ha människor som fortfarande älskar dig när du är en börda, fortfarande älskar dig när allt är kaosartat, fortfarande älskar dig när du har fel, när du gjort oförlåtliga saker, det är kärlek. Att *verkligen* vara älskad, är att fortfarande vara älskad, när det är orimligt att älska dig. Just nu har jag jävligt svårt att se det rimliga i att älska mig.

"Och pojkarna har det bra. Oroa dig inte för dem." Hon tystnar en sekund och lägger en hand på sin mage. "De saknar dig förresten, frågar efter dig. De såg upp till dig..."

Såg upp till mig, som om jag redan dragit mitt sista andetag.

"Javisst, för jag är ju en sån *fantastisk* förebild." Det är det enda jag kan förmå mig själv att säga, tyngden av hennes ord hotar att krossa mig i ytterligare tusen bitar. Elin skakar på huvudet igen och rätar på sig.

"Lägg ner sarkasmen nu. Snälla. *Snälla* Anna, du har inte lång tid kvar. Bekänn, Anna. Du är en god människa, vad du än gjort. Bekänn så att du kan få ro i din själ, förlita dig på Guds nåd. För min skull. För dem som fortfarande älskar dig." Hon torkar sin egen våta kind med rockärmen och söker min blick. Jag kan inte möta den.

"Gud tog ut sin rätt på Peder. Förlita dig på honom."

Nej, det gjorde jag.

"Jag ber för dig..."

Men hon kan inte hjälpa mig. Det vet vi båda.

Om man är en god människa enbart av rädsla för helvetet så är man inte en god människa. Jag tror inte att jag är en god människa. Jag har gjort och sagt saker för att medvetet såra människor. Jag har hatat människor bara för att de existerar. Hatat dem för vad de gjort mot mig. Jag har hyst agg, och gör det fortfarande. Jag är inte längre rädd för helvetet, men jag tror inte att jag är en god människa.

Inte längre.

35

Om Gud är *fullkomlig*, helt och hållet, fullkomligt god, fullkomligt vis, rättvis, välvillig. Inget hat, ingen illvilja, ingen avund eller anklagande. Då kan han inte vara allsmäktig. Och om han inte är allsmäktig, så kan han inte vara fullkomlig. Vilken fullkomlig Gud tillåter detta?

Hur vågar han skapa en värld med så mycket lidande?

Det är komplett ondskefullt.

Mina fötter hasar fram över geggan av mitt eget blod och snöslask från vakternas stövlar på stengolvet. Jag kan inte ens tänka längre.

Jag tror att jag återigen blir fastspänd i den nu fläckiga trästolen i mitten av det mörka förhörsrummet på andra sidan korridoren från min cell. Men mina armar blir fastsurrade av det grova repet uppe vid överarmarna, runt ryggstödet, istället för nere vid handlederna den här gången. Så högt att mitt hår kläms fast mellan snörningarna och min kropp, så att det stramar stelt i hårbotten. Händerna är i alla fall inte fästa till stolen, men jag låser ändå musklerna och tvingar mig själv att vara så stilla som möjligt.

Alla rörelser gör ont.

Jag öppnar till slut ett suddigt öga, min blick vill inte riktigt fokusera ordentligt, men träbordet verkar vara tillbaka framför mig. Jag blinkar för att försöka bli av med den ihärdiga suddigheten.

Mannen med det grova, rektangulära huvudet står lutad mot träbordet med armarna i kors, och hans gråa ögon sveper över mig.

”Du tog någon liv, förstår du det? Jag har nämligen inte hört att du har förstått. Och nu är mitt saliga tålamod slut Anna. Du ska berätta hur du gjorde det, och varför, annars gör jag dig illa. Okej?” Han lägger båda händerna mot bordet och lutar sig tungt fram. Jag tar ett djupt andetag, luften rosslar ner genom min sönderskrikna strupe på väg ner till lungorna.

”Och jag kommer inte sluta, förrän du berättar vad jag vill höra, förstår du mig?” Han sträcker en hand över bordet och rotar i en hög med vad som ser ut att vara hovslagarverktyg. En vass hovkniv som man säkert effektivt kan skära både stråle och vägghorn med, en hovrasp för att trimma och raspa död sula, och en vanlig, grov järnhammare med tjockt, trubbigt huvud i ena änden, och som avslutas i en kilformad, kofotsliknande klo i andra änden. Han fingrar varsamt över verktygen och väljer till slut hammaren och testar den trubbiga änden mot sin handflata, samtidigt som han studerar mig med rastlös fascination.

”Säg mig att du förstår.”

Jag kniper igen ögonen så hårt jag kan.

”Säg att du förstår!” Skriker han och drämmer ner hammaren mot bordsytan så att en trubbig cirkel bildas i träplankan. Mitt hjärta hoppar till, och jag slår upp ögonen.

”Jag förstår.” Lyckas jag få fram med mina slamsor till stämband.

”Bra. Bra.” Upprepar han mjukt och börjar cirkulera runt mig med hans ena mungipa i ett hånflin som snör åt halsen hårdare.

”Hur gjorde du det?” Han väntar, men jag tiger och stirrar på honom.

Dels för att jag inte har vare sig ork eller motivation nog att öppna käften, dels för att jag har fullt upp med att försöka kontrollera mina panikslagna hjärtslag.

”Men Gud… Snälla, hur envis får man vara.” Mannen himlar med de gråa, livlösa ögonen och suckar otåligt.

Om det finns en Gud, så finns det en djävul. Jag antar att det är han som skapar lidande, det är han som är ond. Men varför är han den onda, om det är han som straffar de som syndat? Om det är han jag har att tacka för det här straffet för mina synder. Rätt taskigt av Gud att smutskasta sin ansedde, fallna bödel när det är han som fått i uppgift att utföra all skitgöra. Ja, jag har haft rätt mycket tid att tänka de senaste… tre veckorna?

Mannen stannar vid min högra sida och lutar sig ner mot mig.

”Lägg handen på bordet.” Han pekar med hammaren mot min högerhand som krampar runt armstödet. Jag pressar mig bakåt i stolen och trycker in fingernaglarna i den grova träytan.

”Jag kan inte.” Min röst bryts i en hostning och det känns som hela magsäcken ska åka med upp.

”Lägg. Handen. På. Bordet.” Fräser han, och hans ögon smalnar till tunna springor när han uppenbarligen tappat tålamodet av mitt ihärdiga stretande.

Lungorna fungerar inte. Jag får ingen luft.

”Snälla…” Viskar jag och skakar på huvudet. Jag gråter i korta inandningar och fruktan kryper sig fram i hela nervsystemet när mannen griper tag i min handled, lyfter upp min hand till bordet och sprider ut

mina fingrar. Jag rycker ofrivilligt när han nuddar köttsåret som lämnats
på tummen från ett krossande tryck av en tumskruv.

"Vänta, nej, snälla." Jag försöker slänga mig åt sidan men repen som
håller mig fjättrad till stolen är för hårt snörade vid axlarna för att jag
ska kunna röra mig en centimeter. Jag känner varje valk i mannens grova
hand när han trycker ner min handled mot trät. Mannens ögon flammar
till och han höjer hammaren.

Nej, nej, nej.

"Det här är din sista chans."

"Sluta snälla, jag…" Gnyr jag hackigt med en kvävd röst, det rinner
blöta strimmor ner för kinderna och det sticker i mina paniksprängda,
uppspärrade ögon. Jag vågar inte ens svälja.

En ny, olidlig smärta strömmar genom mig när den trubbiga änden
av hammaren fastnar i handryggen och krossar kött och senor så att det
skvätter blod över bordsytan. Röd sörja och köttslamsor kladdar ner
mina darrande, utspretade fingrar.

Få det att sluta. *Vid Gud*, få det att sluta.

Jag skriker.

Mitt synfält blir suddigt igen och rummet snurrar våldsamt.

"Nå?! Erkänn!" Mannen höjer hammaren igen.

Om jag inte erkänner kommer jag aldrig kunna få träffa Gud och
fråga hur fan han tänkte. Men om detta är priset för att komma till
himmelen, är jag inte säker på att jag vill komma in på hans villkor.

36

Tanken var nog att neka till anklagelserna in i det sista. Men vad spelar det för roll? Jag är ensam igen. Och nu, nu är jag redo att ge upp. Att låta dem ta mitt liv, låta dem vinna.

Elins ord slår mot väggarna i det tomrum som är mitt huvud.

Bekänn, Anna. Bekänn så att du kan få ro i din själ.

Kan det verkligen vara så enkelt?

Jag försöker att uppbåda skammen, ångern. Men ingenting kommer. Ingenting alls.

Stundvis känner jag ilska.

En skarp, flammande ilska som bränner mig till aska. Och smärtan. Men ofta bara tystnad. Ringande, dånande tystnad.

Jag drar långsamt knäna mot bröstet, spänner käken som ligger hårt mot stengolvet och stirrar ut i dunklet. Tystnaden rasar och ekar runt omkring mig i mörkret.

Och ändå känner jag ingenting.

Långa beniga fingrar greppar tag om min arm och jag stelnar till. En grå massa ovanför mig börjar sakta få en fast silhuett och förändras till ett ansikte med en enorm panna. Det ler ner mot mig.

"Det är dags." Väser ansiktet.

Jag känner igen den rösten. Det är den vakt som förde mig ner hit för... ja, hur lång tid det nu har gått. Vakten behåller sitt iskalla grepp om min överarm medan han halvt släpar upp mig från golvet. Min nacke blir kladdigt kall när jag dras genom oklara vätskor på marken.

Mina sinnen återvänder långsamt, det ena mer smärtsamt än det andra. Först sipprar det dova ljudet av hovar mot snötäckt kullersten in ovanför pipandet ifrån vad som måste vara mina tilltäppta näsborrar, sedan det bleknande ekot av fågelkvitter en bit bort. Så, jag är utomhus.

En kvardröjande kopparaktig smak täcker min mun och vassa strån av hö sticker mig i kinden. Jag drar tungan över min spruckna underläpp och rörelsen sätter eld på mitt ansikte. Jag försöker slå upp ögonen, men jag kan bara vidga dem en aning. Och det jag ser genom mina otvivelaktigt svarta, svullna ögon är bara himmel.

Vinterblå, frisk, kall morgonhimmel.

Hade inte allt annat gjort så jävla ont hade nog solskenet fått mig att slänga upp händerna för ögonen. Men jag känner inte ens högerhanden. Vågar inte kolla på den. Eller undersöka om fingrarna går att röra.

Jag vrider försiktigt på huvudet och försöker lista ut vafan det är som händer. Jag har placerats i en vagn, som den Joen har, liggandes på sidan i en ihopkrupen ställning. Jag tar spjärn med vänstra underarmen och försöker lyfta överkroppen, men kan inte ens få upp axeln från underlaget innan mitt huvud snurrar så intensivt att jag nästan tuppar av igen, och mitt hjärta börjar *dunka*. Så jag ligger kvar, stilla, i högen utav hö och torrt gräs på golvet av vagnen.

Vagnen rullar. *Länge.* Tror jag. Det skakar och guppar, och det hårda träet under stråhögen i vagnen gör inte saken bättre. Jag har aldrig riktigt hunnit vänja mig vid den där eviga lukten av järn som verkar följa efter mig. Det river överallt och jag hade nog skrapat sönder huden om jag orkat lyfta armen för att klia bort stråna.

Efter ett tag dunsar himlen till, och vagnen stannar med ett gnissel. Jag lägger ner kinden mot träplankorna och vänder huvudet för att försöka förstå vart vi stannat. När jag blinkat bort hinnan av förvirring, och vad som måste vara en mildare hjärnskakning, börjar mina svullna ögon fokusera genom det vita landskapet. Ett gulspaklat stenhus, försedd med trappgavlar som liknar Visingsborgs slotts, fast i miniatyr, står indränkt i blöt, tung snö. Tingshuset.

Den blåklädda vakten som drog upp mig från golvet i cellen tar återigen tag om mina överarmar och drar min lealösa kropp mot kanten av vagnen. Han tittar på mig som om jag vore ett otäckt skadedjur. Jag skulle kunna spotta på hans jävla skor, bara för att.

Men jag orkar inte. Jag har inte mer att ge. Jag vill sova.

Ljuva, tomma sömn.

Jag försöker sträcka ut armarna för att lätta på trycket från repen han klumpigt knyter runt mina handleder och den ansträngda rörelsen sätter igång en stramande smärta långt bak i ryggen. Inte lika intensivt som igår, men en påminnelse om att jag faktiskt erkände…

Någon har lindat in min köttsåriga, blodiga handrygg med tjocka tyger. Det drar ilsket i huden under inlindningen.

Den blåklädda vakten utökas till två, och sedan tre, och jag känner hur jag stapplandes dras ner från vagnen. Det knastrar under mina fötter när vi går över grusgången fram till ingången av tingshuset. Det snötäckta gruset verkar frysa sig in i fotsulorna, fast det inte borde göra det. Snön borde ge med sig. Det borde vara vår, borde vara sommar. Men det är fortfarande isande, vit, död vinter. Allt är så jävla kallt.

En vindpust drar i min särk och jag tittar ner på min bleka hud. Jag är genomskinlig, utmärglad, det känns som om jag ska vittra sönder när som helst. De har bytt ut min nerblodade särk ifrån fängelsehålan mot en nyvävd, vit klänning som kliar mot min hud. Ett helvitt lakan.

Vakterna för mig genom den massiva dörren av mörkt trä med snirkliga mässingshandtag. Mina tankar studsar mot skallbenet som fångade flugor mot en fönsterruta. Eller en fluga fast i ett spindelnät, sakta inlindad i klibbigt klet.

Det här kan inte hända. Jag borde göra något, jag borde…

Dörren stängs med en dov duns och jag står med mina armar fastklämda i vakternas grepp i den stora salen innanför.

Jag försöker ta in omgivningen. Det är ett stort rum med högt i tak, som ett kapell. Rikt målade dekorationer på alla fyra väggar sträcker sig ända upp i taket och det står rader med långa bänkar längs sidorna av mittgången. Som i kyrkan. Och i mitten, längst fram, står ett långt, svart bord med två stora stolar bakom. Men jag ser inte vilka som sitter där, jag vågar inte titta upp. Jag känner mig som ett djur, iakttagen och väntandes på slakt. Ett djur som lydigt går mot sin egen avrättning.

Jag borde inte vara tom, jag borde vara livrädd. Men allt jag vill är att sluta existera, att få tyst på mitt brusande huvud.

Jag dras framåt och försöker hänga med, men mina ben vill inte riktigt lyda. Det är som om de har blivit fyllda med trögflytande tjära.

En hopträngd folkmassa tar upp större delen av utrymmet. Några av dem verkar gråta. Andra går runt och småpratar. Jag ser allt genom en tjock dimma. En igensnöad glaskupa. Jag ser deras läppar röra sig, men hör ingen av dem.

Allt är förvrängt.

Är det för att jag inte har ätit på flera dagar?

Eller för att jag inte har sovit?

Eller för att jag i princip redan är död?

Jag tycker mig se några ansikten som jag känner igen bland de närvarande. Någon av Peders systrar, eller kanske en granne från Ed? Men allt är ett virrvarr av rivande smärta och brännande blickar.

Alla stirrar. Jag vill bara att det ska sluta. Jag orkar inte mer.

Vakten kastar mig framåt och världen blir svindlande. Jag får en kort, skarp glimt av golvet innan jag faller. Jag försöker få tag i något, men det är som att jag inte riktigt har kontroll över mina egna armar. Det kalla trägolvet är stumt när jag slår i det. Det känns som om jag är helt ihålig, som att varenda ben i kroppen är krossat.

Gnistor dansar i mitt synfält när någon tar bort repen från mina handleder, men känslan av dem hänger kvar som en smärta från träflisor under huden. Jag trycker mig upp med min fungerande arm och håller den andra sönderslagna mot bröstet. Den ömmar pulserande, men det är en avlägsen smärta, den är inte i fokus längre.

Vakterna ställer sig bakom mig och jag lyfter huvudet uppåt.

Jag borde nog inte, men jag gör det ändå. Jag borde hålla huvudet böjt, jag borde göra som de vill. Men jag kan inte. Det finns en liten, jävligt envis låga kvar inombords, den vägrar visst att slockna. Jag vägrar ge dem tillfredsställelsen av *total* underkastelse innan de tar mitt liv.

Några trappsteg leder upp till en plattform och det långa, svarta bordet framför mig. Centrerat mellan två stora fönster, i en stol med tjocka, breda armstöd sitter en skrynklig, liten man i peruk med gråa, långa lockar och svart klädsel från topp till tå.

Notarie? Eller kanske mer troligt min domare?

Han är inte ful, men lika ålderdomlig som jag hade föreställt mig att min domare skulle vara. Undra om han ser mig som jag ser honom? Som en hädisk, trasig, känslokall relik full av illvilja.

Sedan vänder jag blicken till mannen bredvid honom, och min arm ger nästan vika under mig. All luft rusar ut ur mina lungor som från ett hårt slag rakt i magen, och det lilla syre jag kämpat med att få ner kvävs i bröstkorgen.

Där, i en röd, stor trästol med fluffiga kuddar, sitter han och lutar sin feta kind mot ena handflatan. Hjärtat får kämpa för att pumpa runt den flytande magman som brinner i mina ådror. Det långa, svarta bordet är det enda som skiljer domaren och greve Per Brahe från mig och den folkmassa som nu sitter i viskande rader bakom min rygg.

Greve Brahe är hemma på Visingsö.

Han bara sitter, med ett uttryckslöst ansikte och tittar, utan att säga något. Det känns som om han inte ens ser på mig, utan rakt igenom mig. Och nu ska mitt öde bestämmas. En isande kyla tränger djupt in i benmärgen.

Är det vad döden känns som tro?

Jag önskar bara att det var över, jag vill bara att det ska ta slut.

Jag är så trött.

Jag sänker blicken mot mina händer, försöker att ignorera de kalla blickarna från männen framför mig. Naglarna är smutsiga och trasiga. De har lyckats få bort det mesta av det färska blodet under naglarna, men jag kan fortfarande se små fläckar där blodet envist klamrar sig fast. Hur det ser ut under inlindningen på högerhanden vill jag inte ens veta.

Mina händer har aldrig varit rena, det kommer de nog aldrig att bli. Det är som om den rödbruna färgen har etsat sig in i huden, för evigt fast där. Som en fysisk avbildning av mina synder.

"Ordning!" Den svartklädde mannen slår med en tjock klubba mot bordet. Ljudet genljuder ut i det stora rummet, och matchar hjärtslagen i mitt eget bröst. Sorlet i rummet dör omedelbart ut.

"Anna Sunesdotter. Du är anklagad för att ha förgiftat din make, Peder Jacobsson. Hur ställer du dig till anklagelsen?" Rösten är kall, avlägsen, som om den kommer från en annan värld.

Vakten skrockar till bakom mig och en fot dunkar mig i sidan. Smärtan skjuter genom mina revben som en kort, skarp kniv.

Jag tittar upp, men undviker att möta domarens blick. Fokuserar istället på Brahes medaljer han har runt ett blått sidenband över bröstet. De är alla porträtt av honom själv i profil och glänser i guld.

Vakten sparkar till mig igen. Hårdare denna gång, och jag rycker smärtsamt när hans sko biter i mina revben. Jag drar ett rasslande andetag och försöker svälja hårt, trots uttorkningen.

"Jag erkänner." Jag försöker hålla rösten stadig, men det blir bara ett hest rosslande. Stämbanden är totalt sönderrivna, men orden måste fram.

Mitt erkännande hänger i luften ett ögonblick.

"Erkänner vad?" Frågar domaren och lutar sig framåt med en otäck, genomborrande blick.

Snart är det över. Snart får jag sova.

"Jag erkänner att jag har förgiftat herr Jacobsson med arsenik." Folkmassan drar en gemensam, häpnad inandning.

"Gift?" Mumlet går genom salen. Trots att jag inte ser deras ansikten, så är jag säker på att de är förvrängda av chock och skräck.

Jag är ensam. Helt ensam.

Men under huden, bakom bruset och smärtan, i djupet av mitt väsen, känner jag den där svaga, kalla tillfredsställelsen.

Han är död. Och det var jag som gjorde det.

Jag vrider huvudet till domaren som har lutat sitt huvud på sned och dragit tillbaka läpparna i ett flin. Hans ögon blir smala springor, fulla av vad som ser ut att vara njutning, när han vänder sig till greven. Brahe säger fortfarande ingenting, hans ansikte är fortfarande likgiltigt och han slår otåligt med fingret mot bordskanten. Som om allt det här bara var en dålig teaterföreställning, och han var en ointresserad åskådare. Han verkar vara så fullkomligt oberörd att det gör mig illamående.

Domaren kliar sig intensivt i hårbotten under peruken som om han hade huvudet fullt av löss och vänder sin uppmärksamhet ut mot folkmassan bakom mig som åter har tystnat.

"Trumpetarens två systrar, har behagat komma till vår ö på kort visit inför julen," han skakar lätt på huvudet och sänker sin kliande hand till bordet igen. "Dessa kvinnor hävdar att deras bror inte dött av naturliga orsaker. Att Anna Sunesdotter, hans egen hustru, tog hans liv med gift. Det är en allvarlig hädelse." Han vänder tillbaka fokuset ner mot mig.

Jag känner blickarna i nacken, systrarna, som hungriga, hämndlystna gamar. Jag dömer dem inte, hade de haft ihjäl någon av mina närmaste hade jag också gjort allt i min makt för att se dem lida så mycket som möjligt. Nu vill jag vill bara spy, slänga upp all skit som skaver i mig och spotta dem alla i ansiktet. Men för Elins skull andas jag djupt och sänker undergivet huvudet.

"Jag ber om barmhärtighet," min röst spricker och det gör orimligt ont att andas. "Jag ber om församlingens, mina svägerskors, och Guds förlåtelse, och om att få motta den sista smörjelsen. Jag ångrar min synd, och önskar av hela mitt jag att Gud tar emot min förstörda själ."

Jag ljuger rätt bra nu förtiden, om jag får säga det själv. Även nu, när jag sitter sönderslagen på ett grovt trägolv i öns rättssal, inväntandes en dödsdom, hade jag inte ändrat på något. Hämnden var värd all smärta i världen. Men det behöver ju inte domaren och församlingen få veta. Men om jag har lärt mig *något* användbart under de senaste åren av mitt gudsförgätna liv är det att man alltid ska slänga in lite sanning i lögnerna, för att det ska låta trovärdigt.

"Jag gjorde det av förblindad kärlek för en annan, och för att undkomma ett jordligt helvete. Jag har levt i fångenskap, under en man som hånade, slog och våldtog mig om vartannat. Jag gjorde vad jag behövde göra för att överleva. Han förtjänade inte att leva."

Fan, det där sista kanske kom ut lite väl nöjt.

När jag tittar upp skymtar jag en flyktig rörelse i grevens ansikte för första gången. Ett litet ryck. En liten förändring som nästan är omärkbar. Han drar på munnen och hans ögon blixtrar till i ett kort ögonblick av något som liknar... ja, jag vet inte vad. Nyfikenhet? Eller kanske, bara *kanske*, en glimt av medkänsla? Men det är kanske bara jag som inbillar mig, för hans uttråkade blick återvänder lika snabbt som den försvann. Greven rättar till sin krage och tittar ut i fjärran, som om allt det jag just har berättat återigen inte betyder någonting.

Domaren lyssnar uppmärksamt, medan hans ögon flackar mellan mig och greven. Han ser ut som när bondkatten leker med en mus, innan hon sliter den i stycken.

"Dina handlingar är avskyvärda," dundrar han och slår knytnäven i bordet. "Du har förbrutit dig mot både Gud och lag. Ditt brott mot ditt äktenskap och mot livet är oförlåtligt. Du har medvetet och kallblodigt tagit en människas liv, och det kan inte gå ostraffat. Därför dömer jag dig, Anna Sunesdotter, till döden genom halshuggning, och att din kropp sedan bränns på bål." Förkunnar han med en röst som genljuder ut i rummet. Ett sus går genom församlingen, jag kan höra hur de vänder och vrider sig i bänkarna. Jag är dömd.

Undra om mor och far är här, och Joen, Elin och pojkarna. Om slottskaplanen återhämtat sig tillräckligt. Och Gabriell…

Min kropp börjar skaka okontrollerat. Jag kan inte andas. Mitt inre vrider sig så snävt att jag måste anstränga mig för att inte tömma min mage på frätande galla över golvet. Allt snurrar.

Jag ska dö. Jag ska dö. Jag ska dö.

Och jag har inte ens fått chansen att säga adjö.

Igen.

Jag anade det. Men det gör ändå så jävla ont. Det skär genom mina sönderrivna stämband, smärtan i min sönderslagna kropp och brustna revben, i mitt krossade hjärta.

"Ordning. Ordning i rätten." Greven höjer plötsligt rösten över sorlet med en mörk, mullrande basstämma som bryter sig genom den spända rättssalen och han höjer armarna. "Jag fastställer omedelbart rättens dom, men med en ändring. Jag har beslutat att på grund av den dömdes redliga bekännelse, unga, förblindade kärlek och botfärdiga sinnelag..."

Greven tar ett skarpt andetag och fäster blicken i min innan han fortsätter. "Så ska hennes kropp skonas från bålet. Hennes kropp ska få en begravning på avrättningsplatsen som hennes familj själva står för att upprätta." En våg av förvåning sveper genom rummet igen.

Vad? Nåd?

Nej, det kan inte vara sant. Det är bara min hjärna som gett upp. En riktig begravning... Jag kanske får bättre förutsättningar för att kunna ta det där allvarliga snacket med Gud än vad jag hade vågat hoppas på.

Så det är såhär det slutar?

Inte med Gabriell i en båt, eller springandes i skogen, eller framför en värmande eldstad med pojkarna, eller när jag ser Vätterns vågor vika sig skummande i stormarna.

Så jävla värdelöst alltihop.

Den här gången finns det ingen väg ut. Ingenstans att springa bort eller gömma mig. Det är inte som efter sveket i hamnen, det är inte som rädslorna för far jag lämnade i stugan i Ed. Inte som när jag tog mig upp till ytan med Vätterns kalla vatten dånandes runt kroppen. Inte ens som när jag fick den där sista strypningen av Peder eller efter förhören. Jag ser inte smärtan längre, den är utom räckhåll, jag är för matt, för trött.

Den här gången är det verkligen slutet.

Men jag har i alla fall älskat, och det kan de *fan* aldrig ta ifrån mig.

Vaktens fingrar gräver sig in i min axel igen när han tvingar upp mig på vacklande fötter och knuffar mig runt för att vända mig mot mittgången. Mina ögon svider medan gallan bränner varmt i halsen, och när mitt synfält äntligen slutat snurra ser jag min mor och far. Mor gråter tyst ner i knät, och till min förvåning även far, men de gör ingenting. De har visst gett upp hoppet om sin dotter. De ångrar nog bara att jag inte stannade lydigt i helvetet ett tag till. Jag ser Joen och hans syskon. Han ser förbannad ut och klämmer hårt om bänkradens ryggstöd framför honom. Jag tror aldrig att jag sett honom riktigt arg innan. Den vidriga slottsfogden Erik, Peders systrar, Nils snyftande, kolsvarta hjässa, och slottskaplanens hackspettshaka sitter bland resten av öborna. Alla är här. Vissa med medlidande, rödsprängda ögon, andra med avsmak, och de flesta med en kall nyfikenhet av spektaklet som säkert kommer bli ett skandalöst, eller sorgset, samtalsämne framöver. Beroende på vad de som för konversationen vet om.

Men jag letar bara efter ett ansikte i folkmassan. Och när jag hittar honom känner jag piskslagen smattra mot ryggen igen, smärtan som en ilsken eld som sprider sig inifrån och ut.

Gabriell står spänt upp bredvid Elin längst bort i salen, hon håller en hårt kramande hand om hans överarm. Han är hel. Inga blåtiror eller brutna ben. Han är okej. Men hans ansikte är ohyggligt gråvitt, som om livet hade runnit ur honom. Elin skakar på ett lika likblekt huvud och lägger den andra handen mot hans bröst när han tar ett beslutsamt steg mot mittgången.

Nej, Gabriell, gör det inte, *snälla*, gör det inte.

Skräck ringlar sig i min mage.

Gabriells ögon möter mina och de vidgas panikartat till bredden. Han ser fullständigt förkrossad ut. Hans mun är sammanpressad till ett tunt streck och hans käke spänner i desperation.

Stanna, snälla. Gör inget dumt.

Jag vill inte att han ska dras ner mer i min dynga.

Jag vill att han ska leva.

Jag älskar honom. Och jag kommer aldrig få säga det igen.

Huvudet snurrar när yrseln förvärras för varje steg jag tvingas ta mot utgången, men jag vägrar att tappa fokus från Gabriell.

Han *måste* förstå. Det var antingen den här döden. Snabb och gudsförlåten under bilan. Eller döden i tortyrkammaren under slottet. Långsam och brutal med stanken av blod och rädsla.

Och när jag stirrar in i hans blåa ögon, inser jag att jag verkligen ska ta mitt sista andetag utan att få säga… *Allt.* Jag försöker etsa in varenda linje i hans ansikte i mitt minne, varenda detalj. Jag vill inte glömma.

Inte honom.

Aldrig.

37

Det är en obarmhärtigt torr och kall januarimorgon. Marken är frusen och den vinterväxande grönskan som envist spränger upp ur jorden är täckt av ett tunt lager vit frost. Träden står kala och tysta, som om de också sörjer, och himlen är gråsprängd och tung, utan ett enda tecken på solens självlysande himlakropp. Det är verkligen en himmel värdig en avrättning. När morgondagen börjar utan mig, och jag inte längre kan öppna ögonen för att se om solen kommer stiga, eller om hans ögon är fyllda med förtvivlan, önskar jag så mycket att han inte ska gråta. Jag önskar att jag kunde få se Gabriell le en sista gång. Få tala om för honom hur mycket jag älskar honom.

Det är för sent nu.

Alltid för sent.

Men jag vet hur mycket han älskar mig, lika mycket som jag älskar honom. Jag hoppas bara att han inte glömmer mig. Jag hoppas att han alltid minns mig, även när jag inte finns kvar. Det känns som en evighet sedan jag kände hans beröring mot min hud, hans kyssar mot min hals, hörde hans skratt, såg hans smilgropar. Och jag önskar av hela mitt hjärta, att varje gång han tänker på mig, att jag kommer kunna sakna och tänka på honom också.

För nu har min tid runnit ut som sand mellan fingrarna, som en sista suck i en storm över Vättern.

Jag hukar överkroppen och lägger halsen mot stubben framför min kropp där jag sitter på knä på den lilla kullen någon har fått i uppdrag att skotta upp. Den kalla, nyhuggda träytan pressas mot min hals. En isande vind sveper över kullen, biter i kinderna och får den sista värmen att försvinna.

Död är verkligen en barmhärtighet jämfört med att fortsätta leva en enda sekund till i liket som tydligen blivit min kropp. Jag är bara ett skal, ett tomt hölje, ett minne som väntar på att blekna. En vissen vintergröna på ett fönsterbräde i farstun.

Jag stirrar ut över folkmassan som flyter ihop till en grå massa framför mig, medan betydelsen av allt som hänt hinner ifatt mig och stjäl allt syre på hela ön.

Undra vem som kommer att sitta vid min grav längst när jag dött?

De ser ut som en flock skuggor, svävande och obestämda. Strupen har varit hopsnörd sedan jag återigen blev ledd ut ur slottets fängelsehålor, till den höfyllda vagnen utanför, och körd upp mot tingshuset i Kumlaby. Jag försöker andas, men det är som om luften har blivit lika kall och hård som marken under mina knän. Den kritvita likklänningen, som Elin varsamt har ägnat de senaste nätterna med att väva tyg till, och sy ihop, klamrar sig fast i varje centimeter av min kallsvettiga hud.

Men den sitter perfekt, hon är verkligen en jäkel på att sy nuförtiden. Jag önskar att jag kunde tacka henne. Tala om för dem alla vad de betytt. Att de var det enda som höll mig kvar i livet såhär länge.

Under huvudduken sticker slitna, bleka hårtussar ut och kliar mot mina kinder när januariblåsten tar tag i dem. Det är som om vinden vill påminna mig om att jag fortfarande lever, i några sekunder till.

Jag borde ha dött när jag var i vattnet, det var lättare där. Eller efter den första gästabudskvällen. Eller som lilla Magnus nästan gjorde i febrig hetta. Eller av ångest och panik. Eller slängt mig från stupet mot stenhällarna vid ruinen i Näs. Eller mot torpets fasad. Eller av svält. Eller av Peders utbrott. Eller aldrig fötts över huvud taget. Det hade varit enklare. Jag har levt ett sånt jävla skitliv. Med retsamma, flyktiga, korta stunder av värme.

Men jag har älskat. Det får vara nog.

Äntligen ska jag få vila. Undra hur det känns?

Jag är inte rädd för att dö. Jag tänker ju faktiskt på det ganska ofta. Tanken på att världen till slut ska bli tyst och stum. Jag är inte rädd för hur livet här ska fortsätta utan mig. Jag vet att de alla kommer klara sig. Kommer ta hand om varandra. Fortsätta. Jag är inte rädd för att sluta ögonen en sista gång. Kanske kommer tyngden över mitt bröst försvinna och känslan av kvävning äntligen att blekna bort?

Jag var aldrig rädd för att dö.

38

Gabriell

Jag såg allt. Jag såg vagnen som förde henne dit. Såg hennes vita klädnad. Såg hur de slet henne från höet och släpade henne mot kullen som om hon vore ett djur. Såg hur hon sänkte huvudet. Såg bilan falla. Såg hennes gröna, dimmiga ögon slockna. Såg hennes kropp bli slö.

Varje cell i min kropp skriker hennes namn, en tyst, desperat bön som aldrig kommer att bli besvarad. Varför just hon? Varför togs hon ifrån mig? Hon var stark, modig, så levande… och nu? Nu är hon borta. Hennes leende, hennes gröna ögon, sättet hennes hand passade i min.

Jag borde ha stannat kvar. Jag borde ha skyddat henne.

Jag borde ha gjort *något*.

Hon var allt jag hade. Hon var mitt ljus. Och nu är det kolsvart.

En isande tomhet har fyllt hela min kropp, en avgrundsdjup sorg som hotar att sluka mig hel. Och under sorgen, en rasande ilska, ett hat så starkt att det känns som det ska bränna sönder mig inifrån.

Jag stirrar ut över vattnet, svart som bläck, som speglar den stjärnlösa natthimlen. Min spegelbild i den svarta ytan är ett trasigt ansikte fullt av hat och sorg. Och i det där trasiga ansiktet, ett löfte. Jag kommer att hämnas henne. Det är det enda jag har kvar. Jag svär att jag ska ge dem ett helvete. De ska få betala, varenda jävla en av dem. Jag vill bränna ner hela världen för hennes skull. Jag lovade att beskydda henne, och misslyckades, igen, och igen, och igen. Mina händer knyts till nävar och fingernaglarna borrar sig in i handflatan.

Människan måste lära sig att hata, måste se hat för att kunna härma det, för att kunna visa det, för att leva det, för att lära ut det. Och jag har lärt mig mycket under de senaste veckorna. Åren.

Varje andetag jag tar är en förrädisk handling, en påminnelse om att jag fortfarande lever medan hon är borta. Jag ser våra minnen blekna bort, medan jag fortsätter att andas, medan mina lungor kollapsar mer och mer för varje sekund, medan hennes har slutat vidgas.

Mina lungor *brinner*.

Och det är bara en liten flisa av all den smärta jag vet att hon måste ha känt. Jag lovar att hitta henne i ett annat liv och älska henne på det sätt som jag inte tilläts göra i det här. På det sätt som hon förtjänar att bli älskad. Utan lögner, utan svek, utan rädsla, utan våld. Att göra henne till min har graverats in i vartenda jävla ben i min kropp. Jag ska hitta henne, om det så är i själva helvetet. Jag ska göra henne till min, i varenda liv. Jag lovar dig, älskade, jag lovar dig.

Jag lyfter blicken från det djupa, svarta vattnet upp mot den mörka natthimlen och skriker ut i tomheten.

Om och om igen.

Tills Lucifer själv gråter.

Epilog

Cirka hundra meter sydväst om tingshuset höjer sig idag en jordkulle. Det sägs att denna skulle ha skottats upp till en lätt överskådlig arena för Anna Sunesdotters avrättning. Annas huvud föll för bilan, och där huvudet föll begravdes hon. Sommaren därpå, år 1680, lades en enkel stenplatta över graven.

Runt om stenen planterade Elin vintergröna.

Idag finns varken graven eller stenen kvar på platsen utan har flyttats. Men det sägs att vintergrönan omplanterades vid den nya gravplatsen.

Anna Sunesdotters öde är den enda kända dödsdomen på Visingsö med verkställd avrättning. Domen, anklagelserna och protokollet över avrättningen finns dokumenterad i 1679-års dombok för Visingsös grevskap och en kopia av dessa finns idag på Visingsö Museum.

Annas make, trumpetaren, är begravd på Kumlaby kyrkogård, och du kan än idag besöka hans gravplats och beskåda hans praktfulla gravsten.